MÃO DE FERRO

Charlie Fletcher

MÃO DE FERRO

CORAÇÃO DE PEDRA - LIVRO 2

Tradução:
Marsely Dantas

Título original: Iron hand
Copyright © 2008 by Charlie Flechter

1ª edição — Setembro de 2014

Grafia atualizada segundo o Acordo Ortográfico da Língua Portuguesa de 1990,
que entrou em vigor no Brasil em 2009

Editor e Publisher
Luiz Fernando Emediato

Diretora Editorial
Fernanda Emediato

Produtora Editorial e Gráfica
Priscila Hernandez

Assistentes Editoriais
Adriana Carvalho
Carla Anaya Del Matto

Capa
Ronaldo Alves

Projeto Gráfico e Diagramação
Futura

Preparação de Texto
Leoclícia Alves

Revisão
Daniela Nogueira
Josias Andrade

DADOS INTERNACIONAIS DE CATALOGAÇÃO NA PUBLICAÇÃO (CIP)
(Câmara Brasileira do Livro, SP, Brasil)

Fletcher, Charlie
Mão de ferro/Charlie Fletcher; tradução Marsely Dantas. – São Paulo: Geração Editorial,
2013. – (Coração de pedra)

Título original: Iron Hand
ISBN 978-85-8130-056-6

1. Ficção inglesa I. Título. 13-01625 CDD-823

Índices para catálogo sistemático:
1. Ficção : Literatura inglesa 823

GERAÇÃO EDITORIAL
Rua Gomes Freire, 225 – Lapa
CEP: 05075-010 – São Paulo – SP
Telefax: (+ 55 11) 3256-4444
E-mail: geracaoeditorial@geracaoeditorial.com.br

Impresso no Brasil
Printed in Brazil

SUMÁRIO

A HISTÓRIA ATÉ AGORA 13
1. A QUEDA NA ESCURIDÃO 15
2. GRAVETOS E PEDRAS 22
3. PÁSSARO PRETO 30
4. O SORRIDENTE COM UMA FACA 34
5. A MORTE DAS FAGULHAS 41
6. A MÃO DEFORMADA 47
7. O ÍCARO 52
8. AEROTRANSPORTADO 54
9. A RAINHA VERMELHA 57
10. EDIE SOZINHA 63
11. CAÇADA NO TATE 67
12. O TOURO MATADOR 72
13. O CONTADOR 74
14. O ARTILHEIRO NO ESCURO 79
15. PATERNOSTER 84
16. A CONVERSA DESCUIDADA CUSTA VIDAS 94
17. A ASCENSÃO DE ARIEL 106
18. O ÍCARO SOZINHO 115
19. CAVANDO FUNDO 117
20. O ACORDO DO FRADE 120
21. O ÚLTIMO CAVALEIRO 128
21A. NOTÍCIAS PRETAS 141

22. IMENSIDÃO DE ESPELHOS 143
23. O GOLPE DOLOROSO 149
24. A ÚLTIMA VÍTIMA DO TYBURN 157
25. O ESPELHO NEGRO 161
26. A BLITZ 167
27. MAUNGUEFEGO 175
28. A RAINHA DERRUBA O CAVALEIRO 186
29. UM TOBOGÃ PARA A MORTE 189
30. TRÊS DESAFIOS E UMA TRAIÇÃO 198
31. O CERCO NO CÉU 205
32. FUGA PARA O SILÊNCIO 220
33. A MÁFIA DE EUSTON 227
34. A CASA DOS PERDIDOS 240
35. PAPA-LÉGUAS 252
36. OS FAZEDORES E AS PEDRAS 255
37. O SUBSTITUTO 266
38. FINAL FELIZ 276
39. AS BADALADAS DA MEIA-NOITE 291
40. A ÚLTIMA GARGALHADA DO ARTILHEIRO 300
41. O LAÇO PARTIDO 304
42. A MORTE DO ARTILHEIRO 317
43. MORTE AGITADA EM GHASTLY GRIM 321
44. COMO CAIR DE UM RIO 328
45. AO ALCANCE DO CAMINHANTE 332
46. O DESAFIO 336
47. CARNAVAL NO GELO 344
48. O ÚLTIMO REFÚGIO 349
49. MÃO DE FERRO 356
50. DEBAIXO DO GELO 360

51. A PEDRA DO CORAÇÃO..367
52. O DEMÔNIO DO GELO..372
53. UMA PEQUENA FENDA...377
54. A ÚLTIMA PARADA É LUGAR NENHUM...............................378

AGRADECIMENTOS...384

Com todo o meu amor e agradecimento para Domenica, sem a qual nada disto teria sido possível.

As feridas são para os desesperados, os golpes, para os fortes. Bálsamo e óleo para os corações cansados, cheios de cortes e feridas causados pelos erros.
Perdoo sua traição —, resgato a sua queda.
Pois o Ferro — O Gélido Ferro — deve ser o senhor de todos os homens!

Gélido Ferro — Rudyard Kipling

A HISTÓRIA ATÉ AGORA...

DURANTE UM PASSEIO DA ESCOLA, George quebra a escultura de um dragão situada na frente do Museu de História Natural. Sua ação desperta uma força antiga aprisionada na Pedra — um bloco áspero, escondido nas profundezas da cidade de Londres. Como resultado imediato, uma escultura vingativa na forma de um pterodáctilo se solta da fachada do prédio e começa a persegui-lo. Quando tudo parece perdido, a estátua do Soldado da Primeira Guerra Mundial, o Artilheiro, irrompe do monumento de guerra em que estava preso e salva o garoto.

Assim começa o tormento de George — preso em uma camada de Londres, uma Londres do avesso, cidade na qual as duas tribos de estátuas mutuamente hostis — os *cuspidos*, de base humana e os *estigmas*, que não têm nada de humano — andam, falam e vivem uma trégua instável, trégua esta ameaçada pelo incidente causado por George.

O que torna a provação de George mais difícil é que somente uma pessoa consegue ver o que está acontecendo, trata-se de Edie Laemmel. Edie é uma fagulha. Fagulhas são mulheres que possuem a habilidade de viver eventos passados gravados nas pedras tocadas por elas. Porém, Edie não entende seu dom. Como ninguém nunca falou com ela a respeito, Edie acredita que foi acometida por uma maldição que a tornou louca. Ela também está fugindo.

George, Edie e o Artilheiro partem em uma jornada na busca de reverter o erro de George. O que eles não sabem é que a Pedra alertou o Caminhante, um de seus servos, este que passa a persegui-los pelas ruas acompanhado por seu próprio servo, o Corvo.

George descobre que tem poderes especiais que o destacam e fazem dele um alvo para os furiosos estigmas: uma das estátuas de dragão que protegem a cidade de Londres abre uma cicatriz na mão dele que outra estátua, o sorridente, mas sinistro Frade Preto, lhe diz ser a Marca de um Fazedor. Ele identifica George como um Fazedor, alguém com um dom especial para esculpir coisas em pedra ou metal. O Frade revela que, para consertar o dano causado por George, este deve encontrar a Pedra do Coração e realocar a escultura do dragão que foi quebrada.

Ajudados pelos cuspidos benignos e ameaçados pelos estigmas violentos, eles acabam indo parar na Pedra do Coração de Londres, a Pedra de Londres.

Contudo, no caminho, o Artilheiro se sacrifica na tentativa de salvar Edie, mas acaba caindo nas garras do Caminhante.

Cabe a George usar seus dons de Fazedor recém-descobertos para resgatá-lo.

E agora a história continua....

1
A QUEDA NA ESCURIDÃO

O CAMINHANTE E O ARTILHEIRO foram arremessados em uma escuridão abismal. Mesmo não havendo a possibilidade de enxergar, o Artilheiro sentia que estavam atravessando sucessões de camadas, pois o escuro parecia mostrar uma escuridão ainda mais profunda à medida que eles desciam.

Então, o horrível movimento em direção ao vazio parou de forma abrupta, assim que atingiram algo sólido.

Os joelhos do Artilheiro se encolheram no cascalho molhado, a mão que estava livre instintivamente foi aberta para apoiar a queda, causando um choque em seu braço quando este bateu contra a parede de pedra à sua frente. Ele segurou-se, com a cabeça baixa, fazendo um ângulo entre a parede e o chão, ofegante. Sentia que algo estava errado, *muito errado*. Era como se alguma mão invisível tivesse atingido sua essência e arrancado a verdade de tudo, deixando-o naquela escuridão, deformado e quebrado.

Dava para ouvir o ruído do cascalho ao lado dele quando o Caminhante mexia os pés. Usando suas últimas forças, golpeou o ar escuro com a mão, mas seus dedos só alcançaram o nada.

Abriu a boca num grito de dor por causa do esforço, instantaneamente fechando-a para cortar o som que quase escapou. Não, não iria dar ao Caminhante o prazer de saber que ele estava sofrendo.

E então a luz voltou a brilhar.

A primeira coisa que viu foi o seu capacete de lata virado para cima, caído no meio das pedras, em frente às suas grossas botas militares. Depois, viu um protetor de panturrilha na forma de um pedaço de armadura antiga. Em um soldado de verdade a calça teria sido feita de couro, mas naquele caso, como obviamente tratava-se de uma estátua, era feita de bronze, como todo o resto. Sua panturrilha esquerda estava sem armadura, mas bem presa com bandagens de ataduras. Acima das ataduras estavam as mãos, seus dedos fortes e ásperos se apoiavam nos joelhos.

Pegou o capacete, ajeitou-se, alisou a frente do uniforme e ajustou a capa ao redor dos ombros. Não era uma capa de verdade, e sim a lona de uma tenda individual, dessas de acampamento militar, que ficava amarrada com um pedaço de corda pelos dois buracos das alças e servia para protegê-lo do mau tempo. Colocou o capacete sobre a cabeça e então se levantou, forçando cada centímetro do veterano cansado de batalhas da Primeira Guerra Mundial para o qual tinha sido esculpido.

E então a boca, apesar das melhores intenções, abriu-se novamente diante do choque.

Eles estavam dentro de um tanque aquático subterrâneo. Imenso e antigo. Os pés pisavam uma espécie de praia de cascalho em forma de meia-lua. O recinto formava um quadrilátero de água negra. Os blocos irregulares de pedra que revestiam as paredes do tanque estavam marcados com uma espécie de óleo pelo tempo e pelos fungos. Gotas do teto de pedra da câmara caíam em forma de círculos concêntricos na superfície escura abaixo.

Mas não eram as dimensões claustrofóbicas daquele lugar sem porta que faziam o Artilheiro ofegar surpreso.

Eram as luzes.

Luzes brilhavam vindas de pedaços de vidros que alguém tinha cuidadosamente arrumado em cada uma das paredes. Um disco de metal não muito grande girava de forma preguiçosa no final de uma corrente, esta que pendia no centro do espaço, fazendo a luz se espalhar devagar ao redor do cômodo.

— O que é isso?

A pergunta saiu como um resmungo da sua garganta antes que pudesse evitá-la. Ouviu uma respiração de desprezo e focou na figura esquelética de joelhos que estava sobre o cascalho. O Caminhante vestia um longo casaco verde de lã com um moletom de capuz por baixo. Ele tirou o capuz e correu os dedos pelos longos cabelos de mechas grisalhas. Ele usava um pequeno gorro bem atrás da cabeça e tinha um cavanhaque saliente emoldurando a boca retorcida num permanente sorriso de zombaria. Tinha em mãos dois pequenos espelhos circulares que ficavam juntos. O Artilheiro viu quando ele os guardou cuidadosamente no bolso do casaco. Depois, se inclinou e ergueu uma longa adaga da beira da praia de cascalho. Abriu um sorriso tímido e amargo enquanto se inclinava.

— Isso é o sonho dos quatro castelos — ele respondeu, indicando as formas de torres nas paredes que os cercavam.

— É uma visão que tive, há muito tempo, quando era um

homem livre. É uma visão que transformei em realidade. Não é nada que você possa entender.

Ele mudou a adaga de mão, cortando reflexos angulares da luz pelo cômodo, revelando mais dos limites do tanque subterrâneo.

— Esse lugar era só um vazio, e a escuridão era tudo que ele continha, até que eu apareci. Agora é um lugar de poder. Do meu poder.

O Artilheiro sentiu-se pressionado pela enorme pressão da terra sobre ele. Era como se estivesse perdido, desaparecido entre as entranhas da terra, trancado debaixo de uma montanha. Mas não daria o braço a torcer, não deixaria que o Caminhante percebesse seu desconforto.

— Onde estamos? Onde é isso?

O Caminhante deu um lento rodopio, enviando os raios de luz da adaga que eram refletidos nos limites escuros da câmara. Respondeu:

— Estamos em Londres. Uma cidade que você só verá de novo em suas lembranças.

O Artilheiro teria erguido o punho em riste para o Caminhante, mas a sensação de que algo estava errado dentro dele parecia ter liquidado suas forças. Mesmo ficar de pé era algo que precisava de toda a sua energia. Ele tinha que entender aquela situação. Estava em um lugar onde ninguém mais havia estado, sentindo algo que nunca havia sentido. Mais tarde poderia tentar derrotar o Caminhante no momento em que este se tornasse um alvo fácil. Fugir ou sobreviver ao que estava acontecendo certamente exigiria mais do que cerrar os punhos.

— Fale de forma clara.
— É aqui que você vai ficar. Para sempre, receio. Quando eu sair, o lugar vai comigo.

O Caminhante olhou para o Artilheiro sentindo uma ponta de prazer.

— Você sente, não sente? Por dentro... O vazio, o horror crescente, a perda da força, a sensação de não ser senhor de si.

O Artilheiro forçou a postura ereta e respondeu:

— Não se preocupe comigo. Estou firme como um tripé.

— Ah, temo que não. Você quebrou o juramento que fez a mim. Você jurou pelo seu Criador. Você tem que fazer o que eu disser. Não pode fugir disso.

— Isso não vai acontecer — retrucou o Artilheiro de forma incisiva.

— Ah, vai sim. Você é um homem orgulhoso. Não vou ofendê-lo ameaçando-o como um lacaio. Afinal de contas, tudo o que exijo de você é que morra. E tudo que tenho que fazer para que esse final feliz aconteça é proibi-lo de sair daqui. E realmente ordeno que não tente escapar na direção da luz e do ar fresco. Simples, não? Uma instrução e você está condenado. À meia-noite, sua essência vai se esvair e aquilo que dá vida a você morrerá. No fim, não passarás de restos a serem fundidos.

Os olhos do Caminhante brilhavam com o excesso de malícia.

— Ainda se sente senhor de si?

O Artilheiro tentou erguer as mãos, mas seus braços não conseguiam se mover. Balançou a cabeça de forma negativa, sentindo-se frustrado.

— Sinto que eu devia fazer você engolir esses pedaços de espelho. É isso que eu sinto!

Moveu-se na direção do Caminhante, mas estava lento demais, ao que o outro desviou-se facilmente do seu alcance. O Artilheiro chocou-se de volta à parede, horrorizado ao ver como havia se tornado fraco, e ao recostar-se na parede para evitar a queda, acabou deslocando um pedaço de vidro brilhante.

A peça caiu aos seus pés e ele ficou a encará-la: sua superfície opaca, seus limites redondos e retorcidos. E, enquanto observava, sua memória disparou como num reflexo, e ele viu uma peça similar de vidro retorcido na mão de Edie. Lembrou-se da primeira vez que a viu sorrir, como se fosse a luz do sol penetrando de forma limpa no rosto dela, e ele reviveu a surpresa que sentiu ao perceber que tudo que tinha sido necessário para iluminar aquela lâmina foi sorrir para ela e chamá-la pelo nome verdadeiro. Ele lembrou com muita clareza de como aquela percepção fez com que ele subitamente se sentisse protetor em relação àquela garota estranha e aparentemente dura como pedra. O surgimento dessa proteção paternal colidiu com uma terrível revelação que lentamente se espalhou por sua mente como uma mancha negra e fez com que algo mudasse de forma desconfortável dentro dele.

Ele se inclinou e apertou o cristal marinho entre o polegar e o indicador.

— Essas são pedras do coração.

Ele ouviu uma risada seca e desanimada e olhou para ver o sorriso amargo do Caminhante.

O Artilheiro ouviu o horror em sua própria voz quando a pergunta saiu de forma espontânea de sua boca:

— O que você fez, Caminhante?

A figura esquelética acima dele continuou sorrindo como um lobo que mostra os dentes.

— As fagulhas, Caminhante. Que diabos você está fazendo com elas?

2

GRAVETOS E PEDRAS

Edie e George saíram correndo da rua *Cannon*, felizes por terem deixado a Pedra de Londres atrás deles. Ambos estavam chocados e com os pés doloridos. Os dois mantinham os olhos no caminho à sua frente, assim, não perceberam as nuvens pesadas no céu escuro, nem o que estava acontecendo ali.

Mas o que estava acima os observava.

Sobre o telhado, a gárgula de pedra não precisava olhar para cima para ver as nuvens de tempestade. Ela sentia a chuva mesmo antes de os pingos começarem a cair. Ela sentia como se fosse um tipo de premonição pinicando bem no meio das suas costas, mas, em um local onde não conseguia coçar mesmo se tivesse braços normais em vez do arranjo de garras e asas que o escultor lhe dera. Sentir a chuva vir era parte daquele ser. Quando o céu desabava, a gárgula tinha um serviço a desempenhar: fazer escoar para longe a água que caía sobre o telhado da estação *Saint Pancras*. Mas não era essa a função que estava a cumprir agora. Ela somente observava do telhado-esconderijo.

Pela primeira vez em sua existência, ela sabia que havia algo mais importante a fazer do que reagir às gotas de chuva. Sentia uma estranha curiosidade. Remexia as garras de forma selvagem e movimentava a cabeça em direção à rua lá embaixo. Seus olhos se fixavam no garoto e na garota apressados que corriam pela calçada. Eles seguiam na direção oeste da rua. A gárgula sentia suas asas em forma de morcego e os tendões de pedra tremerem de ansiedade, prontos para o ataque.

À primeira vista, George e Edie pareciam crianças depois de um dia na escola, voltando para a segurança de seus lares razoavelmente normais onde chás quentes esperavam e um dia longo se transformaria em uma noite feliz.

Mas um segundo olhar deixaria claro que aquelas crianças pertenciam a uma história bem diferente.

Olhe mais profundamente e você poderá ver as marcas dessa história por todo o corpo deles.

George aparentava ter uns treze anos. Os ombros começavam a se aprumar, os ossos, a se alargar devido à maturidade precoce e os músculos alongavam-se para acompanhar o estirão. O cabelo era despenteado e longo o suficiente para ficar desarrumado ao ser preso atrás das orelhas. A jaqueta gasta estava rasgada na altura do ombro, como se ele tivesse rolado no chão sujo. O joelho tinha um rasgo que deixava à mostra a pele branca conforme ele andava, e uma mancha de sujeira se espalhava pela curva da bochecha esquerda. Seu *look* bagunçado, contudo, estava em desacordo com a determinação e a estabilidade de seu olhar.

O olhar de Edie era diferente. Ela caminhava com a cabeça baixa. Uma longa faixa envolvia seus cabelos escuros como berinjela e os deixava na sombra, mas quando George a olhou de relance por um instante, pôde ver que estavam bagunçados, também notou que o que quer que os olhos dela estivessem vendo, não era apenas o que estava à frente dela. A pele normalmente pálida estava ainda mais clara, parecia esticada, como se o sangue tivesse sido drenado.

Exausta, ela tropeçou na calçada e somente a mão de George, que foi rápida como um chicote ao segurá-la, a impediu de cair no chão. Ele disse:

— Edie! Olhe por onde anda!

Ele se viu nadando nos olhos desfocados dela quando ela voltou de onde quer que sua cabeça estava.

— Alguma vez você pensou que era amaldiçoado, George? — ela perguntou abruptamente. George precisou de um segundo para absorver o que ela estava dizendo e entender o porquê.

Edie balançou a cabeça, irritada por ele não estar acompanhando o pensamento dela.

— Não por uma bruxa ou algo do gênero, não como se você tivesse sido transformado em um sapo, mas sabe, como se tivesse feito algo ruim um dia, tão ruim que coisas ruins acontecem com você por causa disso.

George revirou os olhos e disse:

— Hum. Como quebrar uma estátua por engano e acabar sendo perseguido em Londres durante um dia e meio por gárgulas e Minotauros e coisas do tipo? Hã ... Sim!

Ela balançou a cabeça novamente e comentou:

— Não, não estou falando de nada disso, quero dizer *antes* disso. A vida toda. Como se algo maior tivesse feito com que você quebrasse a estátua, para começo de conversa, algo que ferrou com a sua sorte, esse tipo de coisa...

Ele foi acometido por um brutal *flash* de memória: dizia algo desprezível para o pai. Gritava tão alto, que meleca de seu nariz e lágrimas saltavam de seu rosto. Viu as lágrimas no rosto do pai em resposta. Viu a porta da frente batida por ele na cara do pai. Mais tarde, naquela mesma noite, a mesma porta foi aberta, revelando o policial e a mulher que vieram contar à sua mãe o que tinha acontecido: seu pai sofrera um acidente de carro e jamais entraria por aquela porta novamente, nem por qualquer outra.

— Não — ele respondeu.

A faísca nos olhos dela iluminou-se um pouco quando ela inclinou a cabeça para ele.

— Sua vida tem sido formidável e perfeita, não é?

Foi a vez de George balançar a cabeça.

— Edie, agora não é hora pra isso. Precisamos bolar um plano. Temos que resgatar o Artilheiro. Se não o encontrarmos e o levarmos de volta ao pedestal dele na virada do dia, à meia-noite...

— Já sei. Ele será uma estátua morta. Jamais irá se mover novamente. Sei disso, George. Não sou idiota.

— Não disse que você era id...

— Eu o quero de volta tanto quanto você. Quer dizer, não somente por ele ter salvado a gente e por devermos a ele...

— A gente deve mesmo a ele — George disse, interrompendo-a de forma enfática.

— Eu sei. Mas é mais do que isso — ela respirou fundo.

— O Artilheiro também fez com que eu me sentisse segura.

— Aconteceu o mesmo comigo — George completou.

Os primeiros pingos fortes atingiram a calçada, seguidos de muitos outros. Logo a chuva estava caindo tão intensamente, que as gotas saltavam pelo cimento. George pisou de lado instintivamente, refugiando-se debaixo da cobertura de uma cafeteria. Ele puxou Edie para perto de si. Atrás deles havia uma parede, e acima, a pobre proteção de um pequeno toldo.

Sete andares acima deles, a gárgula no telhado resmungava frustrada, inclinando-se para tentar mantê-los à vista, mas tudo o que conseguia ver era a cobertura de plástico cheia de sujeira de pombo que estava acima de seus alvos. Urrou de raiva e arqueou-se para trás, tentando outro ângulo. Parou quando conseguiu ver os pés de Edie. Ficou feliz por eles não terem entrado no edifício. Isso complicaria as coisas, e ela já tinha problemas demais a resolver, não precisava de mais um.

— O que vamos fazer? — Edie perguntou.

— Tenho que pensar. E podemos nos manter secos enquanto pensamos.

— Tudo bem. Mas o tempo está passando. Já está escurecendo. Pense rápido.

Eles ficaram ali, observando o dilúvio. George tentava arquitetar um plano. Mas havia alguns problemas. Um medo doentio insistia em dizer-lhe que encontrar o Artilheiro era uma tarefa difícil demais para ele, afinal, o amigo havia sumido no meio do ar e agora poderia estar em qualquer lugar daquela vasta cidade, ou mesmo fora dela. Sabia que não tinha informações suficientes para elaborar um plano. Sua mente não parava de girar e retornar para a pergunta de Edie sobre se ele se sentia amaldiçoado.

Um jovem pai passou com seu bebê acomodado em uma bolsa canguru. Esta tinha uma proteção de plástico transparente para a chuva. O bebê ria e estendia as mãos para fora, batendo na cabeça do pai com uma série de risadas estridentes, enquanto o pai punha as mãos para trás e apertava as coxas do bebê, fazendo cócegas. Eles pareciam nem se importar com a chuva.

George os olhava até perceber que Edie também observava a cena.

— Você se lembra de quando era criança e tudo parecia seguro porque seu pai estava lá? — ele indagou.

Foi a vez de Edie balançar a cabeça negativamente.

— Na verdade, não.

Ele respirou fundo. A única maneira de se livrar da pergunta dela era respondendo-a de forma honesta. Talvez assim poderia fazer sua mente parar de escorregar no problema de como resgatar o Artilheiro.

— Então, tá. Sobre o que você perguntou. Bem, eu me lembro. Antes dele...

Percebeu que aquilo provavelmente seria difícil de ser dito.

— Antes dele morrer? — Edie perguntou.

— Não. Antes eu estraguei tudo. Entre mim e ele. Disse coisas.

— Todo mundo diz coisas.

Ele respirou fundo.

— Sim, mas nem todo mundo perde o pai antes de ter a chance de dizer que não teve intenção de falar palavras tão duras.

Ele ficou surpreso. Dizer aquilo não foi tão doloroso quanto temia. A chuva caía mais forte. Então Edie estragou o momento zombando dele.

— Essa é a coisa *tão* terrível que você fez? É por isso que você é amaldiçoado?

Ele não gostou do tom de voz dela.

— Como assim?

— Tá, você disse algo desagradável. Isso não é nada.

Ele sentiu-se ofendido.

— Tá, tudo bem, não parece ter sido nada.

— Tá, tudo bem — ela o imitou — é besteira.

Ele realmente *odiou* o tom dela. O modo como cuspiu o "eira". Estava ali expondo um assunto tão íntimo e ela zombando daquele jeito. Resgatou sua dignidade, cobrindo-se com ela como se fosse uma capa protetora.

— Ah e eu suponho que você tenha um segredo mais profundo e mais sombrio, certo?

— Certo.

— Ótimo.

De forma alguma daria a ela a satisfação de perguntar o que era. Ela sempre ficava com a última palavra. Não, ele não iria perguntar nada. Mas ela disse:

— Gravetos e pedras.

Gravetos e pedras?

George ficou confuso. Não fazia sentido algum. Ele quase perguntou "Como assim?", mas então se lembrou de que não iria dar a ela tal satisfação, não depois dela ter zombado dele e transformado o segredo dela em algo *muito* mais sombrio e mais importante do que o dele.

Contudo, ela olhou nos olhos dele de forma tão forte e brilhante quanto a rua coberta pela chuva.

— Não foram somente palavras entre meu pai e eu.

George entendia que ela estava lhe dizendo isso porque se sentia amaldiçoada, e embora soubesse que a resposta seria ruim, ele sabia que ela precisava falar. Então perguntou:

— O que isso quer dizer?

E ela disse:

— Eu o matei.

3

PÁSSARO PRETO

Algo estava errado. O Corvo sentia em seus ossos e penas enquanto sobrevoava o verde do *Regent Park*. Olhou para baixo e avistou a própria forma, duplicada pelo reflexo do lago abaixo.

Era uma visão ameaçadora, ele observou com um sorriso de satisfação a silhueta de um ser alado em meio à base de nuvens acima. No passado, as pessoas olhavam para cima de suas fogueiras ou arados e estremeciam diante do buraco negro no céu causado pelo pássaro preto. Aquela figura jogava um sombra maligna sobre suas vidas. Vê-lo significava um presságio, um *mau* presságio. Não que o Corvo desse muita atenção ao que as pessoas pensavam. Com relação à escala do tempo, elas sumiam muito rápido, então não valia muito a pena se importar com ofensas vindas de existências tão efêmeras.

Continuou voando. Ele sentia que algo estava errado por um motivo: não sabia onde o Caminhante estava. Na maior parte do tempo, a presença do Caminhante exercia uma força magnética no velho pássaro, que havia passado os últimos quatro séculos ou mais sob o seu controle.

Circulou sobre o teto abobadado da Biblioteca Britânica, voando mais devagar ao se aproximar da frente da construção, onde o desenho dos tijolos cor-de-rosa e brancos no chão tinha sido quebrado, formando uma área perfeitamente circular e afundada. Foi ali que o Corvo sentiu que tinha a melhor chance de encontrar o Caminhante, mas o círculo estava vazio.

Precisava achar seu mestre e as crianças que este o mandara caçar. Como o Corvo tinha um cérebro ótimo para memória, mas somente um par de olhos, decidiu que precisava de ajuda para procurá-los. Com isso em mente, ele voou para o sul, em direção à Praça *Tavistock*, um local repleto de árvores.

No centro da praça havia uma estátua de um homem magro, metade nu e com as pernas cruzadas, sentado no topo de um pedestal, este que tinha uma espécie de santuário arqueado no meio. Em cima do santuário havia algumas latas amassadas de cerveja e um frasco contendo cravos. A estátua tinha o colo cheio de flores. Na frente dela, sobre um dos bancos do parque, havia um mendigo sentado com sacolas plásticas cobrindo os sapatos e uma cabeleira no estilo *rastafári*. Ele se inclinou para tomar o que restava de uma lata de cerveja enquanto seus olhos azuis dominados pelo álcool encaravam o céu.

Ao se satisfazer tomando a última gota da lata, ele arrotou e se ajeitou confortavelmente no banco, entrando debaixo de uma jaqueta tão oleosa, que parecia ter sido mergulhada em óleo de motor em um passado distante.

O Corvo aterrissou atrás do banco em que o mendigo estava sentado. Esperou até que o homem terminasse um complicado espasmo de tosse ao cuspir um muco verde no chão, a gosma caía sobre seus pés cobertos por sacolas de compras.

O Corvo saltou no ombro do mendigo e segurou firme. Este ficou tenso, mas não demonstrou surpresa. Sua voz era indistinta e soava como um ruído parcialmente grave.

— O que você quer, pássaro? O que você quer com o Contador?

O Corvo aproximou-se mais da lateral da cabeça do mendigo, que começou a sacudir de forma imperceptível. Seus olhos se fecharam e o lábio superior desapareceu debaixo dos dentes superiores ao mordê-los, como uma criança concentrada. Ele parecia estar prestando atenção no barulho desarticulado que saía do bico do Corvo ao lado do seu ouvido. Ele concordava com a cabeça devagar. Por fim, disse:

— Veremos o que podemos ver.

O mendigo abriu os olhos e se levantou de forma abrupta, jogando a lata de cerveja vazia para debaixo da estátua da praça.

O Corvo saltou no ar e pairou por um instante, observando. O mendigo ainda tremia, mas agora seus olhos estavam diferentes. Se antes estavam pálidos e manchados pelo álcool, agora brilhavam pretos, completamente negros e sem partes brancas. Olhos de uma escuridão tão profunda quanto os do próprio Corvo.

E foi exatamente em um corvo que ele se transformou.

Por toda a cidade de Londres, debaixo das pontes e nos bancos dos parques, atrás de vielas e em albergues que cheiravam à sopa velha e desinfetante novo, olhos que antes estavam infeccionados e manchados de sangue, de bebida ou simplesmente de falta de esperança, mudaram subitamente.

Homens que haviam fechado olhos normais ao irem dormir nos abrigos de portas de lojas acordavam com olhos de corvo e caminhavam pela rua, explorando a via. Mulheres solitárias, arrastando pés indecisos sob o peso de uma vida reduzida ao que podia ser carregado em velhas sacolas paravam, evitando o olhar das pessoas e endireitando os pescoços, também analisando a rua.

O Corvo havia falado, e por toda a cidade os olhos do Contador se abriram.

4

O SORRIDENTE COM UMA FACA

Edie olhava para a chuvarada além do toldo. Era impossível dizer no que ela estava pensando enquanto abraçava a si mesma para se proteger do frio. George ainda estava absorvendo o que ela tinha acabado de dizer a ele.
— Você matou seu pai?
— Bem, sim... Não literalmente.
Ele olhou para ela, horrorizado.
— Edie! Não tem graça.
— Não. Quer dizer, ele não era meu pai de fato. Meu pai de verdade. Era meio que meu padrasto.
George ficou um pouco menos na defensiva e disse:
— Ah!
— Não, não se preocupe, eu o matei, sim.
George concordou devagar com a cabeça. Entender o que Edie falava às vezes era exaustivo e aquilo não estava sendo apenas exaustivo, mas também perturbador e confuso.
Certo.
Não. Foi *super* errado.
Uma corrente de água vinda de uma calha quebrada mudou de direção por causa do vento e espirrou neles. O toldo

não dava muita cobertura. Na verdade, mais parecia canalizar a água na direção deles do que lhes oferecer abrigo. Ela puxou as roupas firmemente sobre si e abaixou-se.

George ainda estava tentando se acostumar ao fato de que tinha diante dele uma assassina. Durante esse devaneio de aceitação, alguns segundos se passaram até que percebesse que Edie não estava mais ali. Foi então que partiu no meio da chuva.

O beco estava vazio.

— Edie! — ele gritou, sentindo um pânico súbito. Não havia nada naquele beco sem saída além de um carro japonês batido e estacionado ao lado da soleira de um edifício.

— Edie!

Ele correu de encontro ao espaço estreito, dando uma olhada no carro ao passar por ele, procurando por um possível esconderijo. Não conseguia acreditar que aquilo estava começando de novo.

— Não deveria ter acontecido — disse uma voz baixa que vinha da altura do joelho dele.

Ele olhou para baixo. Edie estava agachada em uma área seca fornecida pela soleira e pelo toldo acima. Ela o fitou e afastou-se um pouco para dar espaço.

Ele suspirou de alívio e abaixou-se para se proteger da chuva ao lado dela. Mais uma vez não conseguia manter contato visual com a menina, pois ela parecia estar olhando para algo além da chuva, da rua, de qualquer coisa.

— Não faça isso de novo.

A reação dela às palavras dele foi continuar absorta em seus pensamentos.

— Só bati nele. Não havia outra forma de fazê-lo parar. Sabe, ele não parava de vir atrás de mim com uma faca. Foi em uma praia. Só bati nele. Não tinha intenção de matá-lo. Só bati nele!

— Você o matou batendo nele?

— Bem, eu tinha uma pedra bem grande na minha mão. Ele...

Edie levou as pernas ao queixo e o apoiou sobre os joelhos. George esperou que ela continuasse a falar.

— ... Ele era um bêbado! Bebia o tempo todo! Quando os bares estavam fechados, ele ia pescar. Era isso o que dizia, mas ele só ia para a cabana da praia e bebia mais. Minha mãe sabia. Mais tarde, quando ela foi embora, quando levaram-na, restaram somente eu e ele, e ele me levou para a praia. Foi a primeira vez que eu vi a cabana. Era uma entre várias, ficavam uma ao lado da outra, mas não passavam de celas de concreto construídas sobre rochas. Quando ele abriu a dele e eu olhei pela porta, vi algo... então eu soube que estava no lugar errado e...

Ela apertou o queixo ainda mais sobre os joelhos, fechando a boca com força.

— O que você viu, Edie?

Ela balançou a cabeça e respirou.

— Não importa. De qualquer forma, não era algo que *estava* realmente lá. Era algo que tinha sido *feito* lá. Uma vez. Quando toquei a parede e vi, eu soube que jamais deveria ter ido àquela cabana. Então eu corri.

Ele pensou no dom que ela tinha ao tocar pedras ou metais e sentir as lembranças de eventos passados com alta carga emocional que tinham ficado gravadas nesses materiais.

— Você teve uma visão? Você viu o passado?
— Sim.
Ela não iria contar para ele o que vira. Tinha feito um pacto consigo mesma: de nunca mais falar a respeito daquele episódio.

Então, em vez de se virar, olhar para George e contar o restante da história em detalhes, bem como outras coisas que aconteceram, ela só explicou como tinha corrido e que, quando o padrasto tentou agarrá-la, perguntando o que estava errado ao mesmo tempo em que sorria, ela saiu correndo pela praia de pedregulhos.

Ela disse que ficara cansada ao correr sobre as pedras, e que o padrasto a seguiu calmamente, subindo pelos quebra-mares de madeira que dividiam a praia deserta, um atrás do outro, o sorriso no rosto dele totalmente em desacordo com o canivete aberto que segurava nas mãos.

Ela contou a George que tinha corrido até o último degrau de uma montanha de pedregulhos e encontrou o caminho bloqueado por um profundo abismo entre ela e a nova parede de madeira construída para conter as pedras durante tempestades fortes.

E então ela explicou a pior parte: como ele a alcançara no topo daquela ribanceira. Mas Edie não contou o que seu padrasto disse, ou como havia um brilho nada natural no sorriso dele. Ela só falou sobre a faca, e sobre como sentiu que a superfície dura da pedra em sua mão era lisa. Só contou que ele havia se escondido para pegá-la quando ela o atingiu com a pedra.

Ele caiu como uma árvore, batendo no fundo sombrio do abismo, provocando uma avalanche de pedras que caíram atrás dele. Quando as coisas pararam de se mover, Edie viu que ele tinha ficado soterrado. Ela não sabia o que fazer. Olhou para a pedra pesada em sua mão e viu algo molhado brilhando nela.

Após isso, caminhou de volta à cidade e pegou o trem para Londres.

George concordou com a cabeça lentamente. Ele entendia o que ela estava dizendo e, percebia que jamais iria perguntar a ela sobre as coisas que ela não estava lhe contando. A parte *oculta* da história.

— Então foi um acidente? — ele perguntou devagar.

— Não — ela disse secamente. Ele viu as portas se fechando nos olhos dela, trancando todo o fardo pesado que havia ali dentro.

— Olha só, Edie... — ele começou a dizer.

— Você já pensou aonde a gente vai? — ela jogou a pergunta na frente dele como se fosse um obstáculo na estrada. Ele precisou de um momento para, mentalmente, pisar no freio e mudar a marcha.

— Pensei que tínhamos parado por causa disso — ela continuou a dizer —, para que você pudesse pensar.

George estava ciente de que ela o olhava. Quando a encarou de volta, ela virou o rosto rapidamente, disfarçando. Ele percebeu. Ela abriu a boca e disse:

— Então, qual é o plano?

— Ficarmos vivos e resgatar o Artilheiro.

— Como?

— Não faço ideia. Pedir ajuda parece ser um bom primeiro passo.

Ela pensou nas coisas que a haviam ajudado antes, coisas e pessoas que não tinham lhe dado respostas diretas, de fato, somente enigmas e pistas obscuras. Mesmo assim ele estava certo. As ajudas tinham sido úteis, de uma forma ou de outra. Só havia um problema...

— Não podemos ir até as Esfinges ou ao Dicionário, por causa dos Dragões da Cidade. Estamos do lado errado da fronteira, não estamos? Eles ainda a estão protegendo, procurando por você.

— Podemos ir ao Frade Preto.

Ela o encarou e indagou:

— O Frade Preto? Você está louco? Você disse que não confiava nele!

— Não confio. Não inteiramente. Não, de fato. Mas ele nos mostrou o caminho para a Pedra, não mostrou? Quer dizer, ele enfeitou e floreou, mas a informação foi boa. Ele somente...

— Ele só sorriu demais e demonstrou muita vontade de pôr as mãos na sua cabeça de dragão quebrada, certo?

Ele sentiu o formato familiar da cabeça do dragão em seu bolso. Ela continuou falando:

— E o Caminhante, ele também estava terrivelmente a fim de colocar as mãos nela.

Ele fez que sim com a cabeça, depois a balançou negativamente. Ela estava certa, mas também estava errada. Ela *tinha* que estar errada, senão não haveria um lugar para começar.

— Acho que ele pode ser astuto, mas não acho que seja do mal. Não como o Caminhante. Acho que ele só se expõe um pouco mais que o Artilheiro ou o Dicionário, sabe? Acho que estaria aberto para um acordo.

— Um acordo? O que você tem para fazer um acordo?

Ele pegou a cabeça quebrada do dragão e olhou para ela. Apesar de ter certeza de que era a cabeça de um dragão, quando olhava mais perto, parecia ter um bico maior, dando à figura um aspecto estranho.

— Era isso que ele queria. Não dei a ele, pois queria eu mesmo resolver isso ao colocá-la de volta à pedra, mas no final decidi não fazê-lo, não foi? Então, talvez possamos dar a ele em troca de ajuda. O que você acha?

Na ausência de um plano, e na presença do medo e do perigo, às vezes tudo o que se precisa é seguir em frente. Edie não podia argumentar contra aquela lógica. Então, concordou com a cabeça.

— O Frade Preto, então.

Ele percebeu que ela ainda tremia. Tirou a jaqueta e entregou a ela.

— Pode usar. Estou bem aquecido.

— Estou bem — ela disse, tentando devolver a jaqueta para ele.

— Edie, você está tremendo. Coloque o casaco e vamos lá. Não vamos salvar o Artilheiro sentados aqui e tremendo.

Depois de muito pensar, ela cedeu e colocou a jaqueta sobre os ombros.

De súbito, ela parou e apontou, dizendo:

— George. Sua mão.

— Está tudo bem.

Os olhos dele seguiram os dela. E ele sentiu-se mal.

— Tá — disse, engolindo em seco. — Não está tudo bem.

5

A MORTE DAS FAGULHAS

ALGO ESTAVA MUITO ERRADO. O Artilheiro conseguia sentir um tipo de *calor gélido* preenchendo todo o espaço vazio do submundo.

— As fagulhas, Caminhante! Que diabos você está fazendo com elas?

A voz dele ecoou pela câmara cheia de água. Em seguida, o único som que se ouviu foi o cascalho triturado debaixo dos pés do Caminhante conforme ele andava por metade da circunferência da pequena praia. Sua barba espessa, dividida de forma assimétrica, revelava um sorriso cruel.

— Ah, fiz muito mais do que você pode *começar* a entender. E quando o garoto estiver em meu poder, devo fazer ainda mais.

— Não estou falando do garoto — resmungou o Artilheiro, afastando George da sua cabeça a fim de se concentrar. Naquele momento, os pedaços brilhantes de vidro do mar que marcavam as paredes era o que chamavam sua atenção.

— As fagulhas! Mulheres sábias, mulheres fortes! Você as tem caçado por todos esses séculos. E nós achávamos que elas estavam entrando em extinção naturalmente, quando na verdade era você! Destruindo uma a uma... Era você o tempo todo!

O absurdo da situação roubou-lhe as palavras por um momento. Era como se um enorme quebra-cabeça tivesse revelado ser uma das coisas mais simples, como se um tolo tivesse entendido tudo. O horror ao constatar a realidade fez com que o tom de voz do Artilheiro fosse direto ao indagar:

— É isso, não é? De que outra forma você poderia pegar todas essas pedras do coração?

O Artilheiro mostrou o vidro em sua mão, em sinal de acusação. Os ombros surrados do Caminhante elevaram-se e caíram, sua expressão era de desdém.

— Pedras do coração? *Bah*! Quinquilharia. Quando um homem está condenado a caminhar pelo mundo por um tempo além do percurso natural dos seres, ele precisa de um... *Hobby*. O meu é colecionar algumas belezas e relíquias que me dão prazer.

A pausa que o Caminhante fez enquanto escolhia as palavras que descreveriam suas ações foi o que confirmou os medos do Artilheiro, despertando nele uma explosão de fúria.

— Você tem matado as fagulhas e roubado suas pedras de aviso por um maldito *hobby*?

O Caminhante abanou a mão para ele, mostrando estar entediado e disse:

— Você exagera. Não mato todas elas. Matá-las é supérfluo, afinal de contas. Posso matar algumas, mas isso está longe de ser um hábito. Sem suas pedras do coração elas ficam perdidas... a girar ao sabor do vento, de qualquer forma. Suas mentes ficam projetando imagens, mas não conseguem fazer muita coisa além de tagarelar e saltitar como macacos irracionais, sentando sobre a própria sujeira e babando em xícaras. Chega a ser cômico, acredite.

O Artilheiro balançou a cabeça e disse:

— Por que, Caminhante? Por que você está fazendo isso? Por que a Pedra iria *querer* isso?

O Caminhante quase cuspiu a resposta:

— *Eu* quero isso. A Pedra me amaldiçoou e me escravizou, então devo obedecê-la, mas nem tudo que faço significa ordem ou pedido dela. Fui um grande homem, séculos antes de você ser qualquer coisa — quando você estava apenas no fundo de uma mina que ainda nem tinha sido cavada — e eu serei um homem poderoso novamente!

A saliva manchou a barba do Caminhante conforme o tom de voz se elevou e a luz que brilhava dos mosaicos de vidro do mar refletia seus olhos selvagens.

O Artilheiro superou a crescente onda de desespero que o invadia e contorceu o rosto num sorriso de desprezo.

— Homem de Poder uma ova! Já vi caras neuróticos de guerra e tagarelas falarem coisas com mais sentido que você. A única razão de você estar por aqui é porque ficou do lado errado da Pedra e agora é um de seus servos.

Os olhos do Caminhante brilharam de raiva.

— E você é o quê? Não passa de um pedaço de bronze em formato de homem que quebrou a palavra e agora está fadado a morrer sozinho no escuro.

Apontou para as formas grudadas na parede.

— Esses vidros de aviso se iluminam quando estou aqui porque é isso que fazem quando um servo da Pedra ou estigma está por perto. Quando eu me for...

Abanou a mão como um mágico e disse:

— Abracadabra, as luzes se vão!

— Espere — quase gritou o Artilheiro, assustado pelo desespero que ouviu em meio às suas palavras. — Aquelas crianças... Não...

— Ah, as crianças? O garoto que me contrariou? Não se preocupe com ele. Irei fazer com que colabore comigo.

— Isso não vai acontecer! Ele escolheu o Caminho Tortuoso. É um garoto que tem coragem, mais do que você imagina.

O Caminhante resmungou, irritado:

— Ele é teimoso, Artilheiro, isso sim. Ele está cheio da impetuosidade estúpida da juventude.

— É coragem — insistiu o Artilheiro. — Ele pode não ter sabido exatamente no que estava se metendo, mas sabia que seria difícil. E ele fez isso pela garota. Ele jamais a abandonaria!

O humor negro dançava nos olhos do Caminhante.

— Sim, bom para ele por proteger a garota, por se importar, e mais importante, por me mostrar que ele se importa. Quando você descobre as coisas com as quais um homem se importa, você pode ameaçá-lo com isso. Uma alavanca posicionada no lugar certo e é possível mover o mundo. E *eu* vou mover o mundo. Vou mudar tudo.

— Deixe as crianças em paz, Caminhante. Não se meta com elas!

— Desculpe-me. Você não pode me forçar. Tenho um emprego para o garoto se ele for o fazedor que parece ser.

Uma vez, há muitos anos, eu tive os dois espelhos de pedra pretos, mais escuros que a escuridão em que você será deixado para morrer quando eu for embora.

Ele levou a mão ao bolso, desencaixou um pequeno espelho circular prata do outro espelho idêntico e segurou um em cada mão.

— Comparados aos espelhos de pedra, estes aqui de vidro são como brinquedos de criança. Um ladrão trapaceiro roubou um dos meus espelhos pretos por medo do poder que eles me dariam quando eu os usasse juntos. Um espelho de pedra, feito da pedra certa, é algo que lhe dá poder, imagine então dois...

Seus olhos brilharam com uma intensidade similar às pedras do coração na parede.

— Os dois juntos podem abrir portais. Os vastos poderes deles fazem com que o poder da Pedra fique pálido de tão insignificante. E é desse poder que devo me armar para me libertar. O garoto fará isso por mim, a garota irá escolher a pedra que ele irá moldar.

— Não, Caminhante, o garoto e a fagulha são apenas...

O Caminhante o impediu de continuar a falar com um aceno.

— O fazedor petulante e a fagulhinha corajosa? Pobres queridos. Pobres, pobres queridos... Estranha palavra, "querido". Em inglês é *dear*. Dizê-la com "a" denota algo que você ama, pronunciá-la com "e", *deer*, significa cervo, chifre e a emoção da caçada. Adoro caçar, mas sabe de uma coisa, Artilheiro? Sabe qual é a parte da qual eu realmente gosto?

Seu sorriso vermelho e molhado expandiu-se.

— Da matança — disse o Artilheiro, indiferente.

— Não só da matança... — sorriu o Caminhante. — O que mais me agrada é o momento que a antecede, quando você sabe que pode escolher entre matar ou não, e a presa sabe disso também. Essa é a melhor parte. Quando a vida e a morte estão nas suas mãos. Pois é lá que está o verdadeiro poder.

O Caminhante ergueu o pé e, entortando o olhar, pisou gentilmente em um dos espelhos que estava segurando.

Então desapareceu.

As luzes das paredes foram diminuindo em meio ao crepúsculo que se formou antes da escuridão tomar conta. Os dois espelhos pairavam no ar, um de frente para o outro, e o último som que o Artilheiro ouviu foi a voz do Caminhante, diminuindo ao longe. Ele ainda pôde ouvir:

— Não importa quem esteja marcado para ser caçado. Eu sei onde a presa está.

Uma nova onda de desespero dominou o Artilheiro quando ele deu-se conta de quem eram as presas.

6

A MÃO DEFORMADA

Edie ficou olhando para a mão de George, os olhos arregalados de horror pelo que presenciava. George estava pálido e olhava fixamente para a própria pele.

— O que está acontecendo? — ela perguntou baixinho.

Ele não fazia ideia. Da cicatriz que o Dragão havia feito, três linhas distintas tinham emergido. Veias escuras coloriam a pele da mão conforme iam se espiralando ao redor do punho como galhos de árvore.

— Será que é envenenamento do sangue? — Edie perguntou, hesitante.

Ele examinou as três linhas bem de perto, lutando contra algo dentro dele que o fazia desejar desviar os olhos.

— Não — ele respondeu, sentindo a boca secar. — É algo pior.

Cada veia retorcida apresentava uma cor e textura diferentes das outras. O que tinham em comum era estarem todas levemente entalhadas na pele do garoto, como fendas em uma rocha.

— George, a gente devia ir a um hospital...

Ele balançou a cabeça de forma negativa, lutando contra a onda de náusea que se agitava dentro dele.

— Não acho que isso seja o tipo de coisa que médicos possam ajudar.

Edie aproximou-se para examinar mais de perto as veias triplas que se entrelaçavam.

— Uma é diferente da outra.

— Sim... E elas não fazem parte de mim. Quero dizer, não são feitas *de mim*.

Por mais que tentasse, não conseguia eliminar o tom de repulsa em sua voz.

— Posso? — ela indagou, esticando a mão de forma hesitante na direção da dele.

Ele virou a cabeça para o outro lado. Não querendo ver.

— Essa aqui é lisa. Como metal.

George percebeu que não tinha como fugir, então respirou fundo.

— É metal. Talvez bronze ou latão — ela disse.

Ele afastou a mão e passou os dedos pelo volume azul-esverdeado que se contorcia sobre ela. Era gelado ao toque.

— Essa não é tão lisa. Parece mármore — concluiu Edie.

Faltava a última veia. George a esfregou, sentindo a dura textura rochosa do calcário. Ao passar o polegar por cima da linha, traçando seu curso, sentiu uma espécie de grão preso à superfície.

— Tudo bem — ele disse, cerrando os dentes antes de conseguir esboçar um sorriso. — Isso é assustador.

— Dói?

O garoto flexionou o braço. As veias pareceram acompanhar o movimento. Ele balançou a cabeça negativamente.

— Não. Mas tenho a sensação de alguma coisa rastejando.

Ele apontou para o braço e continuou:
— Está rastejando. É como se tivesse algo dentro de mim, mas não sou eu. Pra falar a verdade, isso está definitivamente me deixando apavorado.
— Então, o que você vai fazer? — Edie perguntou, aflita.
Ver a preocupação no olhar dela, de alguma forma fez com que a reação dele fosse sentir-se determinado a apagar aquele sentimento ruim dos olhos de Edie. Fazer com que ela se sentisse bem era quase um dever sagrado, e exercê-lo dava a ele uma estranha coragem para lidar com toda aquela situação incompreensível.
— Não vou pensar nisso — ele respondeu e levantou-se.
A chuva estava diminuindo. Ele se abaixou e a ajudou a se levantar. Não sabia de fato o que dizer, então resolveu repetir o que ouvia as pessoas dizerem na TV e nos filmes quando enfrentavam dilemas semelhantes.
— Edie. Vamos ficar bem. Vamos fazer isso juntos. Estarei bem aqui com você. Se alguma coisa ou alguém tentar se aproximar de você, vai ter que passar por cima de mim primeiro.
Assim que disse aquilo, teve certeza absoluta de que sua voz não soou tão convincente quanto os atores que estava tentando imitar. Talvez fosse preciso ser adulto para parecer machão. Edie correu os dedos pelo cabelo e lançou-lhe um olhar de dúvida.
— É mesmo?
Ele sorriu para ela e em seguida ensaiou a expressão de um cara durão.
— Sim. Sem dúvida. Nem tenha medo. Até sairmos dessa situação dou cobertura para você. Olhe para qualquer lado, e eu estarei lá.

Ele esperou que ela entrasse na brincadeira, que interagisse. Mas, em vez disso, ela concordou devagarinho com a cabeça.

— Isso... — Ela se esforçou para dizer o que queria, depois olhou bem nos olhos dele e completou — ... Isso é bom.

— Então, venha. Vamos ver o Frade.

Edie sentiu-se protegida pela confiança dele e estranhamente confortável pelo fato de que George a protegeria. Ela endireitou o corpo e apontou para a rua.

A inesperada confiança de Edie em sua coragem fez com que George começasse a crer que poderia mesmo protegê-la de qualquer coisa.

— A ponte *Blackfriars* fica nesta direção — ela virou-se, apontando o caminho.

Por estar virada, Edie não viu o que aconteceu a pouquíssima distância dela: uma gárgula saltou apressadamente da calha onde estava, caindo como uma pedra de meia tonelada na parte superior do beco onde eles estavam. As asas de morcego se abriram num segundo. Uma garra de trinta centímetros atingiu George bem no meio das costas enquanto a outra prendia o calcanhar do garoto numa espécie de armadilha.

E como aquela pedra pesada, aerotransportada e molhada sabia dar um baita soco, Edie não ouviu o grito de George. Ele nem sequer conseguiu gritar. Todo o ar ficou preso dentro dele enquanto a gárgula o carregava voando em direção ao céu escuro.

Edie, por sua vez, virou-se para ver o que estava atrasando George, porém nada viu. Nenhum George, onde um instante atrás havia um. Nenhum rosto familiar no meio dos pedestres molhados que se apressavam pela calçada atrás dela. Não havia mais ninguém para lhe dar cobertura. Era como se um dispositivo tivesse sido acionado, desligando seu amigo.

Então Edie ficou sozinha.

7

☉ ÍCARO ☉

Houve um estalo, e não sendo visto por nenhum daqueles que corriam em frente ao Tribunal de Justiça fugindo da chuva, o Caminhante saiu de dentro do espelho portátil e olhou ao redor. Havia apenas alguns funcionários conversando e rindo ao ir em direção ao *pub* após saírem do ponto de ônibus. Ele se escondeu atrás deles e os seguiu pela praça.

A conversa da turma esmoreceu instantaneamente com a presença do Caminhante, ficando cada vez menos animada, morrendo e se transformando num silêncio desconfortável. A criatura parou e os deixou seguir pela rua. Planos de uma cerveja amiga antes de ir para casa haviam se tornado significativamente menos atraente na mente daqueles homens, mas sem nenhuma razão que conseguissem entender.

O Caminhante parou ao lado de um pedestal de bronze sobre o qual havia uma estátua alada grotescamente distorcida. Por trás estava nua, podia-se ver asas presas às costas. O engenho mais parecia um instrumento de punição do que um meio de transporte aéreo. A cabeça pendia desconfortavelmente, comprimida para trás, e o torso estava preso dentro de um peitoral ornamental que parecia sufocar a estátua.

Era um monumento à agonia, não ao voo e à liberdade. A estátua, cujas partes humanas visíveis eram as pernas dobradas por causa do peso daquele aparato, contorceu-se quando o Caminhante se aproximou e colocou-se à sua frente.

— Ícaro, sinto muito ter que lhe dizer isso, mas seu irmão está morto.

O Ícaro recuou e começou a se debater. Depois de um tempo, gemidos abafados começaram a emergir.

— Sim. Seu irmão, o Minotauro, que foi esculpido pelo mesmo fazedor que esculpiu você. Ícaro, seu irmão foi morto.

O Ícaro gritou, um grito profundo de homem, aterrorizante e rudimentar, apesar de abafado, como se a boca escondida dentro daquele aparato tivesse sido costurada.

— Sim. Ele morreu tragicamente. Não pude fazer nada para evitar.

O grito mudou de ritmo e foi entremeado por soluços ofegantes quando o homem ou a criatura dentro da pedra absorveu a notícia.

— Achei que talvez você fosse gostar de me ajudar a encontrar as pessoas que fizeram isso. Duas crianças. Tenho um propósito para elas, mas se você as trouxer para mim, irei dá-las a você quando eu terminar. Você tem a minha palavra.

O Ícaro gritou de forma mais profunda — como se alguns dos pontos que costuravam seus lábios tivessem sido arrancados com a força dos gritos anteriores — e então ele saltou do pedestal de forma grotesca, aterrissando numa espécie de agachamento corcunda, com as asas cortadas batendo juntas acima da cabeça, em furioso ímpeto.

8

AEROTRANSPORTADO

TODO MUNDO QUER VOAR. Em algum estágio da vida, todo mundo olha para o céu e vê um pássaro em animado voo pelos ares. Sem esforço algum, pensa: "Queria, apenas uma vez, que aquele fosse eu".

Mas certamente ninguém gostaria de voar sob aquelas circunstâncias em que George se encontrava.

Ele estava de ponta-cabeça, com as costas arqueadas, olhando para o chão abaixo, sem conseguir respirar por causa do golpe no meio das costas, sentindo o fôlego preso, a boca amordaçada,

Tudo o que podia fazer era esticar a mão desesperadamente na direção de Edie, que ficava cada vez menor enquanto seguia na direção errada, passando por uma calçada cheia de gente, tentando encontrá-lo. Ela parecia uma folha dentro de um redemoinho, girando rápido, olhando para todo lugar menos para a direção certa, que era para cima.

E então, assim que a visão dele começasse a se transformar num borrão turvo por causa da falta de oxigênio, ele encontrou fôlego para encher o peito de ar e gritar — nesse mesmo momento a gárgula chegou ao topo de um edifício e ele perdeu Edie de vista.

— Edie!

Ele gritou com todas as forças que lhe restavam, e uma palavra entrecortada saiu de sua garganta, como a morte da esperança. Em vão, pois seu lamento foi abafado pelo enorme barulho da cidade abaixo.

Acima dele, ouviu a gárgula resmungar em desaprovação, e sentiu o aperto na perna aumentar. Após algumas batidas de asas eles já haviam ultrapassado mais um bloco de edifícios e estavam sobrevoando o Tâmisa.

George olhou para a água lá embaixo, depois para cima, bem a tempo de seus olhos se encontrarem com os de seu predador. No microssegundo em que se encararam, ele reconheceu a cabeça de gato resmungona.

— Bica?

Não havia dúvida em sua mente. Aquela era a gárgula que ele apelidara de Bica, a gárgula que tinha tentado matá-lo no Monumento naquela manhã, a gárgula que tinha visto ser transformada em pedacinhos pelo Artilheiro. O estigma que devia estar definitivamente aniquilado.

— Mas você está morta.

A gárgula sibilou novamente e George viu a frente de tijolos da chaminé industrial acima do edifício *Tate Modern* ficando cada vez mais próxima, e embora tivesse certeza de que a Bica tinha a intenção de se espatifar contra a construção, ele continuou encarando a criatura, sem ter ao menos a energia para elevar uma das inúteis mãos para impedir o inevitável. Mas no último instante a Bica girou no ar e agitou a ponta de uma das asas sobre a entrada da chaminé, fazendo com que parassem.

George ficou pendurado ali, com o nariz nos tijolos, sentindo a cabeça latejar horrivelmente, buscando trazer ar para os pulmões e imaginando se seu coração ia, de fato, sair de sua boca como parecia estar tentando.

9

A RAINHA VERMELHA

O Frade Preto caminhava de forma decidida na direção leste, passando pela ponte *Westminster*, e seus poucos pedestres, nenhum dos quais, obviamente, podia vê-lo pois tinham fortes cérebros racionais e estes os impedia de acreditar que uma estátua circulava normalmente entre eles.

O Tâmisa estava à sua direita, e a grande torre do relógio *Big Ben* elevava-se acima. Os ponteiros iluminados do relógio brilhavam na escuridão que se acentuava.

Os olhos do Frade agitaram-se para ambos os lados ao passar por uma impressionante estátua equestre dupla: uma mulher da realeza em um simples vestido rodado, capa flutuante e coroa pontiaguda estava em pé em uma carruagem, a mão direita segurava uma espécie de chicote, enquanto a esquerda encorajava seus dois cavalos de batalha para seguir em frente.

Ao seu lado, na leve carruagem, estavam suas duas filhas, contraindo-se em busca de equilíbrio em cima daquelas rodas mal conduzidas. O grupo todo parecia estar quase caindo do pedestal da Praça do Parlamento.

O Frade fez uma reverência ao passar pela estátua. Quando ficou claro que ele não tinha intenção de parar, a Rainha disse:

— Frade!

Ele fez uma pausa, esperou um pouco, depois se virou. Pela expressão com que encarou a estátua, ficou claro que interromper seu trajeto não era algo que o agradava, contudo, deu um sorriso educado.

— Rainha.

— Você não se inclinou.

Ele sorriu ainda mais e disse:

— De fato.

— Você nunca se inclina.

Ele abriu os braços, expondo o gesto de um homem que nada tem a esconder, que não tem preocupação alguma no mundo.

— Sou amigo de todos os homens, igual para todos, escravo de nenhum. Não tenho intenção de ofendê-la com isso.

A ruga na testa real transparecia a irritação.

— Não tem a intenção de ofender, mas ofende.

— Desculpe. É o meu caminho, o caminho do meu chamado.

— Padres inclinam-se perante reis.

Ele suspirou de forma longa e profunda, da forma que as pessoas fazem quando desejam deixar claro o quanto estão sofrendo com a situação.

— Não padres *bons*, cara senhora. Não aqueles que devo valorizar incondicionalmente. Mas por "chamado" não estava me referindo ao meu sacerdócio. Estava falando da minha profissão: taberneiro. Como anfitrião e dono de taberna, todos os homens são iguais a meu ver.

— E mulheres — ela interpôs-se bruscamente.

A sombra de um sorriso passou pelo rosto dele, mas se foi com a mesma rapidez com que surgiu.

— As mulheres, pela minha experiência, são perfeitamente iguais, contanto que se mantenham no saguão do bar.

A Rainha, visivelmente irritada, segurou o chicote com mais força. Atrás dela, as duas filhas se entreolharam.

— Você acha isso divertido? É assim que você prega, gorducho?

O Frade arqueou uma das sobrancelhas para ela, depois alisou a batina sobre a barriga e disse:

— Deseja um sermão, senhora? Pois, juro por Deus, pensei que a guerra lhe desse mais prazer... Mas certamente, tenho certeza de que posso criar um texto improvisado para essa ocasião surpresa. Deixe-me ver, sim! Ele pode ser mais ou menos assim: quando Adão adormeceu e Eva foi tirada de dentro dele, quem então foi o cavalheiro?

A Rainha encarou o Frade, como se estivesse tentando entender a profundidade do insulto escondido nas palavras dele. Finalmente, ela fez um sinal com a mão mostrando que não ia mais dar importância a ele.

— Palavras arrogantes que extrapolam meu entendimento. Talvez façam mais sentido em um bar.

O sorriso dele mostrou-se inabalado.

— Bem, percebo que não fariam sentido em um palácio, onde as rainhas se imaginam melhores que as pessoas comuns.

O chicote agitou-se na mão da Rainha enquanto ele falava, a força da raiva crescia dentro dela.

— Você é decididamente um insolente!

O rosto dele se abriu num perfeito sorriso de bom humor, como um enorme queijo redondo partido. Ele riu, desculpando-se:

— Não, madame, sinto muito. Tenho um prazer infantil em provocar uma bela mulher ruiva e impetuosa como a senhora, pois como dizem, nada queima mais rápido do que a madeira vermelha.

As filhas prenderam o fôlego e desviaram o olhar.

— Está me chamando de ruiva, padre?

— Ora, certamente. Por qual outro motivo a chamariam de Rainha Vermelha?

Ela finalmente explodiu, os olhos brilhavam e a ponta dura do seu chicote balançava para ele.

— Não é por causa do meu cabelo, gorducho, não pelo meu cabelo! Eles me chamam de vermelha porque eu destruí essa cidade por vingança, pelo mal que fizeram às minhas filhas! E quando meu exército e eu viramos as costas para as ruínas em chamas, meus braços estavam vermelhos até os cotovelos com o sangue de Londres e a sua insolente...

— Mãe — disse a filha da esquerda, pegando no braço dela, tentando fazê-la parar. A outra pegou no braço direito e tentou mudar o foco de atenção da Rainha:

— Mãe. A fagulha...

A mulher colérica se controlou após um esforço visível. Os olhos do Frade demonstravam um humor totalmente inocente, inocente até demais, divertindo-se com o resultado das palavras que dissera. A Rainha falou com toda a calma que conseguiu encontrar dentro de si:

— Sim, claro. A fagulha. A fagulha, Frade. Ontem à noite vimos uma fagulha passar correndo por nós. Estava acompanhada por um garoto.

As sobrancelhas dele se arquearam numa expressão de surpresa.

— Ah! E a senhora tem certeza de que era uma fagulha? Você sabe tão bem quanto eu que nós as sentimos com a mesma força que elas sentem o que há nas pedras. Ela era jovem, forte e corajosa. Mas por algum motivo estava correndo. Queríamos saber o que aconteceu com ela.

— E por quê? Perdoe a minha impertinência, mas o que a senhora tem a ver com as fagulhas?

Ela segurou firme o chicote e açoitou o piso da carruagem.

— Elas são garotas fortes e vivem em perigo além do suportável. Não víamos uma há anos.

— Talvez a senhora esteja enganada — ele disse, dando de ombros.

— Não nesse caso, Frade. E qualquer mulher em perigo é da minha conta e cuidado.

— E por quê, senhora?

Ela bateu o chicote com mais força ainda, fazendo as filhas pularem.

— Porque é assim que desejo. É assim que SEMPRE desejei.

O fogo parecia arder nos olhos dela. O Frade estava certo a respeito da rapidez com a qual ela queimava.

— Por que a senhora me pergunta sobre essa tal fagulha?

— Porque ela estava correndo junto ao rio, e mais cedo ou mais tarde o rio passa pela sua porta.

Ele passou a mão no rosto, removendo toda a alegria ao fazê-lo. Inclinou a cabeça novamente, mas não o bastante para que o gesto fosse considerado uma reverência de qualquer tipo.

— O rio passa por muitas portas. Não vi ninguém. Boa noite, senhoras.

E com um aceno de cabeça ele partiu em direção ao norte.

A Rainha o observou ir. Respirou fundo várias vezes, depois virou-se para a filha do lado direito da carruagem e disse:

— Ele mentiu. Há uma fagulha à solta. Temos que fazer alguma coisa. Se a minha intuição estiver certa, a garota está em perigo.

10

EDIE SOZINHA

NUM MINUTO ELE ESTAVA LÁ. Em seguida, desaparecera. Simples assim, horrível assim.

Edie tinha olhado para a esquerda e para a direita, certificando-se da direção certa. Virara-se para dizer que seria melhor se corressem, caso ele estivesse a fim — e ele simplesmente não estava mais lá. Fora tão repentino e tão chocante, que a mente de Edie não a permitia ver a verdade por detrás do fato. Sua primeira reação foi ficar irritada com George, achando que estivesse brincando com ela. Ela estava cansada, fisicamente cansada, e tentando esconder ao máximo dele que sentia estar perto do fundo do poço. E agora ele estava brincando de esconde-esconde ou algo assim.

— Para com isso, George! — ela disse com firmeza. — Não estou a fim de...

Foi então que teve um pensamento horrível. Talvez ele estivesse escondido por ter visto um estigma ou o Caminhante vindo na direção deles. Em seguida, ela se virou e examinou a vista atrás dela novamente. Só o que viu foi uma velha mendiga que empurrava um carrinho barulhento cheio de sacolas e jornal do outro lado da rua. Edie estava longe demais para perceber que os olhos da mulher estavam inteiramente pretos e olhavam fixos em sua direção. E o que quer que a mendiga estivesse resmungando para si mesma foi sufocado pelo som do trânsito. Edie, não vendo nada ameaçador, deu um suspiro de alívio e voltou para o beco, procurando o amigo que sumira.

— George!

Ele não estava lá. Ela olhou na soleira e na lateral de um carro. Não havia equívoco algum. Ele tinha desaparecido de forma tão clara e brutal como se nem tivesse estado ali para começo de conversa. Ela sentiu o pânico revirar seu estômago e subir pelo peito, sufocando-a, fazendo seu coração bater mais forte. Virou-se mais uma vez, procurando pelo esconderijo que não estava encontrando, já de punhos cerrados para que pudesse golpear o garoto quando ele pulasse na frente dela às gargalhadas.

Contudo, após uma boa inspeção, ela percebeu que não havia esconderijo algum. Se ele tinha se escondido, o local escolhido não era ali por perto.

Tudo o que havia por ali era a cidade, a rua e as pessoas correndo da chuva. Num *flash*, apenas por um instante, ela teve a certeza de ter ouvido a voz de George chamando seu nome; o tom da voz era de desespero e o som parecia vir de longe. Mas quando ela se virou na direção em que pensou tê-lo ouvido, não havia nada lá. Ela então concluiu que sua mente a havia traído, fazendo com que ouvisse coisas que não existiam, só porque *queria* que fossem reais.

Foi aí que ela finalmente se permitiu acreditar que George desaparecera de verdade, que aquilo não era nenhuma brincadeira de mau gosto. O punho cerrado começou a se abrir, os ossos das articulações e os tendões tensos foram suavizando.

Ao virar-se lentamente, ela tropeçou em algo e olhou para baixo. Seus joelhos se dobraram e logo após se esticaram enquanto os dedos sem energia se flexionavam e voltavam à vida para pegar o objeto sobre o qual havia tropeçado.

Um sapato. O sapato de George.

Estava molhado e gasto, mas quando colocou a mão dentro dele, sentiu que ainda estava quente. Uma parcela da normalidade se reafirmou e ela percebeu que tinha voluntariamente pegado o sapato de um garoto que havia passado as últimas vinte e quatro horas ou mais não fazendo outra coisa que não fosse correr. Ela rapidamente tirou a mão do interior pegajoso para sentir o ar fresco. Retorceu o nariz sentindo uma repulsa momentânea que logo se transformou num sorriso tenso conforme a mão segurava firme o sapato: ali estava a prova concreta de que George tinha estado ali, que era real, e que ela não estava ficando louca.

Segurar o sapato fez com que ela parasse o movimento de girar que tinha iniciado, giro este que mais parecia uma espécie de transe. De volta à realidade, percebeu que quase perdera o equilíbrio, e se isso tivesse acontecido, teria caído feio na calçada,

Para ela já era o suficiente.

Afugentou o medo para as sombras ao bater na sola do sapato de George com a palma da mão, insistentemente trazendo a obstinação de volta para si. O sapato, com o cadarço desamarrado, a fez se lembrar das botas de exército apertadas do Artilheiro e do ruído reconfortante de pregos batidos que elas faziam quando ele caminhava ou corria. Pensar no Artilheiro parecia ajudar também. Ela sabia instintivamente o que ele diria se estivesse ali agora, se ele pudesse ouvir as dúvidas que se agitavam na mente dela.

Ele teria afastado esses pensamentos e os mandado embora. Edie fez o mesmo.

— Certo. Chega disso. Trabalho a fazer. Vamos! — disse, cerrando os dentes. — Enlouqueço depois.

Pensar no Artilheiro a fez sentir-se revigorada. Como se pudesse senti-lo ali com ela. Talvez essa sensação de conforto foi o que colocou um cabresto em volta de seus olhos e a fez caminhar em linha reta pela rua, em direção ao rio.

11

CAÇADA NO TATE

Todo o sangue no corpo de George estava obedecendo ao chamado da gravidade por estar pendurado de cabeça para baixo, o nariz preso aos tijolos da chaminé alta. Ele conseguia sentir o coração bater forte ao lutar uma batalha sem esperança, tentando manter o bombeamento normal dentro de seu corpo. Os ouvidos martelavam um chiado de percussão que foi ficando cada vez mais alto até ele ter certeza de que sua cabeça ia explodir com a pressão. Não ficava de ponta-cabeça desde pequeno. Tinha uma forte lembrança da mãe rindo e impedindo o pai de balançá-lo sobre uma pilha de folhas, e lembrou-se do alívio sentido quando o pai o virou de volta ao normal, e de como os dois caíram por cima da pilha e fizeram uma luta de folhas. Ele devia ter uns seis anos, e aqueles foram dias felizes, quando o riso de sua mãe era apenas riso, não uma forma de esconder algo.

    Pensar na mãe era como lembrar-se de outra vida. Ele se perguntava se ela já estaria de volta ao país, se sabia que ele estava desaparecido. Devia saber. Em algum lugar lá fora ela estava procurando por ele. Ela *tinha* que estar.

Tentou pensar no que podia fazer para se safar, mas era difícil. Pequenos pontos negros começavam a dançar em sua visão, dali a pouco ficaria inconsciente. Foi então que a outra garra da perna da gárgula prendeu-se ao redor do pescoço dele, não com força, e então George sentiu ser virado para cima, ficando frente a frente com a enorme cabeça de gato da fera.

Os olhos de pedra da Bica pareciam penetrar nele conforme a pressão na sua cabeça diminuía e as manchas negras sumiam de sua vista. O coração ainda batia descompassado no peito, mas o barulho em seus ouvidos se aquietou, tornando-se um som grave e abafado ao fundo.

Uma sobrancelha felina elevou-se mais que a outra, sinalizando uma pergunta. A boca de pedra funcionou, tentando fazer uma palavra sair por detrás dos enormes dentes. A criatura conseguiu emitir um som, porém de um modo tão desajeitado quanto alguém tentando tirar uma espinha de peixe sem usar as mãos.

— Gack? — a gárgula pronunciou, e fez uma pausa, como se esperasse por uma resposta. Como George não disse nada, ela sorriu e pareceu tentar de novo, dizendo:

— Gowk?

Mais estranho do que ficar pendurado no topo de uma alta chaminé industrial nas garras de uma gárgula voadora era o fato de que a gárgula parecia estar tentando *falar* com ele.

George sabia que havia algo errado com aquilo. Ele sabia lá no íntimo.

— Por que você não está morta? — ele perguntou, a voz rude e decidida. Ao dizê-lo, percebeu que também queria saber por que não estava morto, por que aquele monstro não tinha estripado seus membros nem o derrubado para que se espatifasse no chão lá embaixo.

A Bica olhou para ele, e embora não tenha respondido, George ficou chocado ao ver que a fera dava de ombros. E quando algo de sete metros e asas abertas dá de ombros, tem-se o maior encolhimento de ombros que se pode imaginar.

De acordo com tudo que aprendera sobre cuspidos e estigmas desde que caíra naquela camada oculta de Londres, onde as estátuas andavam, falavam, voavam e lutavam, a Bica devia estar morta, de volta ao seu pedestal, para nunca mais se mover novamente. George vira o Artilheiro transformá-la em pedacinhos com algumas das últimas balas da sua arma. A gárgula era um estigma. Isso significava que ela não podia estar voando por aí, pois quando os estigmas eram danificados, não havia possibilidade de que voltassem à vida. Por outro lado, os cuspidos — como o Artilheiro — tinham um forte espírito reconstrutor que, em certos casos, podia trazê-los de volta da morte. Mesmo quando eram extremamente danificados, se conseguissem encontrar o caminho de volta ao seus pedestais originais até a meia-noite — período que o Artilheiro denominou "virada do dia" — podiam ser reanimados. Os estigmas não tinham o mesmo espírito forte dos cuspidos. Eles tinham um vazio em sua essência, essência esta marcada por inveja e malícia.

A Bica tinha sido estilhaçada bem na frente dos olhos de George. Isso queria dizer que ela não deveria mais ser uma ameaça.

Mas algo aconteceu e ela estava ali. O capturara com sucesso e agora o olhava cheia de expectativa. George não fazia ideia do motivo. A menos que...

Seu raciocínio foi clareando e ele se deu conta de que talvez soubesse o que a Bica queria. E era o que o Caminhante também desejava: a cabeça de dragão quebrada que estava no bolso dele.

Esse pensamento o animou. Um momento atrás ele não tinha esperança de sobreviver, achava que seu destino seria uma longa queda em direção ao chão. Mas agora ele tinha algo para trocar por sua vida. Não se importava de dar à gárgula o pedaço de estátua quebrada, não se a troca lhe permitisse viver para resgatar o Artilheiro e reencontrar Edie.

— Veja — ele disse de uma vez por todas. — Eu sei o que você quer. Eu tenho o que você quer. Ponha-me no chão e darei a você.

Levou as mãos até o bolso do casaco e rapidamente se deu conta de que não estava usando casaco algum. Lembrou-se de que o havia emprestado para Edie quando a chuva aumentara. Sua moeda de troca evaporara. Pensou com um aperto no peito que, sem a cabeça quebrada, lá se fora sua chance de chegar ao chão inteiro.

— Ah — ele esbravejou. — Droga!

— *Goga?* — ecoou a Bica de forma grosseira, com a cabeça ainda inclinada.

— Exatamente — a voz de George soava tão derrotada quanto ele se sentia.

— *Gatamente?*

— Sim — disse George. — *Gatamente.*

Sentiu que estava ficando histérico. Havia um enorme som crescendo dentro dele como uma maré, e não era um grito nem um berro. Era riso. Mas onde estava a graça em sua própria desgraça? Explodiu numa gargalhada incontrolável. Não parou nem mesmo quando a Bica o agarrou com mais força, lançando-o do topo da chaminé para o vazio da noite. Lágrimas de alegria caíam de seus olhos enquanto ele voava pelos ares. Então ele viu uma lâmina de metal branco da Passarela *Millenium* abaixo dele, como se fosse um borrão conforme a gárgula passou voando baixo sobre o rio, em direção ao norte.

— *Gatamente* — ele engasgou e um pouco do riso saiu pela narina num ronco convulsivo, e a enorme cúpula branca da catedral de São Paulo aproximou-se à frente.

— Estou *fegado*...

12

O TOURO MATADOR

O Caminhante surgiu com um disparo de um dos pequenos espelhos em suas mãos e olhou para o clássico pórtico frontal do Tate Britânico, depois virou-se. Só se viam pessoas que esperavam pelo ônibus do outro lado da avenida.

Ele se aproximou dos degraus cinza e apressou-se em apoiar a mão no largo corrimão da escadaria. O capuz cobria seu rosto, dando-lhe um ar de mistério sobre sua identidade. Por natureza, o Caminhante era muito bom em ocultar-se.

A verdade é que tinha que visitar uma nova estátua, mas não queria ver nem ser visto por outra.

A estátua que procurava ficava do lado esquerdo da entrada, em uma pequena varanda adjunta ao lado do alpendre de colunas duplas do pórtico. A que ele particularmente não queria ver ficava à direita.

Assim que chegou aonde desejava, relaxou e retomou a postura arrogante de sempre.

Era um grupo de estátuas. Havia os dois tipos: as estátuas humanas eram cuspidos, dois homens musculosos como guerreiros gregos, lutando contra um impuro, este um enorme touro assassino, em cujas costas estava amarrada uma mulher nua.

Não era um grupo feliz. Era um monumento ao fato de que os gregos antigos se divertiam muito pensando em formas de executar pessoas.

O Caminhante limpou a garganta e disse:

— Quero falar com o Touro.

Ninguém saiu do lugar. O momento congelado da luta permanecia paralisado no ar. O Caminhante suspirou.

— É sobre o Minotauro.

Os olhos do Touro viraram-se para olhar para ele.

— Ele foi morto.

O Touro se contraiu e jogou os dois homens que lutavam contra ele no canto da varanda. A mulher presa à suas costas gritou.

— Sim — disse o Caminhante, num tom de falsa compreensão, sem se mover. —É doloroso.

O Touro ficou parado, urrando de raiva pelas narinas enquanto a mulher lutava para se libertar.

— Gostaria de saber se você me ajudaria a punir os responsáveis.

O Touro ergueu as costas e os chifres para trás, então todos ouviram um som que rasgou o céu crepuscular.

O Caminhante olhou para cima e sorriu quando a forma escura desceu do meio da noite e pousou gentilmente em seu ombro.

— Ah! Aí está você.

O Corvo levou o bico à orelha dele. O Caminhante acenou a cabeça.

— Bom. Se quisermos mesmo encontrá-los, o Contador fará isso mais rápido do que qualquer pessoa. Agora vamos. Temos que ir para o leste.

13

O CONTADOR

Edie estava parada na calçada, esperando que as luzes do semáforo mudassem de vermelho para verde. Ela estava na frente de um grupo de pedestres, todos impacientes para que o tráfego parasse e pudessem então continuar seus caminhos em direção à estação do Frade Preto. Todos estavam em seu próprio mundo, ouvindo música em seus fones de ouvido, falando em seus celulares ou simplesmente encarando o vazio à frente, perdidos em suas próprias Londres particulares. Ninguém prestava atenção nela.

— Uma fagulha. Em cima da Poça do Pato.

O ouvido de Edie captou as palavras bem de longe. A voz era masculina, calma, grossa e sem emoção, como uma máquina. Ela virou-se, achando que estava ficando nervosa e começando a imaginar coisas. Ninguém estava olhando para ela. Ela devia ter imaginado mesmo. As palavras não faziam sentido mesmo. "Poça do Pato" era só blá-blá-blá. Ela obviamente tinha ouvido só um pedaço da conversa e, como não fazia sentido, sua mente havia preenchido as lacunas da frase com sons semicoerentes, resultando naquele erro de percepção.

"Poça do Pato" era uma expressão antiga, não daquela Londres atual em que Edie vivia. Ela teve um *flash* de memória, não uma visão de fagulha — pequenos desenhos pálidos de patos brancos, usando véus cor-de-rosa e boinas azuis, o mesmo azul dos brincos de vidro jateado que sua mãe sempre usava, e os dedos da mãe passando por cima das palavras ao lado da figura e contando a história. A lembrança era feliz, portanto, traiçoeira e não deveria ser guardada na mente por tempo demais, pois havia o risco de que magoasse.

O semáforo abriu e o pequeno nó de pessoas começou a se mover novamente, aos poucos cada uma ia atingindo sua própria velocidade de caminhada.

Edie foi na direção do rio, e assim avistou o nome da rua escrito no canto de um prédio, claramente delineado em preto e branco. Ela seguia pela rua Poça da Doca. E assim que começou a repetir Poça do Pato e Poça da Doca, ouviu a mesma voz indiferente mais uma vez, porém com muita clareza agora.

— Uma fagulha. Na Poça da Doca. Indo para o rio.

Edie virou-se e o viu. Pela reviravolta em seu estômago pensou tratar-se do Caminhante. Mas segundos depois uma onda de alívio a percorreu quando viu quem era a figura falante. Tratava-se de um mendigo, vestindo um casaco longo que deixava sua silhueta similar à do Caminhante. Em vez do capuz do Caminhante, o mendigo tinha uma vasta cabeleira desalinhada que emoldurava sua cabeça com muitos *dreadlocks*. O homem apertava os olhos, sua mandíbula estava caída e a boca respirava calmamente, os dentes eram poucos, tingidos de preto e laranja. Ele a encarou como se esperando que fizesse alguma coisa.

— Uma fagulha. Na Poça da Doca. Parada no meio da rua...
A voz dele continuava impassível, sem vida. O homem tinha o olhar de alguém transformado em zumbi devido a uma overdose de álcool. Ela concluiu que ele estava profundamente embriagado.

Os outros pedestres já tinham sumido. Apenas dois deles ainda podiam ser vistos no meio da rua.

Para Edie aquele homem não passava de um louco da rua, e loucos da rua e bêbados eram coisas que não a assustavam. Primeiramente, porque ela sentia lá no íntimo que ela própria era uma louca da rua, e em segundo lugar porque sabia tudo sobre bêbados e seus diferentes níveis de embriaguez. O que a assustava não era o mendigo em si, mas o que ele estava falando. Sendo assim, procurando manter-se longe do alcance de qualquer ataque súbito daquele estranho, ela aproximou-se um pouco mais dele e indagou:

— O que você disse?

— Uma fagulha. Na Poça da Doca. No meio da rua. — Ele repetiu, e era uma réplica exata e sem emoção da frase dita anteriormente.

— Por que você me chamou de fagulha? — ela perguntou, sentindo a boca seca ao tentar prever a resposta.

— Porque você é uma fagulha — ele disse, sem mostrar interesse nem tirar os olhos apertados de cima dela.

A indiferença era mais perturbadora do que o fato de ele ver o que ela era. Edie inclinou o queixo para frente, determinada a não se deixar trair pelo desconforto e intimidação que começavam a crescer dentro dela.

— Quem é você?

A língua dele apareceu molhada por entre a ruína despedaçada que era a sua boca.

— Somos o Contador.

— Você é o quê?

— Somos o Contador.

A inflexão era idêntica à primeira vez que havia pronunciado a frase — no mesmo tom, desinteressada. Como uma gravação. Como a voz que sai de um computador.

— Nós? — ela disse, olhando ao redor. Sentiu-se aliviada por vê-lo sozinho. — Você é "nós"? Faz parte da realeza como a Rainha?

— Nós somos o Contador — ele disse, repetindo-se, desinteressado, imóvel, olhos presos nela.

A repetição monótona era tão irritante quanto enervante.

— O que você está fazendo? — ela perguntou no momento em que um caminhão passou pelo seu ombro direito.

— Contando você.

— Me contando?

— Contando você. Uma fagulha. Na Poça da Doca. Parada no meio da rua…

— Por quê? — ela perguntou, confusa. — Por que você está me contando?

O caminhão em alta velocidade fez o trânsito atrás de Edie parar e deixou o Contador na sombra, fazendo-o parar de apertar os olhos.

— Somos o Contador.

Mais uma vez a resposta impassível veio como que explicando o óbvio. Edie prestou atenção nos olhos dele. Definitivamente não eram olhos humanos, estavam inteiramente pretos, não havia absolutamente nenhuma parte branca — pareciam olhos de corvo. Conforme essa convicção repentina e cheia de horror a dominou, ela percebeu que aquele mendigo não era *só* um mendigo.

Edie partiu em disparada em direção ao rio, passando por um carro e um *motoboy*.

O Contador não correu atrás dela. Ele simplesmente continuou a repetir as palavras de sempre, conforme esperava por uma brecha no trânsito:

— Uma fagulha. Correndo pela Poça da Doca. Indo para o rio.

14

O ARTILHEIRO NO ESCURO

"Não importa que esteja marcado para ser caçado... Eu sei onde a presa está." As palavras do Caminhante pareciam pairar no ar úmido do tanque. Fazia um tempo considerável que ele tinha ido embora. O Artilheiro estava se sentindo mal diante da certeza de que o Caminhante iria caçar Edie e pegá-la. Uma enorme quantidade de pedras do coração pertencentes a outras fagulhas ornamentavam as paredes como troféus, acabando com todas as dúvidas. Cada um daqueles vidros do mar tinha sido posse preciosa de uma mulher ou garota, o tipo de posse que nenhuma delas teria aberto mão sem antes lutar com todas as forças. O Artilheiro perguntava-se quantas pedras do coração teriam sido retiradas de dedos frios, mortos.

Sentiu-se fraco ao pensar nisso.

— Certo — disse a si mesmo. — Pausa para fumar.

Recostou-se na parede e escorregou lentamente até ficar sentado. Pegou a capa impermeável que usava ao redor dos ombros e tirou algo do bolso. Houve um arranhão e então um fósforo encheu-se de luz. A ponta vermelha do cigarro se acendeu.

Ele segurou o fósforo com uma das mãos, sem querer desperdiçar aquele momento de iluminação ao sugar de forma faminta o cigarro nos lábios. Viu o contorno em forma de castelo dos fragmentos de vidro do mar, e ele percebeu o disco pendurado no centro do cômodo, refletindo a pequena chama em sua mão. Poucos segundos e a luz se apagou, deixando-o novamente no escuro.

O único som era o da sua respiração, entremeada com a fumaça do cigarro que era inalada e exalada. Cada vez que ele inalava, o pequeno ponto vermelho na ponta do cigarro brilhava um pouco, como um minúsculo coração pulsando.

Tentou colocar os pensamentos em ordem. Que opções lhes restavam? Sentia-se *errado* por dentro, ainda retorcido e pendurado por uma corda, o que percebeu ser o resultado por ter quebrado o juramento para tentar salvar Edie. Provavelmente aquela sensação só pioraria. O enfraqueceria progressivamente, e aniquilaria qualquer lucidez que lhe restasse. A coisa que mais o preocupava, depois do que iria acontecer com Edie e George, sem ele por perto para ajudar, era o que iria acontecer *após* a meia-noite.

À meia-noite, ou virada do dia, era o momento em que as estátuas baseadas em pessoas reais — os cuspidos — tinham que estar em seus pedestais. Não era opcional, mas parte de quem eram e como eram. Um pedestal vazio na virada do dia significava a morte de um cuspido. Quando ele retornasse ou fosse retornado ao seu pedestal após o prazo, jamais andaria novamente, não passaria de um pedaço de pedra ou metal com formato humano. O Artilheiro estava pagando a pena por ter quebrado um juramento feito à Pedra e à mão que o fizera, então imaginou que a meia-noite poderia significar, se não fosse o fim, o começo de uma eternidade andarilha como a do Caminhante, escravo dos poderes sombrios contidos na Pedra.

Ele não parecia ter muita chance de sair daquela cela subterrânea antes da meia-noite, a menos que o Caminhante o tirasse dali, e isso parecia totalmente improvável. Mesmo se ele tivesse sua força normal, não sabia a profundidade daquele buraco, e com certeza não pensava que poderia escalar até a superfície, já que da última vez que tentara erguer os braços para fazer isso, fracassou. O poder do Caminhante sobre ele parecia estar funcionando. Ele se perguntava se seu inimigo voltaria antes da virada do dia, antes que a meia-noite viesse para levá-lo à morte.

Sentiu a ironia da sua situação: sua vida dependia do retorno do Caminhante. Alguém portador de uma arrogância difícil de tolerar. Imaginar a presença daquele ser era pior do que todas as coisas ruins que tinham acontecido até ali.

Após um momento de confusão, o Artilheiro tentou parar de pensar no Caminhante, e isso fez com que bolasse um plano que não dependia de seu inimigo.

— Venha, seu maldito! — ele disse a si mesmo ao fazer força para ficar em pé novamente.

Se os vidros roubados das fagulhas brilhavam por causa do poder que possuíam de avisar quando um estigma ou um Servo da Pedra como o Caminhante se aproximava, e essa fora a forma perversa de o Caminhante conseguir luz para si mesmo naquele covil subterrâneo, então havia algo que o Artilheiro podia fazer. E o fato daquilo envolver desmontar o castelo cuidadosamente feito pelo Caminhante somente aumentava seu desejo de levar a ideia adiante.

Ao tragar o cigarro com força, viu um pálido reflexo em alguns dos vidros na parede. Colocou sua capa impermeável com cuidado no cascalho embaixo e esticou ambas as mãos o máximo que conseguiu para tirar os pedaços de vidro da parede e colocá-los sobre a capa.

— Abracadabra para você também, parceiro — ele resmungou com um sorriso de satisfação.

Assim que se convenceu de ter tirado todas as pedras do coração da primeira parede, ele dobrou a capa e foi andando em linha reta para fora do cascalho, mas ainda dentro da água. Ao passar pelo ponto central do espaço, ele parou e levou as mãos ao ar até que elas batessem no disco giratório da corrente. Bateu com força e ouviu um ruído "preciso" quando a corrente se partiu e o disco foi libertado. Levou a mão ao bolso e tirou os fósforos. Acendeu um e ficou ali, no fundo da água, olhando para o disco sob a luz da pequena chama.

Era um velho prato de estanho: nele, alguém havia desenhado uma série de círculos concêntricos com castelos de grandes torres nas pontas. Do arco na base de cada castelo saíam linhas, estas formavam uma cruz no centro do prato. Havia também uma série de círculos e desenhos que pareciam a frente de um escudo. O Artilheiro pôde ver também algo escrito por toda a extensão do objeto. Ele conseguiu ler *O Reis e seus Príncipes* antes de o fósforo se apagar. Ele cuidadosamente guardou o prato dentro da jaqueta e foi em direção ao castelo de vidro na parede de frente para ele.

— Rei uma ova! — resmungou. Você não vai precisar de toda essa vaidade, porque quando você voltar aqui com as luzes apagadas, eu irei coroar você com a decepção.

E embora não houvesse ninguém ali para ver, ele sorriu ao pegar o primeiro pedaço de vidro do mar na parede à sua frente.

15

PATERNOSTER

Ao mesmo tempo em que Edie estava correndo na direção sul para o rio, George tinha acabado de cruzá-lo seguindo para o norte. A Bica o segurava com firmeza ao redor do peito enquanto batia as asas dirigindo-se à grande cúpula da catedral de São Paulo. O caminho pelo ar era bem agitado, pois a gárgula batia e flexionava os músculos em cada movimento, fazendo-o tão sofregamente, que voar era mais uma questão de vontade do que de aerodinâmica para aquela gigantesca criatura de pedra. George tinha a forte sensação de que iria cair a qualquer momento. O único ponto positivo é que não estava mais sendo carregado de ponta-cabeça, então não sentia mais o sangue latejando.

O *flash* de uma câmera atingiu os olhos dele enquanto sobrevoavam um grupo de turistas fotografando à luz crepuscular da catedral. Ele gritou "Socorro!" mais pela necessidade de gritar do que por esperança real, tentando lançar um gancho verbal de volta a uma realidade da qual mal se lembrava.

Como ele já esperava, nenhum turista olhou para cima. Eles não conseguiam vê-lo naquela camada de Londres. A parte inconsciente e instintiva de seus cérebros dava um passo à frente e apagava a imagem absurda, protegendo suas consciências do choque ao ver o impossível: um garoto sendo levado no céu da cidade por uma gárgula, como um rato pego por uma coruja.

Por ter desistido de esperar que alguém o notasse, George não percebeu o olhar estranho de um homem sentado em uma soleira. Ele usava um terno sujo e desalinhado, seus dentes estavam quebrados. George não o viu colocar de lado a garrafa de cidra e apertar os olhos para o céu. Ele não viu o rosto do bêbado ruborizando-se. E também não viu os olhos negros nem uma voz sem vida dizer:

— Garoto no céu. Carregado por gárgula. Voando para a catedral de São Paulo, direção noroeste.

A Bica subitamente ficou sob uma asa só e virou de forma abrupta e desequilibrada num ângulo à direita no céu, mergulhando baixo na lateral da cúpula, de frente para um raio de sol desenhado na superfície da praça *Paternoster*.

Agora George tinha certeza de que a gárgula não iria matá-lo imediatamente. Havia então um tempo para o medo e para a raiva: ele precisava resgatar o Artilheiro, mas como ia realizar essa proeza na situação que estava? Vulnerável. Sendo levado pelos ares para onde quer que a gárgula tivesse vontade.

Pensou no Artilheiro, e como ficara aliviado quando este saltara do pedestal em seu auxílio. George sabia que se ele não libertasse o Artilheiro de onde quer que ele estivesse, levando-o de volta ao seu pedestal até a meia-noite, o bom cuspido *já era*.

George olhou para baixo e ficou a observar uma praça moderna que se estendia lá embaixo. De repente, ouviu um barulho que lhe chamou atenção, fazendo-o olhar para o local de onde ele vinha: era o som de um carneiro balindo queixosamente no meio da praça de pedra tomada pelo vento.

Era um som pacífico de grama, montanhas e verão, e por mais que estivesse longe, penetrava no cérebro superaquecido de George como água fria depois de um longo período de seca.

Por uma razão inexplicável, o som do inocente animal no meio de toda aquela confusão o deixou leve por dentro.

Em seguida, percebeu que a gárgula iniciara uma subida para o alto de um prédio comercial. Um voo rápido demais para ter certeza, mas devagar o suficiente para George quase se convencer de ter ouvido uma voz no meio do balido dizer a ele:

— Segure firme, meu filho!

Ele se contorceu e sacudiu-se nas garras da Bica, desesperadamente tentando ver o carneiro ou o homem cuja voz ele tinha a dolorosa certeza de já ter ouvido antes, mas a gárgula sobrevoou os topos dos telhados, e a praça foi perdida de vista.

Tinha sido apenas um diminuto som, mas passou por ele como uma corrente de adrenalina. Sentiu-se revigorado, como se tivesse tido uma noite de sono. Não sentiu menos medo ou confusão pelo que estava acontecendo com ele. O que o acometeu foi uma estranha coragem.

A cicatriz em zigue-zague de sua mão doeu de forma aguda, mas não era uma dor insuportável a ponto de fazer sua onda de bem-estar se dissipar. Olhou para as três linhas interligadas no punho. A menos que estivesse enganado, elas tinham caminhado mais, uma delas chegara mesmo a atravessar seu braço, iniciando uma fissura curva no antebraço.

— *Gorvo* — resmungou a Bica de súbito, e deu mais uma guinada para baixo, fazendo o mundo se inclinar de forma alarmante.

Se fosse possível tropeçar no céu, cem metros acima do chão, aquela devia ser a sensação. George concentrou-se em manter o que quer que estava em seu estômago dentro dele, e então, assim que conseguiu devolver o conteúdo ao seu lugar, olhou para cima a fim de saber o que estava perturbando a gárgula.

O mundo se agitou como uma montanha-russa, e uma vez mais o estômago de George embrulhou horrivelmente. Ele percebeu que a Bica estava hesitando, mergulhando entre dois arranha-céus para ficar abaixo do nível do topo do edifício, como que tentando colocar-se entre ele e algo mais no céu noturno. George se esticou e seguiu a direção dos olhos da gárgula, mas não viu nada além da cidade conforme as luzes vinham e as cores se despediam do dia. O céu estava vazio, exceto por uma outra ave qualquer voando ao longe na direção norte. Não havia nada obviamente ameaçador. George não conseguia entender porque a Bica estava agindo de forma tão estranha.

— *Gorvo!* — disse a gárgula ofegante, dessa vez de forma mais intencional.

E então o céu do começo da noite desapareceu e eles se lançaram para o topo de um edifício alto e velho que parecia pegar um quarteirão inteiro da cidade. Olhou de relance para a fachada da Bolsa de Valores Real, esta sustentada por pilares, e percebeu que deviam estar voando diretamente sobre o Banco da Inglaterra, na rua *Threadneedle*.

Olhou para baixo e viu o pátio central do edifício, em seguida, ouviu um canto.

Era apenas uma canção ao longe, mas cortava toda a agitação ruidosa da cidade e vinha de forma tão limpa quanto o som do carneiro na praça *Paternoster*. Era a voz doce de uma garota. A canção falava de brilho do sol e brisas leves da primavera. Era o som feliz de alguém cantando somente para seu próprio prazer, terminando com vigor a rima a cada final de verso com uma alegria que tinha algo inegavelmente puro e elementar.

"Onde a abelha suga, lá estou eu
Quando as corujas choram, lá me recosto
Onde está a prímula, lá estou eu
Nas costas do morcego para voar, encosto."

O canto vinha de uma pequena cúpula abobadada, localizada no alto de um edifício ao norte. A cantora era um brilhante respingo de dourado contra o cinza do prédio e das sombras escuras na rua lá embaixo. Ela parecia uma bailarina, equilibrada na ponta de um dos pés enquanto a outra perna esticava-se para trás, executando uma delicada dança árabe. Um tecido dourado brilhava, cobrindo suas pernas e dorso. O cabelo loiro ondulava como se tocado por uma brisa invisível, enquanto a garganta vez ou outra arqueava-se para trás e seu rosto ficava frente a frente com o céu e a lua.

Por um instante, ela era uma visão de postura, graça e felicidade. E então, assim que George a viu, ela o viu também.

Apesar de sua boca continuar aberta, ela parou de cantar e o encarou demonstrando surpresa legítima quando a Bica passou voando perto dela.

George viu o rosto da garota iluminar-se. O brilho dos olhos dela encheu George de esperança, embora ele não soubesse por quê.

— Um garoto? — ela indagou numa voz clara como um riacho da montanha. — Olá, garoto.

Mas a Bica continuou voando para longe, e o sorriso da doce menina se transformou numa careta triste. Ela acenou de leve com uma das mãos.

— Adeus, garoto.

— Socorro! — ele gritou desajeitadamente.

A Bica resmungou, desaprovando.

— Não, é verdade! — ele gritou com mais convicção.

— SOCORRO!

Eles sobrevoaram o edifício seguinte e ele a perdeu de vista. A Bica olhou para trás e viu algo que não a agradou, pois subitamente urrou mais alto, deixou um dos ombros cair e curvou-se para baixo, agitando-se de forma abrupta como um esquiador ao realizar um desvio perigoso.

Esticou a garra e prendeu-se ao parapeito de um outro edifício, aplanando contra um teto inclinado de telhas verde-acinzentadas. Suas asas estavam abertas como se fossem um guarda-chuva, e George ficou preso entre elas e o ângulo do telhado.

Por um longo minuto ele ficou ali, sem se mover. Os únicos sons eram a Bica ofegando e o coração de George batendo forte. Ele olhou para baixo e viu que seus pés estavam apoiados sobre uma calha escorregadia. Cair dali era morte certa.

Um arrepio de medo começava a percorrer seu corpo no momento em que a Bica fez algo aterrorizante.

Ela soltou George.

Ele tentou segurar-se com as mãos e então percebeu que a única maneira de não cair seria apoiando-se no ângulo do teto, esperando que a calha não cedesse.

Ele parou de se segurar e fez pressão para frente. A Bica manteve os olhos nele e balançou a cabeça positivamente, devagar. Apontou uma das garras, num sinal de aviso e depois subiu, rastejando devagar até a ponta do teto acima. Os ouvidos dela estavam presos à parede. George percebia os ossos da espinha dorsal da Bica tremerem, como pelos das costas de um cachorro amedrontado. Ele tentou imaginar o que poderia estar assustando a gárgula, o que o deixou com uma ponta de esperança: talvez houvesse alguém ali olhando por ele. Talvez o Artilheiro tivesse conseguido fugir e viera resgatá-lo.

Sua esperança diminuiu ao lembrar que as únicas estátuas capazes de voar eram estigmas, não cuspidos. Viu a Bica indo de encontro ao topo do edifício, escorregando devagar na metade do caminho. Parou naquela posição, apenas uma das pernas e a ponta de uma das asas ainda visíveis para George. A criatura estava pronta para se esconder novamente se a busca do céu acabasse revelando algo alarmante.

George concentrou-se em manter-se preso ao teto horrivelmente inclinado. Achou que tudo ficaria bem se ele não fizesse nenhum movimento súbito. Tinha certeza de que conseguiria ficar parado, especialmente porque, se não o fizesse, iria cair rapidamente lá embaixo e nunca mais poderia mexer-se novamente. Segurou-se firme.

Sentiu as mãos deslocando-se pela ardósia. Viu as manchas esverdeadas na superfície cinza em frente ao seu nariz. Sentiu a pedra sob as pontas dos dedos. Talvez por estar se concentrando tanto em manter-se preso àquela rocha salvadora, por um momento teve a certeza de que podia *sentir* a estrutura de cada um de seus grãos, estes dispostos em camadas, finas telhas. Ele até mesmo sentiu um formigamento estranho ao estar em contato com a pedra, como se as manchas verdes contidas nela fossem, na verdade, feitas de ferro e estivessem sendo atraídas até ele por alguma força magnética.

Ele ficou tão tomado pela intensidade do que estava sentindo debaixo da mão, que se esqueceu de ficar com medo.

Então, algo bateu em seu tornozelo.

Ele chacoalhou o pé em reflexo e quase caiu. Segurou ainda mais firme, tentando tornar-se parte do telhado, esperando que cada pedacinho dele pressionado contra a superfície pudesse prendê-lo ali. Até mesmo seu rosto era esmagado contra a ardósia fria.

— Por um acaso você está tentando se segurar com o nariz? — disse uma voz fininha atrás dele.

Ele virou o rosto e viu a garota dourada olhando para ele. Ela estava com os dois cotovelos apoiados na calha, segurando o queixo com as duas mãos, indiferente, como se estivesse apoiada em uma barra — como se abaixo dos pés dela não houvesse só espaço vazio.

Os olhos dele automaticamente viraram-se para cima, a fim de saber se a Bica tinha ouvido a garota. Tudo o que pôde ver foi uma garra no topo e um pedaço de asa. A Bica ainda espreitava.

A garota ergueu-se da calha e segurou-se com as mãos, os braços estavam totalmente esticados, ainda olhando para ele.

— Venha — ela disse simplesmente, e estendeu uma das mãos.

— Quem é você? — sussurrou George, tentando adiar o momento em que teria que acabar se distanciando do conforto dos azulejos molhados para descobrir se a habilidade dela para se manter no ar incluía ser capaz de carregá-lo também.

— Sou a sacerdotisa do seu destino — ela disse com um sorriso de partir o coração. Ele retribuiu o gesto. Parecia ser a coisa educada a ser feita, mesmo não tendo ideia do que ela estava falando.

Ela tirou o calcanhar de George da calha.

Ele nem mesmo teve tempo de gritar ou de se segurar em algo. Apenas sentiu que caía...

... E aí ela o pegou.

— O que foi isso?

— Shhh — ela sussurrou com a boca próxima à orelha dele. Apontou um dedo para as costas da Bica que se escondia no alto do prédio. Ele se calou e concordou com a cabeça.

— Segure-se, garoto — ela disse. As mãos dele prenderam-se ao braço da menina, que não era duro e metálico, mas quente e macio como a respiração dela.

— O que faremos agora? — ele perguntou baixinho, sem tirar os olhos das costas da Bica.

Deu para perceber que ela sorria ao responder:

— Vamos voar!

Ela se soltou do edifício e iniciou um mergulho em direção ao chão. Tinha a graça de um mergulhador olímpico, rodopiando com os pés enquanto a cabeça descrevia um arco perfeito de 180 graus. George foi com ela, e sua posição passou de ereta para ponta-cabeça.

Ele ia gritar, mas a mão dela que estava livre tapou sua boca e abafou o grito, então tudo que ele conseguiu ver passar correndo por seus olhos saltados foram pedras de granito.

16

A CONVERSA DESCUIDADA CUSTA VIDAS

Após ultrapassar uma faixa de pedestres, Edie seguiu ladeira abaixo, virando à direita para passar debaixo de um viaduto escuro. Ela avistou o formato triangular do *pub* do Frade Preto ao longe, unindo-se ao Tâmisa como a proa de um navio atracado.

Ela parou quando um táxi diminuiu a velocidade e passou na frente dela, subindo a ladeira. Depois que o veículo se foi, ela permaneceu parada, olhando para a fachada do *pub*, porém, o que ela observava não era o que estava ali, mas o que *não estava*. O relógio abaixo da fachada ainda estava parado em cinco para as sete, mas acima dele, onde a estátua do Frade Preto normalmente ficava como figura decorativa, havia só um pedestal vazio.

O Frade não estava lá. O espaço vazio encarava Edie como uma ameaça.

No trajeto que percorrera até ali, Edie tinha pensado bem nas perguntas que faria a ele, tentou imaginar quais seriam as respostas e de que modo ela o convenceria a ajudá-la. Cogitou várias situações que poderia ter de lidar quando chegasse, mas a única que não imaginou foi a ausência do Frade. Sem ele ali qualquer pergunta seria inútil. Edie também não tinha pensado numa maneira de entrar no *pub* sem o Frade para dar-lhe permissão.

Outro carro passou na frente dela e espirrou água da chuva em seus tornozelos, tirando-a de seu estado de paralisia.

— Certo — ela disse, batendo a palma da mão na sola do sapato de George novamente. — Vamos lá!

Ela correu pela rua e passou debaixo da ponte da ferrovia, bem no momento em que o trem passou de forma ameaçadora sobre sua cabeça. Ela se aproximou do edifício e diminuiu o passo, hesitando de súbito.

A porta do *pub* estava aberta, mas as luzes estavam apagadas. Quando se aproximou, viu dois construtores carregando uma pilha de tábuas, levando-as para a traseira de um furgão branco estacionado na rua. Ela se escondeu na lateral do prédio e ficou parada, tentando ocultar-se. Não ser vista era uma habilidade em que sempre fora muito boa. Às vezes pensava que as pessoas a estavam ignorando apenas, porém mais tarde acabou percebendo que elas tinham dificuldade de vê-la na maior parte do tempo, e isso acontecia porque, ao se concentrar, Edie conseguia tornar-se imperceptível. Assim que entendeu essa habilidade, passou a repeti-la com frequência. Ela sabia que não era invisível de fato, mas que algo fazia com que o olhar das pessoas fosse desviado dela.

Esperou os homens voltarem para dentro do *pub*, tirou o círculo congelado de vidro do mar do bolso e o examinou. Estava inativo e não denotava nada ameaçador, sem fogo interno ardendo para avisá-la da proximidade do perigo.

Colocou a pedra de volta no casaco e ao fazer isso sentiu o volume pesado da cabeça de dragão no bolso. Ela soube então que o que quer que tivesse acontecido para fazer George desaparecer, era algo ruim, pois não havia lógica em ele fugir, deixando-a com um objeto tão precioso.

Antes que pudesse pensar mais sobre isso, os construtores voltaram, os joelhos deles estavam curvados diante do peso de uma segunda pilha de tábuas maiores. Passaram direto por ela sem notá-la. Edie nem respirava. Assim que o segundo homem passou, ela girou e entrou pela porta, na escuridão.

Ela já estivera ali antes. Percebeu que o interior do bar continuava igual, ainda coberto com panos e cheio de lixo amontoado pelos cantos. Edie ouviu a porta dos fundos do furgão bater e pés voltando na direção dela. Ergueu a ponta de um dos panos e enfiou-se debaixo dele. Segurou o fôlego mais uma vez e ouviu quando um homem voltou para a sala, pegou algo que retinia como uma caixa de ferramentas, apagou as luzes e então saiu novamente. Ela ouviu o barulho de uma chave virando na fechadura e deu-se conta de que a porta fora fechada. Relaxou por uma fração de segundo e respirou de forma lenta e superficial. Escutou o golpe surdo na porta lateral do furgão e o barulho do carro saindo no meio do trânsito da rua.

Ela ficou sem se mexer por mais cinco minutos, permanecendo agachada na sala escura, embaixo do pano sujo, ouvindo barulhos feitos por alguém ou qualquer coisa ali trancada com ela. Quando a completa ausência de som ou movimento se instalou, ela saiu debaixo da mesa e caminhou deliberadamente em direção ao bar. A sala estava abafada e muito quente. Tinha cheiro de operários e gesso molhado.

Tirou a jaqueta de George e a colocou sobre o balcão ao subir nele, girando as pernas por cima e ficando do lado do *barman*. Abaixou-se e examinou as caixas de papelão empilhadas de forma organizada, depois esticou a mão para tocar uma na qual havia algo escrito em cor-de-rosa, de dentro dela pegou alguns embrulhos com comida.

Alvoroçada por causa da fome, abriu logo um dos pacotes e mastigou um punhado de batatas fritas temperadas.

Fechou os olhos e permitiu-se o prazer momentâneo de apreciar o gosto e a sensação de estar comendo. Depois, voltou à realidade da situação.

— Tudo bem — disse com a boca cheia. — Venha até aqui. Precisamos conversar...

Nada além do silêncio foi a resposta obtida.

Ela abriu os olhos e levou a outra metade do pacote direto à boca, mastigando feliz por um momento. Engoliu e falou:

— Sério. Não me faça ir até aí atrás de você...

Silêncio. Ela procurou debaixo do bar e pegou uma garrafa de refrigerante. Colocou-a no abridor da parede interna do balcão e abriu a tampa sem olhar. Deu umas boas goladas para tirar a batata mastigada que ficara presa entre os espaços dos dentes. Depois, pôs a pesada garrafa de volta no bar.

— Oi, Tragédia. Preciso de umas respostas diretas.

Procurou não olhar no cubículo atrás de três pequenos arcos à direita. Ao ouvido treinado ficava inteiramente claro que era dali que todo o silêncio vinha.

— Sei que está aí.

Mais silêncio. No momento em que ia abrir a boca para falar novamente, uma voz esquivou-se por debaixo dos arcos.

— Não. Não estou!

O sotaque era *cockney*[1]. Edie escondeu o sorriso abrindo o segundo saco de batatas e levando mais um punhado à boca.

— Onde está o Frade?

— Ele não está.

— Vocês dois não estão aqui?

— Não. Sim. *Er.* Sim... Só que eu estou mais aqui que ele. Entendeu?

Uma cabeleira bronze ficou visível no alto de um dos arcos, pendurada de cabeça para baixo, e então o rosto também ficou visível, era Pequena Tragédia, com suas feições de criança travessa. Trazia nas mãos uma máscara.

— Estou entendendo agora — Edie disse secamente.

— Você está encrencada.

— Estou?

— Uma encrenca das grandes foi o que ouvi.

— Ouviu de quem?

— Não sei — o pequeno ser desceu até o chão para olhar para ela. — Há todo tipo de gente em um *pub*. Basta manter os ouvidos abertos para ouvir muita coisa.

— Que tipo de coisa?

Pequena Tragédia se escondeu atrás da máscara, depois tirou somente metade dela, piscando com o único olho visível.

— A conversa descuidada custa vidas.

Edie não fazia ideia do que ela estava falando.

— O que você quer dizer com isso?

---

[1] Cockney — sotaque típico dos habitantes da parte leste da cidade de Londres. (N.T.)

— A conversa descuidada custa vidas. Você sabe.

— Não. Se soubesse não perguntaria.

— É o que dizem. O que costumavam dizer.

— Quem?

— Não sei. Eles. Todo mundo. Havia cartazes. Tinha um bem ali.

— Quando?

— Na guerra. Quando estavam soltando bombas e coisas assim. Uns fulanos. A *Blitz*. Você se lembra.

Edie percebeu que ele estava falando sobre a Segunda Guerra Mundial.

— A *Blitz*?

Pequena Tragédia pareceu satisfeita. O pequeno peito inflou-se na frente e ele concordou com a cabeça entusiasticamente.

— Isso mesmo. Você se lembra. O cartaz ficava ali. Você gostava dele.

— Eu não era viva durante a guerra. Não durante aquela guerra.

Os olhos da criança giraram para a esquerda e para a direita, depois focaram em Edie, o rosto denotava espanto.

— Não estava?

Edie balançou a cabeça negativamente.

— Nem minha mãe estava viva naquela guerra.

— Pensei que você...

— Tenho doze anos.

— Então você é mais velha do que eu. Quer dizer, eu acho que ainda não tenho doze.

Ele parecia estar confuso.

— Você parece ter dez — Edie falou. — Mas, na verdade, você sempre terá dez, não é?

— Terei?

— Terá. Estátuas não envelhecem. Você tinha dez na época da Guerra como tem dez agora. Mas eu nem tinha nascido. Nem minha mãe tinha nascido. Acho que nem minha avó...

A sobrancelha tornou-se ainda mais cerrada.

— Mas você gostou do cartaz. Tenho certeza de me lembrar disso.

Edie balançou a cabeça negativamente. Aquilo estava ficando ridículo.

— Nunca vi cartaz nenhum.

Pequena Tragédia a encarou de uma forma um pouco mais longa.

— Achei que sim. Eu...

— Não fui eu — Edie a interrompeu de forma ríspida. Não tinha tempo a perder. O menino pareceu ofendido e subitamente desmotivado. Levou a máscara às mãos e examinou os pés.

— Tudo bem.

O dedo do pé traçou um caminho no tapete.

— É que tenho visto tantas coisas por tanto tempo e guardo tudo comigo, sabe? Pra mim parece que está tudo interligado. Às vezes, me lembro de coisas que eu talvez não tenha visto, e vejo o que nem deveria lembrar. Tem tanta coisa na minha cabeça... Não consigo separá-las. Fica tudo misturado. Eu me sinto como se tivesse sido feito da forma errada, entende?

Uma leve corrente de vento passou por ali e fez remexer um jornal esquecido em cima de um banquinho. A estátua-criança esticou a mão e pegou a folha principal que foi erguida da pilha, passando a segurar a folha com uma expressão de surpresa. Em seguida, franziu a testa e fez uma bola de papel com as mãos, segurando-a com um sorriso nervoso.

A última vez que Edie tinha encontrado Pequena Tragédia, ele queria que ela usasse o seu poder — de sugar o passado da pedra e do metal — para tocar nele e ver se havia algo errado. Edie não fizera isso, mas mesmo de longe podia entender que ali se tratava de uma estátua diferente. Não podia saber se ele tinha sido feito da forma errada, ou para *ser* errado, contudo, a vontade que ele sempre apresentava de ser tocado por uma fagulha enquanto as outras estátuas fugiam do toque revelador fez Edie ficar curiosa. Imaginava que Pequena Tragédia fosse um cuspido, mas ao mesmo tempo suspeitava que ele tivesse uma natureza dupla, sendo também um estigma, o que fazia dele uma espécie de esfinge: metade humana e metade fantástica. Talvez fosse um estigma quando colocava a máscara, e cuspido quando estava sem ela.

Por ter tantas dúvidas, Edie preferiu não entrar no assunto. Tentou voltar ao que a trouxera até ali.

— Veja bem. Não tenho tempo para conversar. Preciso achar o Artilheiro e George. Nem sei por onde começar, mas preciso saber de uma coisa: o que há nesses espelhos?

A estátua pareceu perplexa novamente.

— Que espelhos?

Edie apontou para um espelho de cada lado do arco em que ele estava. Ficava um de frente para o outro, do lado de dentro das pilastras do arco. Ficar no meio deles, olhando de canto de olho, dava a impressão de que os reflexos nos espelhos não apenas emolduravam um ao outro, mas repetiam-se de forma infinita.

— Esses espelhos. Preciso saber sobre eles.

Pequena Tragédia coçou a nuca com a mão que ainda segurava a bola de jornal e mudou o peso do corpo de um pé para outro, evitando encarar Edie.

— Nada. São apenas espelhos, certo?

Edie deu um passo na direção dele. Ergueu os olhos e sorriu de forma brilhante, como se o estivesse vendo pela primeira vez. Pequena Tragédia pareceu perturbado com a aproximação, não conseguindo evitar uma careta de irritação. Acabou dando de ombros.

— Somente espelhos. De verdade. Sem confusão. É isso que são...

Edie limpou a garganta. A pergunta que estava prestes a fazer era tão bizarra, que precisou tomar coragem para lidar com o medo de não ser entendida.

— Eles são daquele tipo de espelho em que se pode pisar dentro, não é?

— Pode o quê?

A cabeça da estátua inclinou-se de súbito e balançou de um lado para o outro antes de apertar os olhos como uma ave desconfiada.

Edie insistiu:

— Há espelhos em que se pode pisar dentro, não há? Você disse que havia outros lugares, outros "aquis". Você disse que poderia me mostrar como chegar lá...

— Ooooh, eu nunca! Que mentira!

Edie virou-se para ele, com o punho cerrado.

— Quem está mentido aqui é você. Pior do que mentindo, você está me escondendo o que sabe. Conte a verdade! Preciso saber sobre os espelhos, eu sei que eles não são comuns.

Quando saímos daqui naquele dia, eu olhei e tudo estava desse jeito, com centenas de reflexos da mesma coisa distanciando-se, todos cópias uns dos outros — exceto por uma coisa. Edie bateu com o dedo no espelho. Pequena Tragédia recuou um pouco quando a mão dela passou pelo seu ombro. Mas seus olhos seguiram a direção que Edie estava indicando.

— Agora não está lá. Esperava que estivesse, mas não está. *Estava*. Havia um que era diferente de todos os outros, e sabe por quê? — perguntou Edie.

— Não. Não quero saber, e tudo...

Ele começou a voltar para as sombras novamente. Dava para notar a forma nervosa como amassava a bola de papel com o punho. A voz de Edie estalou como um chicote, paralisando o menino:

— Tragédia! Fique aqui!

Edie o seguiu até o canto sombrio.

— Todos os espelhos eram idênticos uns aos outros, mas havia um jogado no chão, e do lado dele tinha uma faca e uma tigela. Eu *achava* que era só uma faca e uma tigela até vê-los novamente.

O peito de Pequena Tragédia subiu e desceu duas vezes. Os olhos dele giraram pela sala toda, procurando uma saída. Ou uma ajuda.

— Você os viu mais tarde? Essa tal tigela e faca?

O peito da estátua subiu pela terceira vez, como se ela estivesse se afogando.

Edie balançou a cabeça, como quem acaba de ter certeza de alguma coisa que desconfiava. O comportamento estranho de Pequena Tragédia só confirmava suas suspeitas. Ela sabia que estava prestes a saber de algo novo, algo poderoso.

Ele concordou com a cabeça de forma inflexível. Ela sabia pela estranheza bem perceptível da linguagem corporal dele que estava no limiar de algo novo, algo poderoso.

— Eu os vi de novo logo depois que aquele cara maligno, o Caminhante, tirou dois espelhos redondos do bolso e pisou em um deles. Eu os vi assim que ele desapareceu no espelho, levando nosso amigo com ele. Só que não eram uma tigela e uma faca comuns. Era a adaga do Caminhante e o capacete de lata do Artilheiro. Eles estavam no chão, e os dois espelhos mágicos pairavam no ar, um de frente para o outro por um momento, como um truque de magia, sem que ninguém os segurasse. Depois, houve um estalo e os espelhos, o capacete e a adaga desapareceram.

"Então, o que eu quero saber, o que preciso saber é: esses espelhos aqui são do tipo em que se pode pisar dentro? E, se são, por que eu vi o capacete e a adaga no chão antes de acontecer?"

— Er... — disse Pequena Tragédia. — Bem... Oh...

Os olhos dele procuravam pela sala toda.

— Você devia perguntar para ele. Ele tem as palavras. Eu só vejo as coisas mesmo. Pergunte ao velho Preto.

— Estou perguntando a você.

— Pergunte a ele.

— Ele não está aqui.

Pequena Tragédia olhou para o jornal e o apertou nas mãos. Depois, colocou-o de forma delicada no balcão. Edie então teve um lampejo de memória: o momento em que o viu pegar o jornal que se ergueu da pilha durante a rajada de vento, e só então se lembrou de que a porta lá fora estava fechada. *Fechada.* Trancada. De forma firme o suficiente para impedir a entrada de correntes de ar.

Pequena Tragédia fez uma careta novamente como se soubesse da percepção tardia de Edie.

— Er...

Edie sentiu os pelos de sua nuca eriçarem e sua mão instintivamente procurar a pedra de aviso em seu bolso. Uma voz estrondosa a fez congelar dos pés à cabeça.

— O pestinha está tentando dizer "Sim, ele está."

Edie se virou, já sabendo o que iria ver.

Seu nariz ficou de frente para a barriga do Frade, esta imponente como um penhasco escuro. Conforme elevava os olhos para para vê-lo, ela não pôde deixar de notar que o rosto dele, que antes era feliz, agora parecia um trovão negro em um céu escuro e sombrio.

17

A ASCENSÃO DE ARIEL

George mergulhou em direção ao chão, sustentado de forma firme pela garota dourada. Ele teve certeza de que iria morrer. Um segundo e sua cabeça se chocaria contra a calçada. Então o Artilheiro não teria mais qualquer chance, e Edie nunca saberia que ele não a abandonara por vontade própria, e sua mãe nunca viria a saber o quanto ele...
Esticou as mãos por reflexo, como se pudesse evitar o impacto, foi aí que duas coisas aconteceram de uma só vez: a garota deu um tapa nas mãos dele, para colocá-las para baixo, para isso usou o braço que não estava envolvendo o peito dele...
E desceu com tudo.
Não havia outra forma de descrever aquilo. No último instante antes de se esborracharem no chão, ela desafiou todas as leis da aerodinâmica e nivelou o mergulho, acrobaticamente descendo para a esquerda num ângulo de noventa graus em rotação para que, em vez de se chocarem contra as pedras da calçada, voassem sobre elas numa altitude de meio metro.
— Mantenha os braços fechados ou vai se machucar — ela disse com calma. George apenas encarava a calçada passando

bem perto de seu nariz, acostumando-se com o fato de continuar vivo.
Ele concordou com a cabeça, e então cometeu o erro de olhar para frente. O que viu fez seu sangue congelar.
Estavam voando em direção a um trecho muito movimentado. Movimentado *demais*. Ônibus e caminhões apressavam-se nas duas direções da rua, e a garota parecia estar atrasada para atravessar — subitamente, parecia tarde demais, se é que ela tinha esperança de ganhar altitude e sobrevoar os veículos que passavam ali.

Um enorme caminhão lançou-se violentamente da esquerda, ameaçando uma colisão: perto demais para ser evitado ou desviado. George mais uma vez acreditou que ia morrer, nem fechou os olhos. E então ele desejou estar morto ao perceber a manobra que a garota começou a executar: em vez de bater no caminhão, ela passou por baixo dele, por entre as rodas em movimento.

O riso divertido dela chegou ao ouvido dele. Ela inclinou-se para esquerda e depois para cima. George parou de se sentir aterrorizado e percebeu que sua boca não estava tremendo, mas sorrindo.

E a razão era a seguinte: ela voava.

Como tinha dito que faria.

E quando ela voava, ela *realmente* voava.

A Bica, em comparação, não voava de verdade. A Bica o arrastava dolorosamente pelo céu, lutando contra o vento de forma desengonçada, espremendo George debaixo de suas asas enquanto ele esperava com desespero pela próxima turbulência. A Bica se lançava ao céu para uma constante batalha contra o ar e a força da gravidade. Aquela garota não brigava com o ar. Ela voava nele como se fizesse parte dele.

George percebeu que era por isso que ela ria. Porque adorava a simples liberdade e a alegria de voar.

Como se pudesse ler os pensamentos dele, ela voou em zigue-zague por três postes de luz e depois entrou em um túnel estreito, que rapidamente se abriu para uma pequena praça em frente a uma antiga igreja de pedra. Ela cortou um arco largo pelo lado direito do edifício na altura de uma gárgula, perto o suficiente para George ver, com alívio, que as únicas gárgulas daquela igreja eram cabeças medievais grotescas fazendo caretas.

Depois, ela iniciou um voo em círculos, descendo para a calçada de um saliente arranha-céu de *design* moderno, que contrastava com o aspecto velho da igreja perto dele.

A garota soltou George suavemente e deu um passo para trás, correndo os dedos pelos cabelos para arrumar a bagunça que o vento causara em seus cachos. Os dois estavam exaustos e foi preciso um tempo até que recuperassem o fôlego. Ao fazerem isso ele percebeu que os olhos dela brilhavam de alegria.

— Garanto que a gárgula nos perdeu de vista — ela disse.

Ele olhou para cima e ficou satisfeito por não ver sinal algum da Bica. Ele concordou com a cabeça e disse:

— Obrigado.

— O prazer foi meu, garoto — ela sorriu.

— Meu nome é George — ele disse. E estendeu uma das mãos, pois não sabia o que fazer, e dar a mão sempre parecia ser parte de uma boa apresentação. Ela olhou para ele com estranheza. Em vez de cumprimentá-lo, virou a mão dele e a examinou. George viu que ela olhava para a cicatriz, a ferida do dragão, a sua Marca de Fazedor.

— Ah — ele disse. — Isto é...

— Eu sei o que é, garoto — ela riu, interrompendo-o. — Sendo eu também "feita", como não saberia? — e devolveu a mão dele.

— Quem é você? — ele perguntou.

— Sou Ariel.

George concordou com a cabeça, sorrindo, depois olhou para cima. Tinha que manter a cautela e não esquecer do céu escuro, pois a Bica podia aparecer de súbito novamente.

— Se ela se aproximar, eu vou saber — Ariel disse. — Aquela criatura faz grandes buracos no céu ao se arrastar de forma desequilibrada por ele. Posso captar as vibrações, afinal de contas sou um espírito do ar.

Ao ouvir aquilo, George se lembrou quem Ariel era, pois sua escola tinha ido ver uma peça no parque fazia dois anos.

— Er, sem ofensa, mas eu achava que Ariel fosse um garoto.

Ela olhou para cima e depois para ele, com uma expressão que parecia estar metade magoada e metade com o orgulho ferido. Ele engoliu em seco e se apressou em tentar reverter o que dissera, antes que o insulto se consolidasse.

— Não, quer dizer, quando vi na escola. A peça. Foi lá que achei que Ariel era um garoto. Na peça, certo?

Ele estava balbuciando. Sabia que estava balbuciando. Definitivamente não estava melhorando nada.

— Eu pareço um garoto para você, garoto? — a voz dela era um tanto baixa e aveludada.

Era uma pergunta embaraçosa e ela a fez de um jeito intimidador. Mas não era apenas o tom de desaprovação que perturbava George. Não era apenas a sensação de que ela estava sempre à beira de um ataque de risos, embora isso também fosse irritante. Na verdade o que o desconcertava eram as roupas dela. O que ela usava parecia pedaços flutuantes de um material mais fino que tecido normal e cobriam um corpo esculpido com curvas perfeitas e dotado de grande flexibilidade.

— Não. Você não se parece nada... Com um garoto.

Ela o encarou por um longo e, como esperado, desconcertante momento. Um sorriso surgiu no canto da boca dela, enquanto um leve giro no estômago de George o avisou de que aquele riso era mais desconcertante do que as roupas.

— Não, nada parecida com um garoto. Nenhum garoto consegue fazer isso. — Ela falou. Em seguida esticou a mão e pegou na mão dele novamente, erguendo-o. O estômago dele agitou-se e seu braço quase saiu do lugar. Ela o levou mais para o alto e pôs um dos braços debaixo da axila dele, segurando-o. As costas dele se apertaram firmes quando ela voou, espiralando-se ao redor do arranha-céu encurvado.

Ele viu os prédios comerciais, andar por andar, enquanto subiam em círculos. Viu as mesas vazias e as telas brilhantes dos computadores; uma sala de conferência com homens e mulheres sentados ao redor de uma longa mesa; um homem de terno de cabeça para baixo contra a parede enquanto algumas mulheres de negócio riam e aplaudiam; viu andares vazios com faxineiros solitários puxando seus carrinhos pelo labirintos anônimos de cabines e divisórias. Após esse vislumbre do edifício, Ariel o guiou até um ponto de onde podiam ver a cidade inteira.

Ele viu o brilho do rio e os arranha-céus mais próximos, e depois os mais distantes a leste do Embarcadouro *Canary*.

Ariel voava com leveza e determinação, dando a George uma sensação de segurança, porém ele não conseguia evitar algum medo quando se aproximavam muito de um prédio ou do chão. Era algo instintivo.

Ariel aumentou a velocidade do voo e George passou a ver as coisas como borrões. Ao chegarem perto do topo de um imenso edifício, ela fez o movimento de uma pirueta para descer e ele sentiu-se como um daqueles patinadores de gelo rodopiando com um só pé de patins, e fazendo movimentos tão rápidos, que deixavam a silhueta humana de lado para se transformar num turbilhão giratório.

— Por favor — ele disse engasgado, meio rindo e meio em pânico. — Por favor, Ariel. Vou cair...

O giro foi diminuindo em velocidade até parar. O cérebro de George iniciou seu processo de organização, deixando de seguir o rodopio do corpo.

Ariel pousou delicadamente na beira da laje do edifício e o soltou. Ele se agarrou em uma barra de metal presa ao prédio e segurou sofregamente.

— Não, não... — ele começou a dizer, mas ela já tinha feito.

Ela o soltara sem dó nem piedade, deixando-o indefeso no topo do mundo, um mundo brilhante de vidro e metal, que se curvava para longe dele de forma tão radical que não havia nada a ser visto além de quedas para qualquer parte que olhasse.

Ariel ficou na frente dele, rodopiou com um pé só e fez uma reverência, como se tivesse acabado de terminar uma apresentação excepcional. Olhou para ele cheia de expectativa: a bailarina principal esperando pelos aplausos.

— Eu não vou soltar essa barra para aplaudir você. Isso não vai acontecer mesmo! — ele explicou, decidindo que devido à precária posição em que estava, qualquer coisa diferente da completa franqueza seria suicídio. — Mas você tem razão. Garoto nenhum consegue voar assim. Foi impressionante.

— Impressionante? — ela perguntou.

Uma das sobrancelhas douradas elevou-se mais do que a outra.

Obviamente, impressionante não era a palavra certa.

— Brilhante. Maluco. Excelente.

As sobrancelhas dela voltaram à simetria original.

— Sim — ela disse. — Foi excelente.

— Sim — ele concordou, esperando que ela aceitasse o elogio e o colocasse de volta ao chão. A ideia de ser abandonado ali o deixava aterrorizado. Imaginou-se preso àquela barra, sozinho e condenado quando a noite caísse e a escuridão cobrisse a cidade. Ele sabia que, se aquilo acontecesse, era só uma questão de tempo até ele pegar no sono e se soltar do prédio.

Viu com grande alívio que Ariel estava sorrindo de forma triunfante. Ela olhou na direção oeste e apontou.

— Há um garoto que vive lá, um garoto infantil em um parque infantil que pensa que pode voar. Se algum dia você se encontrar com ele, ficarei eternamente grata se você puder repetir o que disse de tão bom grado agora. Especialmente a parte "excelente". Ele é detestável, não passa de um arrogante e faladeiro. E ele voa com a graça de um rabanete arrancado.

— Rabanete arrancado. Entendi — ele disse, segurando-se na barra como se quisesse ficar colado a ela. — Você poderia, por favor, me colocar no chão agora?

— Por que quer descer tão depressa? — ela se alongou de forma lânguida, com uma das mãos de frente para a outra, entrelaçando os dedos num gesto de quem vai se espreguiçar. Os dedos do pé também se alongaram e ela disse: — Você pode ver tudo daqui.

— Eu sei — ele disse. — Só que não posso ver Edie, e nem o Artilheiro, e francamente...

Nessa hora ele deixou fluir toda a frustração de ser arrastado para cima e para baixo mais de uma vez, voando pela cidade toda que fervilhava e o sufocava.

— ... Francamente, estou cansado de tudo isso! Meus amigos estão com problemas, eles precisam de ajuda e eu preciso da ajuda deles, pois eles são minha responsabilidade, certo? Em vez de procurá-los, estou sendo carregado cada vez mais para longe de qualquer lugar em que possa encontrá-los. Então, por favor, Ariel, tenho que agir antes que seja tarde demais. O seu voo é o máximo, está bem? Mas o que eu realmente preciso saber é o seguinte: você pode me ajudar ou não?

Ele não sabia mais o que dizer e ficou olhando para ela. Ela observou os próprios dedos formarem uma borboleta enquanto se ajeitavam na lateral do corpo e então sorriu para ele.

— Claro — ela disse. — Ajudar a fazer o que é preciso. É por isso que vim para você.

Ele não sabia do que ela estava falando.

— Como?

— Nada de como. Eu já expliquei a você o que eu sou — disse, sorrindo.

— Um espírito do ar? — ele palpitou.

— Uma sacerdotisa do destino — disse, ofegante de alegria. Ela bateu no tornozelo dele, que se soltou da barra e toda aquela coisa de cair aconteceu de novo, só que dessa vez ele estava pronto para que ela o pegasse, o que, felizmente, ela fez.

— Há uma forma mais fácil de fazer isso — ele engasgou quando foram em direção ao ar num mergulho raso.

— Ah, mas você não pega o caminho fácil, não é, garoto? — ela riu quando eles voavam para baixo, cruzando uma rua em direção ao norte. — Você pega o Caminho Tortuoso.

A forma como Ariel disse aquilo fez George perceber que ela sabia de tudo. Seu estômago revirou mais do que na ocasião dos voos, e então ele ouviu um som que fez tudo ficar ainda pior.

Na frente dele, em algum lugar na escuridão, um sino tocou como se estivesse anunciando um funeral solene. George soube com absoluta certeza que aquilo era um sinal de aviso, e que o aviso era para ele.

18

☉ ÍCARO SOZINHO

O ÍCARO BATIA AS RÍGIDAS asas enquanto emitia gritos abafados e curtos de agonia ao sobrevoar os edifícios comerciais que formavam o *Broadgate*. A gritaria era porque ele odiava as pessoas, e quanto mais as via nos lugares, pior se sentia. Ele preferia a segurança de seu pedestal. Ali, mesmo que significasse estar comprimido em sua própria câmara de tortura personalizada, ele podia ficar parado e fechar os ouvidos para o barulho que os humanos faziam quando passavam perto dele.

Além do ódio pelas pessoas, outro motivo desencadeava o desespero dele: seu voo era de tal forma desequilibrado e pesado que causava um desconforto quase insuportável. O Ícaro achava difícil voar efetivamente, pois as asas que recebera tinham algo de grosseiro que nem de longe se assemelhavam a qualquer coisa desenhada para um gracioso voo pelo ar. O dispositivo preso às suas costas só lhe permitia voar distâncias curtas sem ficar exausto. Outra limitação era que só podia ficar a seis metros do chão. Sempre que tentava ultrapassar essa altura, tinha que fazê-lo numa série de saltos desengonçados.

Era uma gritaria particularmente intensa porque a extensão que precisava voar naquele momento era ambiciosa demais, e ele teria que aterrissar no meio de uma multidão de pessoas animadas e prontas para curtir a noite. Seu ódio pelos seres humanos era tão carregado que ele havia se convencido, em algum lugar da sua mente, que quanto mais próximo ficava deles, mais doía.

Pousou na frente do único grupo de pessoas imóveis no meio do fluxo — seis figuras negras, congeladas no tempo, homens e mulheres cansados e desgastados pelo trabalho, mas que nunca chegariam em casa, pois haviam sido fundidos em bronze.

O Ícaro ficou parado na frente deles, protegido das pessoas de verdade que passavam ao lado do grupo imóvel.

Seis pares imóveis de olhos de bronze observavam aquele estigma ofegar e soluçar por medo de qualquer contato com as pessoas que passavam.

A verdadeira razão da loucura do Ícaro era que ele não sabia quem ou o que era: homem, máquina, animal ou pássaro. Por isso que não podia voar muito bem. Por isso andava como um touro nas patas traseiras. Devido a isso, ele passava a vida gritando.

A única outra criatura que nunca fora capaz de entender a si mesma nem de se consolar era o Minotauro, pois este tinha sido feito pelo mesmo Fazedor do Ícaro, e tinha a mesma loucura espalhada em sua essência.

O garoto e a fagulha tinham matado o Minotauro. E o Ícaro iria caçá-los, não importava se a caçada lhe causasse dor.

Respirou fundo, de forma entrecortada e lançou-se no céu.

Ele iria encontrá-los.

19

CAVANDO FUNDO

A sensação que o Artilheiro tinha de que algo estava errado parecia ficar pior. Sentia um nível de cansaço que ultrapassava a exaustão normal. Seus membros estavam começando a não fazer o que ele queria que fizessem, como se as instruções vindas do seu cérebro estivessem se transformando em sussurros chineses incompreensíveis para o corpo. Sua agilidade natural desaparecera completamente, sentia as mãos como se elas estivessem envoltas por luvas de boxe que limitavam os movimentos. As costas doíam e ele lutava contra o desejo devastador de deixar-se escorregar para poder sentar um pouco. Seu corpo implorava por descanso. Mas ele sabia que esse seria um comportamento fatal, pois assim que se sentasse não iria querer se levantar novamente. Então deslizou as mãos pela pedra áspera da parede confirmando, para sua satisfação, que não havia mais pedras do coração sobrando.

Ele sorriu para si mesmo e avaliou o peso do saco de lona que sua capa tinha se tornado. O tilintar era satisfatório.

Restavam-lhe duas opções: podia jogar o saco embaixo da água, o que deixaria o Caminhante se debatendo no escuro, tentando encontrar as pedras do coração. O único problema era que o tanque tinha uma profundidade de cerca de dois metros debaixo da água nos pontos mais profundos, a maior parte da área era bem rasa. Debater-se por lá acabaria fazendo com que o Caminhante tropeçasse e, ao tatear, acabaria encontrando as pedras e resgatando sua fonte de luz.

— Vou enterrar — ele resmungou. — O espertalhão não disse que eu não podia cavar para baixo, falou?

Ele cambaleou pelo cascalho, orientando-se pelo toque somente. Encontrou a parede dos fundos e dobrou os joelhos. Colocou o saco no chão ao lado dele e permitiu-se a luxúria de um cigarro.

Riscou o fósforo, acendeu a ponta do cigarro e sugou a fumaça. Tirou o prato de estanho da jaqueta e olhou para a luz do fósforo que reinava por entre seus dedos.

— O sonho dos quatro castelos, uma ova — sabe o que você é, caro Caminhante? — ele perguntou conforme o fósforo se apagou e a escuridão voltou às margens do tanque.

— Um maldito assassino!

Colocou o cigarro no canto da boca, e deixou o prato no cascalho, ao lado dos joelhos. Levantou uma das pedras e cavou novamente, satisfeito por ver que a determinação que o proibia de cavar para cima não o impedia de fazê-lo na direção oposta.

E como sempre acontecia assim que começava a trabalhar, sentiu-se menos cansado. Era como se o trabalho físico tirasse um pouco do estresse e o ato ritmado de cavar deixasse menos espaço para que ele se preocupasse com a sensação de algo estar errado em sua essência.

Seu tempo estava se esgotando. A virada do dia se aproximava na superfície. Ele não sabia o que resultaria de seu duplo azar: além de perdido, amaldiçoado. Talvez significasse que ele iria se tornar uma estátua morta-viva, um par de mãos mortas, da mesma forma que acontecia com os estigmas, estes que saíam de seus pedestais para obedecer ao Caminhante e à Pedra. Pensar em se tornar um estigma escravo com roupa de cuspido fazia seu estômago revirar. O que quer que fosse acontecer, mesmo se ele fosse bater as botas à meia-noite, ele iria executar um último ato de vingança contra o Caminhante.

Cavou tão fundo, que o prato de estanho dobrou ao meio e ele o jogou para o lado, passando a cavar com as próprias mãos.

E por muito tempo na escuridão os únicos sons eram as batidas e os chiados do cascalho sendo removido de um buraco e jogado em uma pilha ao lado, e o estalo das mãos de um homem trabalhando em silêncio com um cigarro no canto da boca.

Ele se perguntava o que George estaria fazendo naquele momento.

20

O ACORDO DO FRADE

— Onde está o garoto? — perguntou o Frade Preto, olhando para Edie com raiva.
— Desapareceu.
— Desapareceu? Desapareceu como? Desapareceu para onde?
Algo na forma acusadora com que ele perguntou fez Edie ter a forte impressão de que o que quer que tivesse acontecido seria considerado sua culpa.
— Simplesmente sumiu. Não sei como, não sei onde.
O queixo dele projetou-se para frente quando ela se recusou a parar de encará-lo.
— Você não sabe por que, você não sabe onde. E agora... Você está aqui.
— Sim.
Ele respirou fundo, do grande nariz saiu um assobio longo e barulhento como o da tampa de uma panela de pressão.
— Bem. Isso é bom, sem dúvida. Até mesmo primordial. E eu suponho que você...
— Achei que você fosse saber o porquê.

O Frade não parecia ser alguém acostumado a ter pessoas interrompendo sua fala de forma tão direta. Pigarreou e disse:

— Você achou que eu pudesse saber por que você está aqui?

— Não, esperava que você soubesse por que George desapareceu.

A tampa da panela de pressão voou pelos ares com a explosão de raiva do Frade:

— Por que ele desapareceu? Você acha que eu sei porque o garoto desapareceu? Macacos me mordam, garota! Asseguro-lhe que não tem nada a ver comigo! Ora, o simples pensamento de...

— Achei que você pudesse saber se tem algo a ver com o Caminho Tortuoso.

A explosão cessou. O Frade correu a mão pela careca, desceu pelo rosto e coçou o queixo. Era como se estivesse limpando o olhar de choque e indignação, substituindo-o por um de genuína perplexidade.

— O Caminho Tortuoso?

— Você disse que se ele não colocasse a cabeça do dragão na Pedra, apenas o Caminho Tortuoso estaria garantido a ele. Eu queria saber se o desaparecimento súbito poderia ser parte disso.

O Frade deu um passo para trás. Parecia menos ameaçador, e coçou a cabeça.

— Você está dizendo que ele não colocou a cabeça na pedra?

— Sim.

— Não houve tempo o suficiente? Você me surpreende. De fato, me surpreende. Eu vi a marca que ele carrega, pude notar o poder dentro dela. Eu estava convencido de que ele seria bem-sucedido.

O monge parecia genuinamente confuso. Continuou:

— Bem, pelas barbas do profeta... Teria apostado que ele encontraria a Pedra do Coração, apostaria mesmo. Esperava mais do garoto.

Edie teve um *flashback* repentino de George, o rosto firme e determinado ao segurar a pistola de forma estável, mirando diretamente no olho do Minotauro. Ela se lembrou como ele nem pestanejou, nem mesmo com a detonação barulhenta do gatilho puxado.

— Ele teve tempo. Ele encontrou a Pedra do Coração. Era a Pedra de Londres. Ele decifrou e seguiu o mapa de palavras que você deu a ele. Fez outras coisas também. George foi impressionante e não vacilou em momento algum. Apenas decidiu não deixar a cabeça do dragão lá. Ele escolheu o Caminho Tortuoso. E quero saber se é por isso que ele desapareceu.

— Ele escolheu o Caminho Tortuoso? Você está me dizendo que ele realmente ESCOLHEU o Caminho Tortuoso? Mas que deus nos acuda é esse? Por que ele faria isso? A menos que...

O Frade olhou para Pequena Tragédia. Depois para Edie. Em seguida deu três passos para trás até o bar. Esticou a mão e pegou uma garrafa de Coca. Abriu a tampa de metal com todo cuidado por entre os dentes, e ofereceu a Edie.

— Beba um pouco, se é que essa água gasosa do diabo pode ser chamada de bebida, depois me conte tudo — não deixe nada de fora. E então veremos o que pode ser feito.

Edie pegou a garrafa e se sentou em um banquinho. Subitamente sentiu-se muito consciente de que a cabeça de dragão quebrada, que estava no bolso do casaco de George, se encontrava a somente poucos centímetros do cotovelo do Frade. Mudou seu foco de pensamento e começou a falar.

Edie contou tudo o que tinha acontecido desde que eles deixaram aquela mesma sala na noite anterior, terminando o relato com o Artilheiro sendo sugado para dentro dos espelhos pelo Caminhante.

— E é por isso que quero saber sobre os espelhos e o Caminho Tortuoso. Tenho que encontrar George e ajudar o Artilheiro.

— E por quê?

— Porque é a coisa certa a ser feita — ela respondeu sem pensar. E quando ouviu a si mesma dizer aquilo percebeu que era exatamente porque, para ela, não havia jeito de se convencer de outra coisa a fazer. Ela estava decidida.

E então, somente então, é que ela bebeu da intocada garrafa de Coca. O gás subiu dentro dela, que arrotou e olhou de forma desafiadora para o gigantesco cuspido. Ele indagou em resposta:

— Você me contou tudo o que aconteceu?

— Sim — ela disse, cruzando os dedos. — Contei tudo.

O que não deixava de ser verdade. O único fato ocultado era que quando o trio saíra dali da última vez, eles fingiram ir buscar a cabeça do dragão, sem contar ao Frade que ela já estava com eles no momento, no bolso de George. Esse pensamento levou os olhos dela para o mesmo casaco e o mesmo bolso pesado sobre o balcão do bar, ao lado do cotovelo do Frade. Ela desviou o olhar e esperou que ele não tivesse notado uma saliência na vestimenta quando ela a empurrou para pegar a Coca.

— Não perguntei se isso foi tudo o que você viu. Perguntei se foi tudo o que aconteceu.

Por ter sido feito de bronze, o olho dele era desconcertantemente duro.

— Foi isso que aconteceu.

— Ainda não é o que eu perguntei, mas está bem perto para uma fagulha, talvez.

Ela ouviu Pequena Tragédia tentar abafar um pequeno riso de escárnio. A tentativa foi frustrada, e o som deixou Edie mais irritada do que ela esperava. Levantou a cabeça e lançou um olhar brilhante e desafiador.

— Não tenho nada a esconder.

O Frade a observou por um momento e depois seus ombros começaram a se contrair, logo a contração se transformou numa agitação e a agitação virou uma gargalhada, e logo a sala toda estava reverberando com o profundo ruído da gigantesca figura no bar. Ele pegou o pano atoalhado do bar e limpou as lágrimas que corriam de seus olhos enquanto ria e gargalhava, com visível dificuldade de se controlar.

Ver uma estátua de bronze de uma tonelada rindo dela daquele jeito fez Edie sentir-se profundamente irritada.

— Pode parar! — ela disse, tentando controlar a situação.

— Qual é a graça?

— Desculpe — disse o Frade ofegante, tentando se recompor. — Perdoe minha grosseria intolerável, vergonha eterna, grande falta de hospi... Hospitalidade. Mas, em relação a você... Uma fagulha. Uma FAGULHA não tendo nada a esconder? Como? Que piada! Uma fagulha não passa de um depósito de segredos, cheio até o topo de coisas escondidas. Esconder e escondido são dois lados da mesma moeda, como você sabe no fundo do seu ser, quer você admita ou não. Uma fagulha absorve os fatos escondidos do mundo e precisa continuar escondendo-os para sobreviver *no* mundo. Ora, se isso não estivesse tão próximo de uma simetria, poderia ser um paradoxo!

E ele cresceu em um novo espasmo de riso, erguendo os ombros e chacoalhando o queixo.

Edie não fazia ideia do que aquela avalanche de palavras significava. Era como se ele estivesse usando sua voz estrondosa para ameaçá-la. Ela sabia o que era paradoxo, e era um paradoxo que aquela figura risonha que parecia hospitaleira e bem-humorada outrora fosse, de fato, especialmente assustadora. Era como se ele tivesse encontrado um caminho para usar a alegria como arma. O Frade estava a um milhão e meio de quilômetros de distância de outro sorridente, aquele com a faca que perseguiu Edie em uma praia naquele passado que agora soava como uma vida diferente. Apesar da distância de tempo e espaço, havia algo naquele sorriso gordo que parecia sugerir ou uma faca escondida ou alguma outra coisa que podia ser tão fatal como uma lâmina.

Todo aquele riso e bom humor tinham o efeito de dificultar o pensamento de Edie, e pensar era sua principal arma para lidar com as coisas.

— Ei — ela disse.

Ele continuou rindo.

Sem raciocinar por que estava fazendo aquilo, ela pegou a tampa da garrafa que estava na mesa à sua frente, segurou-a entre o polegar e o indicador e a jogou no Frade. O metal atingiu o metal quando a tampa bateu bem na testa dele, fazendo um distinto "tilintar" que interrompeu o riso como se fosse um machado. A tampa da garrafa bateu e caiu da cabeça inclinada, atingindo o chão. A mão esquerda do Frade estalou, abriu e fechou numa reação surpreendentemente rápida para um homem tão grandalhão e gordo. Ele pegou a tampa e a esmagou com um movimento só. Depois, a mão se abriu delicadamente e ele depositou o disco destruído na mesa à frente dela.

— Oh, oh! — disse Pequena Tragédia.

— Silêncio! — esbravejou o Frade. E depois ele encheu o peito de ar, levantou a barra do manto, e sentou-se no banquinho perto de Edie. A tampa esmagada da garrafa ainda estava rodopiando na pequena mesa circular entre eles. Edie decidiu sentir-se intimidada mais tarde. Naquele momento ela precisava de respostas.

— Os espelhos — ela exigiu.— Já contei a você tudo o que aconteceu. Agora conte-me sobre os espelhos, e depois sobre o Caminho Tortuoso.

O Frade coçou o queixo com uma das mãos e com a outra batia de leve na mesa. Depois, parou de batucar os dedos e olhou de lado para os espelhos.

— Farei um acordo com você — ele disse de forma direta.

— Um acordo?

— Um acordo. Uma coisa para você, uma coisa para mim.

— Que tipo de coisa? — ela perguntou, tentando não olhar para o casaco sobre o balcão com seu bolso suspeito.

— Quero a sua palavra. Prometa a mim que se o garoto viver e você o encontrá-lo, o trará para mim.

— Você quer o George?

— Quero falar com ele. Quero que ele fale comigo.

— Só isso?

— Só isso.

Ela não precisou pensar.

— Fechado.

O Frade olhou para ela de forma tão intencional, que Edie sentiu-se desconfortável. Ele então bateu na própria mão e a estendeu para ela, que sentiu-se incerta sobre o que fazer. Pequena Tragédia pigarreou das sombras atrás dela.

— Cuspa na mão e a estenda para ele.

A boca de Edie estava seca demais para produzir qualquer cuspe extra. Ela se esforçou, tentando conseguir um pouco de umidade.

— É mais uma aparência do que um cuspe em si, minha cara — disse o monge.

Então, ela cuspiu em seco na mão e deixou o punho de bronze se fechar sobre ela. Ficou surpresa em sentir como o metal era macio, quente e suave.

O Frade sentou-se sorrindo.

E por um instante ela se perguntou se tinha inconscientemente traído George de alguma forma.

21

O ÚLTIMO CAVALEIRO

George ouviu o sino batendo na frente deles — anunciando tragédia de forma profunda e regular. Voavam de forma estável, enquanto uma grossa chuva caía.

À frente deles havia um gradil de metal negro e um portão alto elevava-se entre duas velhas portarias de pedra, um pouco maiores do que sentinelas. Ariel as sobrevoou e passou entre dois velhos edifícios de tijolo com colunas baixas que levavam a uma praça interna além deles. No final da praça havia modernos edifícios comerciais com fachadas de vidro, e conforme voavam, George viu uma ou duas sombrinhas apressando-se na chuva enquanto as pessoas iam para casa. Havia tanta água no chão, que dava para ver o reflexo de Ariel marcado nas poças, dourado e brilhante contra o escuro céu noturno.

Ela desviou e pousou de forma tão delicada, que não ficou claro onde o voo terminou e a caminhada foi retomada. Só ficou claro que haviam chegado. O toque do sino continuava em seu ritmo. Ariel apontou na direção de um dos galpões reformados.

Havia algo vermelho no alto do muro acima deles, mas como a chuva caía diretamente nos olhos de George, que olhava para cima, ele precisou de alguns segundos para perceber que se tratava do sino. Devia ter sido no passado um sino de aviso de fogo. E agora tocava uma implacável nota fúnebre.

George sabia que não iria gostar da resposta para a pergunta que faria, mas a fez mesmo assim.

— O que é aquilo? Por que estamos aqui?

Ariel abriu um enorme sorriso, fez uma única pirueta e aproximou-se dele com seu rosto angelical.

— Nunca pergunte por quem os sinos tocam, garoto. Eles tocam por ti.

— Certo — ele disse muito deliberadamente. Não estava surpreso, pois de alguma forma sabia que o sino tocava por ele desde a primeira badalada, só que não entendia a razão do chamado.

— Por que toca por mim?

Ela alongou o braço num gesto teatral e apontou por cima do ombro dele.

— É um sino de convocação. Você foi convocado a se encontrar com o Último Cavaleiro.

George se virou lentamente. Dez metros à frente, em um trecho de grama fechado por uma cerca viva baixa, havia um cavaleiro de corpo inteiro, vestindo uma armadura. Ele estava sentado sobre um cavalo de olhar feroz, e impunha um longa lança. O capacete do cavaleiro cobria seu rosto, restando apenas uma estreita abertura no visor, obviamente para que pudesse ver. O cavalo usava uma capa de estampa celta, feita de pratos de metal interligados com discos redondos de vidro azul. George percebeu rapidamente que aquelas figuras não eram sólidas, e sim ocas. O escultor que fizera tanto o cavaleiro quanto o cavalo usara pratos de armadura na composição. Essa constatação deu margem a uma curiosidade: o cavaleiro era um cuspido ou um estigma?

— Ariel — disse George baixinho —, eu ainda não entendi direito por que estou aqui.

Com um movimento gracioso, Ariel passou as mãos pelos cabelos molhados, tentando enxugá-los. George percebeu que havia um toque teatral em tudo que ela fazia.

— Mas qual é a dúvida, garoto? Você fez uma escolha. Você escolheu o Caminho Tortuoso. E ele começa aqui.

George tinha certeza de que o Caminho Tortuoso tinha começado quando a Bica o arrastara pelo céu, se não antes, quando o Artilheiro fora tirado deles. A ideia de que tudo não tinha passado de um aquecimento para algo pior começava a aterrorizá-lo.

— E quem é o Último Cavaleiro?

— Ele é o Último Cavaleiro de *Cnihtengild*.

Ela pronunciava a estranha palavra assim: '*ke-nik-ten-gild*'.

— Do quê?

— É uma Associação de Cavaleiros. A ortografia é antiga. Acho que as informações escritas ali podem lhe ajudar a entender um pouco melhor.

Ela apontou para uma placa fixada na parede oca, embaixo da cerca viva que circundava o Cavaleiro.

Ele caminhou lentamente para frente, de olho no Cavaleiro e no cavalo, ao ajoelhar-se na poça de água para ler a placa:

Rei Edgar (959-975) concedeu essa terra abandonada a treze cavaleiros, com a condição de que cada um realizasse três duelos, um na terra, um abaixo da terra e um na água. Esses feitos foram realizados e o Rei concedeu aos cavaleiros, ou a Cnihtengild, certos direitos...

George não continuou a leitura, pois o cavalo relinchou de forma irritada e bateu o casco. Levantou os olhos e viu o Cavaleiro aproximando-se, a sombra escura do visor apontava para ele. Quando George o encarou de volta, as sombras se iluminaram e ele viu um par de fracas luzes azuis começando a se acender no lugar em que os olhos estavam escondidos. Antes que George pudesse decidir se iria se levantar e sair correndo ou ficar onde estava, o Último Cavaleiro falou. A voz era profunda e sonora, e compartilhava da harmonia metálica do sino que tocava ao fundo, como se a voz dele fosse o sino colocado em palavras.

— Você vai se levantar?

Era uma pergunta simples. George não viu nada de perigoso nela. Ele se levantou e enxugou a chuva do rosto.

— Sim. Olá

— Você vai se levantar? — repetiu o Cavaleiro.

George olhou para baixo e voltou a encarar os olhos azuis que estavam dentro do capacete vazio. O cavalo se alongou nos arreios e bateu no chão com o enorme casco de metal.

— Aqui estou eu. De pé — George respondeu, um tanto confuso. O Cavaleiro puxou a rédea do cavalo, que relinchou e parou de bater o casco.

— E depois você vai se levantar?

A repetição estava ficando estranha. Ou talvez apenas irritante. Ou ainda podia ser que o cavaleiro não enxergasse bem pela abertura estreita da armadura.

— Mas eu já estou de pé. Realmente estou. Como pode ver — falou devagar, num tom bastante educado a fim de não ofender. — Você já me perguntou isso três vezes.

O pescoço do cavaleiro se alongou e o cavalo relinchou pelas narinas arredondadas.

— E você aceitou três vezes, bom cavaleiro.

George decidiu que a estátua era obviamente um pouco louca. Pelo que sabia, não havia razões para que as estátuas não fossem tão loucas quanto todo mundo. Ele não havia aceitado nada nem mesmo uma vez, quem dirá três vezes. Decidiu que era hora de se esforçar mais para voltar para Edie.

— Sim. Bem, boa noite para você também — ele disse, virando-se com intenção de sair dali.

"PÃ!" A próxima badalada do sino foi acompanhada por rugidos e movimentos de braços.

O som atingiu George como um golpe físico. Era tão alto que viu a água da chuva pular das poças ali por perto. O que escutara parecia um grito de aprovação, e vinha de várias gargantas. Braços batiam espadas e lanças nos escudos, fazendo um barulho ensurdecedor. Num *flash*, como se iluminado por um relâmpago, George viu a Associação se reunir ao redor dele, pareciam projeções fantasmas na chuva. Mas não eram os cavaleiros coloridos dos contos de fada.

Eram austeras figuras cansadas do combate, presas às suas celas, no fim de suas forças. As armaduras deles e as malhas de ferro não eram brilhantes e sim marcadas e talhadas por sangue. As pontas das espadas estavam cortadas e danificadas, e os escudos tinham tantas batidas que ficava difícil decifrar o desenho heráldico que um dia foi pintado neles. Os que traziam seus capacetes na mãos tinham barbas grisalhas, e olhos escuros marcados pela exaustão das batalhas. Muitos dos rostos estavam machucados ou cobertos de sangue, alguns montavam seus cavalos de forma estranha, com os ombros caídos ou curvados pela dor das feridas que George não conseguia ver. Para completar a sensação de que todos estavam no meio de uma pausa de batalha, a respiração era ofegante nas bocas e narinas dos cavalos. E todos tinham armas nas mãos.

George viu tudo isso muito rapidamente. Quando a visão sumiu, os modernos edifícios se reafirmaram e ele ficou encarando Ariel, ainda de costas para o Cavaleiro. Uma coisa que estava diferente, contudo, era que parecia haver centenas de luzes azuis brilhantes, criando uma explosão de estrelas nos muros ao redor da praça, como uma intensa bola de espelhos.

— Ele disse bom cavaleiro — falou Ariel.

Houve outro *flash* no mesmo momento em que o sino tocou, e ele viu os demais cavaleiros novamente, a Associação, movendo-se lentamente para frente.

— Tudo bem — disse George devagar, sem querer de fato virar-se para ver de onde todas aquelas luzes azuis vinham.

— E o que ele quer dizer *exatamente* com isso?

— Significa que ele o honra como um colega cavaleiro por aceitar os três desafios. São regras da cavalaria.

— De jeito nenhum, Ariel! Não, não e não! — ele retrucou desesperadamente. — Não vou aceitar nenhum desafio maldito, muito menos três!

— Sim. Você aceitou, garoto. Você aceitou se levantar. Você concordou três vezes.

— Mas eu não sabia o que estava dizendo! Pensei que ele não estivesse conseguindo me ouvir ou algo assim. Achei que era por isso que ele ficava repetindo aquilo... — Ele abaixou o tom de voz. — Achei que ele fosse meio surdo. Ou louco...

'PÃ!' O sino tocou e houve um intenso *flash*. Mais gritos, mais barulhos de metal, e George viu a Associação novamente. Eles estavam se movendo, criando um longo corredor ao lado de George.

— Boa sorte, garoto — disse Ariel, saindo de perto dele.

— O que devo fazer? — ele resmungou.

— Fique em pé e lute. Três duelos, três demonstrações de força, nenhum a ser lutado no mesmo solo que o outro. Você deve lutar na terra, debaixo da terra e na água. Você leu a placa. É assim que funciona com a Associação.

— Mas por que eu devo lutar?

— Porque, ao escolher o Caminho Tortuoso, você escolheu permanecer. Agora deve mostrar se é digno disso.

— E se eu não conseguir?

Mais uma badalada do sino, e dessa vez o *flash* não veio acompanhado de grito, era apenas a visão dos cavaleiros. Isso acontecia toda vez que o sino tocava. Era como ver uma luz estroboscópica muito lenta, num ritmo em harmonia com o toque fúnebre do sino.

— Se isso acontecer, você não vai permanecer. Nem aqui nem em qualquer realidade do avesso. Esse mundo terá visto o seu fim.

Ela arregaçou as mangas da camisa dele e bateu na garra de metal entrelaçada na Marca do Fazedor.

— Cada uma dessas garras vai começar a se mover quando você começar a duelar. Elas fazem isso para que você termine cada uma das competições. É uma espécie de aviso: se você desistir, elas vão continuar subindo pelo seu braço até atingir seu coração. Portanto, não fuja de nenhum dos duelos. Você deve ficar e provar que é capaz. Só assim irá mostrar do que é feito.

O desespero fazia a respiração dele acelerar. Cerrou os punhos e controlou-se com todas as suas forças ao ouvir o cavalo atrás dele relinchar e chacoalhar as rédeas.

— Mas não posso lutar. Não tenho arma!

Ela sorriu e era um sorriso triste de adeus, depois apontou atrás dele e disse:

— Então reze para que seus punhos sejam mais afiados que uma lança, garoto, pois seu desafio vai começar.

Ele se virou, e o *flash* seguinte foi da Associação fechando o corredor que ficava cada vez mais estreito com as armas e olhares ferozes. E mais que isso, do outro lado viu a fonte de todas aquelas luzes.

Elas vinham do Cavaleiro e seu cavalo.

Os discos de vidro azul interligados na capa do cavalo estavam todos acesos, lançando luzes azuis para todas as direções enquanto o Cavaleiro comandava seu animal lentamente para fora da cerca. As luzes pulavam e mandavam ondas hipnóticas pelos muros e janelas ao redor, espelhando a sinuosa ondulação da capa do cavalo, este que saía da cerca de bom grado, um casco atrás do outro, galopando no piso de pedra molhada da praça.

O cavaleiro encolhia os ombros e girava a cabeça, como um boxeador relaxando antes de uma luta. Ele parecia um assassino prático. A cada vez que o sino tocava, a Associação se tornava visível, em *flashes* ritmados.

George deu alguns passos para trás, mal conseguindo se manter no corredor feito pelos visíveis, agora invisíveis cavaleiros. Ele imaginava se eles estavam ali o tempo todo, ou somente quando os *flashes* aconteciam. Deu passos para o lado, planejando correr para as colunas baixas de tijolo, pois o Cavaleiro seria muito alto para segui-lo com facilidade e ele teria tempo de conseguir ao menos agarrar algum objeto para usar como arma.

Algo duro como a ponta de uma espada bateu na cabeça dele. Um coro de armaduras entoava a palavra "COVARDE".

Ouviu com atenção e tentou raciocinar se havia alguma saída naquele campo de batalha imaginário. Deu alguns passos para trás e deu-se conta de que fora longe demais, pois algo grande, plano e duro como um escudo bateu em seu rosto, mandando-o de volta ao centro do corredor estreito.

Aquele golpe que o atingiu no nariz fez com que uma onda de raiva se apossasse dele, espalhando adrenalina pelo seu corpo. Uma fina listra de sangue marcava seu rosto. Ele lembrou do Artilheiro, quando este, após salvar George, lá no começo daquela jornada de pesadelo, dissera:

— Às vezes, a raiva consegue grandes feitos.

George também se lembrou da forma como o Artilheiro canalizou sua fúria ao lutar com o Minotauro. Aquela foi uma de muitas vezes em que a raiva conseguira grandes feitos. Aquele momento, ele sabia, pedia raiva, muita raiva.

— Certo. Tudo bem — disse a si mesmo.

Ele se virou, enrolou as mangas e abriu as pernas, preparando-se. O Artilheiro podia estar fisicamente ausente, talvez perdido para sempre, mas havia algo dele na forma como George posicionou os pés no chão.

Ele pisou na poça d'água e encarou o Cavaleiro do outro lado da praça.

— Muito bem! — ele gritou. — Faça o seu pior.

Houve um *flash* e ele viu a Associação de novo. Pareciam feitos da própria chuva e projetados nela. Todos observavam George com olhos duros.

Definitivamente eles não eram um grupo feliz de cavaleiros, devotados à poesia romântica e resgatando donzelas em perigo, ou matando dragões pitorescos.

Estavam mais para um bando de ladrões medievais, sujos e teimosos.

— Alguém vai me emprestar um escudo ou algo assim? — ele perguntou.

Em outro *flash* viu que ninguém se moveu. Isso só o deixou com raiva.

— Ótimo. Quanta simpatia! Para o diabo com vocês!

Sentiu a cicatriz na mão doer de forma intensa, e sabia, sem olhar, que o que Ariel havia descrito tinha começado. A garra de metal movia-se por seu braço, subindo perigosamente em direção ao peito. Ele olhou para a mão e viu sua

Marca do Fazedor. Ergueu o braço, exibindo-a ao Cavaleiro. Tentou se comunicar:

— Não sei o que isso significa, mas sou um fazedor. Acho que você não quer que eu coloque minhas mãos em você!

Era óbvio que estava blefando, mas o blefe era tudo que tinha a seu favor. O Cavaleiro parou e inclinou o capacete.

— Mostre-me a mão.

George sentiu seu espírito se elevar. Talvez o blefe fosse funcionar, apesar de que ele não fazia ideia do porquê. Manteve a mão elevada.

— Um dragão fez isso... — ele começou a explicar, esperando que o detalhe extra pudesse impressionar o outro.

— Você tem a marca — esbravejou o Cavaleiro.

— Sim, tenho. Tenho mesmo — disse George rapidamente.

— A marca da Mão de Ferro — o Cavaleiro continuou dizendo.

O sino tocou no próximo *flash* de luz, e George viu *Cnihtengild* aproximando-se em suas selas para um olhar mais de perto. Ele sentiu que estava chegando em algum lugar.

— Sim — ele disse, tentando soar como se soubesse o que estava dizendo. — É isso mesmo. Eu sou a... Mão de Ferro.

Houve uma pausa. Nada além da chuva se movia.

— Não. Você é *uma das* Mãos de Ferro. Há várias. Essa marca indica que você pode ser uma delas, mas somente o tempo e o que você fizer irá confirmar — disse o Cavaleiro.

— Mas ser um Mão de Ferro é uma coisa boa, certo? — disse George, tentando acompanhar o raciocínio dele.

— Sim.

— Então... — disse George, subitamente diminuindo o tom, percebendo que deveria conduzir aquela conversa com muito cuidado, pois poderia estar em um momento muito importante em que responder a coisa certa evitaria que lutasse com aquela estátua e sua lança assustadora. — Então, sendo eu *muito provavelmente* uma das Mãos de Ferro, isso significa que não temos que lutar, não é? Quer dizer, o que eu sou faz toda a diferença, não faz?

Sua última pergunta denotou certa impaciência, como se tivesse afirmando o óbvio.

George levou um susto ao ver o Cavaleiro concordar lentamente com a cabeça. Depois sentou-se solenemente em seu cavalo, este que irradiava luzes azuis por todos os lados. George nem sequer respirou, esperando que o Cavaleiro acrescentasse palavras à silenciosa afirmação.

— Sim. Faz diferença.

O garoto sentiu quase explodir de alívio ao ouvir aquilo.

— Isso é ótimo. Ótimo mesmo. Fantástico!

O Cavaleiro abaixou a lança e mirou no peito de George, dizendo:

— Significa que você é um adversário digno, agora.

George ficou paralisado de horror. Aquele "agora" definitivamente estourou a bolha da esperança recém-adquirida.

— Agora?

— Agora — *à outrance*[2]! Lute comigo.

O Cavaleiro apertou as esporas na lateral do cavalo, que contraiu os músculos e foi em frente. Os barulhos de gritos

---

2 Á *outrance*: Expressão francesa que significa sem piedade. (N.T.)

e braços voltaram. Tudo o que George conseguiu ver foi o grupo de *Cnihtengild* fechando o cerco contra ele. Não havia como fugir dali. A lança afiada do Último Cavaleiro já corria pelo ar indo ao seu encontro.

21A

NOTÍCIAS PRETAS

O Caminhante andava de um lado para o outro na esquina da rua *Bury* com o parque *Saint James*. Suas mãos estavam entrelaçadas e conforme andava, inclinava a cabeça para olhar seu próprio reflexo numa pedra de granito polida. Uma grande pedra negra que adornava o canto do edifício.

A beira do edifício tinha sido esculpida de forma que parecesse um navio estilizado abrindo caminho da esquina para a rua. O Caminhante traçou com a mão a reverência paralisada que o barco fazia, um "V" de curvas firmes de pedra saindo da fachada.

O Corvo sentou-se pacientemente para observá-lo do seu poleiro na lança do barco, ele e seus olhos eram as únicas coisas mais pretas do que o granito ao redor. Os olhos piscaram e então o Corvo pulou nos ombros do Caminhante.

— Os olhos do Contador viram alguma coisa? — urrou o Caminhante.

O pássaro bateu o bico no ouvido dele. O Caminhante ouviu e concordou com a cabeça.

— Poça da Doca foi o que disseram?

Ele girou nos calcanhares e andou na direção oposta.

— Uma fagulha andando pela Poça da Doca, procurando socorro. É bem provável que estivesse indo encontrar o Frade Preto.

Ele correu as mãos pela superfície preta e espelhada da pedra, como que para testá-la. Depois, virou-se rapidamente.

— Preto é a cor da sorte. Diga ao Contador para onde ela foi. Agora que estou a um passo de encontrá-la, ficaria extremamente irritado se a perdesse.

22

IMENSIDÃO DE ESPELHOS

Edie pensou por um momento que poderia estar traindo George. Foi um pensamento breve, mas intenso.

O Frade Preto começou a falar, e ao ouvir as revelações dele, Edie conseguiu empurrar suas desconfianças para um lugar escondido de sua mente, onde poderia buscá-las mais tarde caso fosse necessário.

O Frade falou:

— Existem espelhos que funcionam como passagens, são artefatos mágicos, raros. Eles são criados em paralelo com um outro. Espelhos-gêmeos. Funcionam assim: ao pisar em um deles, você pode mover-se de onde está para outro lugar dentro da cidade, desde que lá esteja posicionado o espelho paralelo ao que você pisou.

Edie disse:

— Isso é espantoso.

— Oh, sim, eu lhe garanto. É muito mais do que um mero "transporte". É algo extremamente poderoso e perigoso...

— Por quê?

Ele se levantou, a rapidez de seus movimentos fez com que ela se encolhesse. Mas ele estava apenas gesticulando para que ela se dirigisse ao lugar onde indicava.

— Fique ali. Entre os espelhos. Não toque neles, porque agora você sabe o que podem fazer, eles podem estar abertos. Apenas olhe.

Ela obedeceu e aproximou-se dos espelhos, vendo várias Edies neles.

O Frade falou:

— Você acredita que está olhando para seus próprios reflexos. Mas não está. Na verdade, o que você está vendo são *momentos no tempo*. Mesmo um simples reflexo no espelho nunca significa você no presente, porque demora um microssegundo para que a luz que carrega sua imagem chegue até o espelho e volte para os seus olhos. Um rosto no espelho é sempre um rosto no passado, preso nessa fração minúscula de tempo. É por esse motivo que nunca vemos a nós mesmos como somos, apenas como éramos...

Ele sorriu para ela.

— Veja as réplicas de seu rosto, repetindo-se infinitamente nos espelhos. Todas parecem iguais, mas isso é só porque as imagens que você pode ver claramente são aquelas em que as diferenças são tão mínimas que não podem ser detectadas. Ao avançarmos por camadas profundas, viajamos para o passado distante.

Ela olhou para os espelhos, tentando ver onde as diferenças começavam. Mas não conseguiu. Sentiu-se desconfortável. Era como se os espelhos também estivessem olhando para ela de alguma forma.

— Como isso funciona? — perguntou, desviando o olhar.

— Isso não importa. É apenas algo que "é" assim, da mesma forma que o céu é azul. Sempre foi e sempre será. Londres é um lugar de poder. Já era assim no passado, antes que as pessoas construíssem o primeiro abrigo. Já era um lugar de poder antes que as pessoas construíssem casas, cercas ou cabanas; antes mesmo que o homem pensasse em construir templos. Já era um lugar de poder quando o próprio arco do céu servia como templo para todos os homens.

"Olhe ao longo do rio, veja a Torre de Londres. Antiga, certo? Na verdade, não. Antes dela, havia uma igreja cristã; e antes disso, um templo romano; e antes disso, o santuário de um deus celta; e antes disso, o santuário de um deus com chifres; e antes disso, apenas o Corvo se lembra. Todos os passados continuam lá, em camadas."

Seus olhos estavam brilhando. Ele abaixou-se ao lado dela e ela virou-se, desconfortável com o pensamento de não poder vê-lo.

Edie disse:

— Então quer dizer que os espelhos não só transportam uma pessoa pelo espaço, mas também pelo tempo, para Londres passadas.

— Você é astuta, menina.

— Eu não sou uma menina. Sou uma fagulha. Sei tudo sobre o passado.

— E, é claro, você não tem medo dele.

Edie revirou os olhos e bufou impaciente.

— O passado está carregado de terror. Não seja burro! O passado não é um lugar agradável. Só estou dizendo que entendo sobre a capacidade de ir para o passado, porque é o tipo de coisa que eu faço.

O rosto do Frade abriu-se com um sorriso, seus olhos faiscavam teatralmente. Parecia surpreso. Ela encolheu os ombros.

— Você não parece impressionada, menina.

— Na verdade, não. Já estou com bastante dificuldade em lidar com o presente. Não preciso de outros pedaços de tempo.

— Você não *precisa* de outros?

Quanto mais ele demonstrava indignação pela falta de reação de Edie, menos ela queria parecer impressionada pelo leque de possibilidades que ele havia apresentado.

— Não. Sinto Muito. Eu realmente não posso atravessar as camadas do passado de Londres. Entendo o que você está dizendo, mas tudo isso é... Uma grande bobagem.

Ela não tinha a intenção de dizer *uma grande bobagem*. Queria ter dito *estranho*. Ou talvez assustador. Mas a boca tinha tomado o controle antes que o cérebro pudesse impedir. O Frade parecia chocado.

— Uma grande... Bobagem?

— Sim — ela respondeu. Não iria voltar atrás. Se tinha dito aquilo devia ser porque no fundo era o que sentia.

— Você acha que realidades diferentes, camadas de passados, são simplesmente bobagens?

— Sim. Acho! — ela não permitiria que fosse intimidada. — Não quero ofender ninguém, mas isso é o tipo de coisa que pessoas patéticas dizem quando bebem demais ou estão ficando malucas. Toda aquela magia barata que eles acham fazer sentido em suas cabeças perturbadas, coisas como todas as moléculas em suas unhas serem galáxias com pequenos mundos girando em volta delas...

Como alguém que passara a maior parte da vida tentando não ver coisas estranhas e assustadoras cada vez que acidentalmente tocava em algo, Edie tinha opiniões firmes a respeito de pessoas que, voluntariamente, se desligavam da realidade para experimentar dimensões irreais. Ela não via sentido nesse tipo de fuga, pois vira muitos casos em que o 'desligado' simplesmente não retornava de seu mundo de delírios.

O Frade levantou-se a uma altura em que pareceu ter meio metro a mais do que o normal.

— Pessoas patéticas? Você acha que isso é coisa de pessoas *patéticas*?

Ele cuspiu a palavra, prolongando o S final com desgosto. Mais uma vez, ela decidiu não mostrar que estava intimidada por ele.

— É o que eu penso. É como eu vejo e entendo essas coisas: não passam de bobagens.

— O modo como as coisas soam para você é algo que está fora do meu controle, jovem fagulha...

Ele levantou as mãos acima da cabeça e fez um gesto para o mosaico circular e xadrez localizado no teto. Parecia que estava movendo dois anéis em direções diferentes.

— Mas posso lhe mostrar algo.

Houve um estalo, e de alguma forma o mundo estremeceu um pouco e ficou subitamente mais escuro e sério. O Frade parecia menos um monge e mais um demônio à medida que sombras passaram a dançar em seu rosto. A principal razão pela qual ele parecia um demônio era uma luz vermelha e cintilante que lançava essas sombras sinistras em seu rosto

— como se o local estivesse em chamas. Edie virou-se, mas antes que pudesse ver de onde vinha o fogo, sentiu uma grande explosão de calor ao lado do rosto; e então seus olhos pararam ao passarem pelo espelho à direita que tinha anteriormente mostrado seus reflexos infinitamente repetidos, mas que agora continha a visão da fornalha do inferno e de paredes caindo e pessoas gritando.

O choque fez com que Edie saltasse para trás — e por um instante sentiu o vidro frio do outro espelho atrás dela. Ela ouviu o Frade gritar:

— NÃO! FIQUE LONGE DO ESPELHO!

Mas já era tarde. O vidro frio e duro cedeu tão suavemente como uma bolha de sabão — e o mundo moveu-se quando ela começou a cair por uma tempestade uivante. Um vento chicoteou seu rosto e algo agarrou seu pé...

Foi aí que as coisas realmente começaram a dar errado.

23

☉ GOLPE DOLOROSO

O ÚLTIMO CAVALEIRO movimentava-se na chuva com a lança apontada para o coração de George. Este recuou até sentir uma parede em suas costas, e então se abaixou e rolou para o lado.

Ele sabia que os cavaleiros invisíveis o tinham cercado, e tudo o levava à certeza de que seria extremamente difícil tentar forçar a passagem e escapar. Aquela plateia indesejada formara uma parede espessa e impenetrável de cavalos, escudos e homens armados. Mas ele também percebeu, quando os cavaleiros se tornaram visíveis no próximo *flash* ao toque do sino, que mais abaixo, sob as barrigas dos cavalos, havia muito espaço para escapar ao nível do solo.

Então foi nisso que ele se concentrou ao se abaixar e rolar em busca de segurança, esperando não encontrar um casco no caminho. Mas para o seu azar, um casco foi seu primeiro obstáculo; sentiu um golpe no ombro, mas apesar da dor, foi em frente. Quando ele rolou, o sino tocou e relampejou novamente. George viu a barriga do cavalo acima dele e então se pôs de pé. Em seguida, correu pelo pátio até um abrigo próximo de uma coluna baixa de tijolos.

Ouviu um rugido de desaprovação vindo dos cavaleiros. Alguém gritou de forma bem clara "COVARDE". Ele virou a tempo de ver o Cavaleiro apressadamente levantar sua lança para o céu e tentar frear, inclinando-se ao puxar as rédeas. A cabeça do cavalo voltou-se para trás e suas ferraduras quase deslizaram, mas por fim, travaram. George conseguiu ver por que o Cavaleiro tinha levantado a lança: se não tivesse feito, acabaria por chocar-se contra um grande edifício de escritórios.

George abaixou-se de lado, apertando-se contra o interior de uma pilastra. Prendeu a respiração. Na frente dele havia uma parede composta por placas de vidro, pertencentes a uma cafeteria. O lugar estava fechado, mas uma moça empilhava as cadeiras e limpava o tampo das mesas. Ela olhou para cima e George teve certeza de que ela o vira. Tamanha foi sua convicção que esteve prestes a gritar por socorro quando ouviu a aproximação lenta de ferraduras de cavalo, e viu, no reflexo da janela, as luzes da túnica do Cavaleiro se aproximando.

George viu o Cavaleiro tentar abaixar a cabeça o suficiente para passar por debaixo de uma coluna, mas não havia espaço para tal.

Foi aí que ele se lembrou de que, se conseguia ver o Cavaleiro no reflexo da janela da cafeteria, então seu inimigo também conseguia vê-lo.

O Cavaleiro disse:

— Você tem que lutar. Você tem que sair daí e lutar, ou será tachado de escudeiro covarde.

Sua voz ecoou sinistramente no espaço sob o arco.

George disse:

— Estou lutando. Só que não tenho uma arma!

Uma dor aguda na cicatriz o forçou a olhar a mão. Lembrou-se de como ele tinha cortado os tentáculos da criatura que o agarrara na passagem subterrânea, no dia anterior. Lembrou-se de como o dragão do *Temple Bar* tinha olhado sua mão, os olhos brilhando, maravilhado. Lembrou-se de ter feito a bala que matou o Minotauro. Lembrou-se do olhar de espanto do Artilheiro quando lhe disse que era um fazedor.

George olhou para a lança do Cavaleiro, que estava a apertar-lhe a perna. De alguma forma, aquele aperto era por demais humilhante para suportar. O Cavaleiro o estava persuadindo a lutar, como se ele fosse uma criancinha que tinha que ser estimulada a sair de um esconderijo em uma casinha de brinquedo.

Ele pensou no poder de suas mãos. Pensou em como havia sido chamado de Mão de Ferro.

E então se mexeu. Mostrou a mão e agarrou a lança a cerca de uns trinta centímetros da ponta. Não havia alternativa. Tentou concentrar-se para dar o melhor de si. Iria tomar a lança e torná-la sua arma. Se conseguisse, obteria uma boa vantagem contra seu opositor, pois sabia que o escultor que fizera o Cavaleiro não o equipara com uma espada.

Foi um ato de desespero, mas, de alguma forma, George sabia que a dor terrível na cicatriz da mão permitiria que ele executasse seu plano.

Sua mão se fechou em torno do eixo da lança e ele colocou nela toda a sua força e vontade. No mínimo, iria dobrar a coisa e torná-la inútil.

Era tudo o que podia fazer, então se empenhou completamente. Colocou tanta força ao apertar e puxar a lança que, mesmo a arma não cedendo, ele permaneceu apertando-a por muito tempo. O Cavaleiro foi arrastado de seu cavalo, mas continuou agarrado à lança como um cão que se recusava a soltar o osso.

George teve uma visão horrível de como sua mão ficaria se a lança deslizasse e a lâmina dela abrisse sua mão.

Sem pensar mais, recuou.

Ele recuou porque se deixou dominar pelo medo. Ao fazer isso, o Cavaleiro puxou a lança para si com rapidez.

George pôs-se de pé e olhou para todos os lados em busca de um lugar que lhe oferecesse abrigo.

O sino tocou e ele viu a multidão de cavaleiros avançar atrás dele, formando uma parede sólida e ameaçadora de armaduras e crueldade generalizada.

O Cavaleiro berrou:

— Você deve resistir. Não pode correr. Deve lutar. Recuse-se a lutar e você perde.

George gritou:

— Estou lutando. Você tem um maldito cavalo e uma arma. Tudo o que me resta é correr!

Por estar em um beco sem saída, sua única ação fora recuar. Não havia para onde correr, e dialogar não funcionara. Contudo, quando o Cavaleiro incitou o cavalo para frente e aprontou a lança, George fez a única coisa que seu oponente não esperava: ele correu em sua direção.

Não fora planejado, o ímpeto lhe ocorreu quando já estava para dar no pé. Lembrou do pai no parque, uma bola de rúgbi, tardes frias de inverno. E as palavras:

— O truque é fácil: vá por ali quando todos esperam que você venha por aqui.
A paradinha. O segredo para enganar o defensor do outro time. Seu pai tinha passado horas tentando ajudá-lo a entender o truque.

— Surpreenda o adversário, e mesmo que ele seja troncudo e esteja correndo em sua direção a toda velocidade, não terá espaço suficiente ou mobilidade para mudar de direção para pegar você. É a tática perfeita!

George conseguia lembrar-se dos cinco segredos para correr bem, mas o problema é que ele nunca havia sido bom no rúgbi, e era particularmente um caso perdido na paradinha. Com frequência, tropeçava e se enroscava em si mesmo.

Ele apagou o pensamento e focou no círculo pequeno da extremidade da lança, uma vez que esta vinha rápida em sua direção. Quando ela estava a dois passos de distância, ele ameaçou ir para a esquerda — mas foi para a direita. A ponta da lança passou rente à sua orelha.

George correu e alcançou a segurança de outra coluna. O bando de cavaleiros inimigos vinha atrás dele. George viu que saíam faíscas dos cascos dos cavalos.

Ele não esperou para cumprimentá-los. O sino tocou e ele viu, com a claridade do *flash*, que os cavaleiros estavam se reorganizando em outra fila comprida, de forma a bloquear todas as suas possíveis rotas de fuga. Porém, seus olhos bateram em outra coisa: portarias em estilo de guaritas sobre as quais ele tinha voado em companhia da menina dourada. E para além das portarias, o trânsito e as luzes da cidade acenavam.

Ele não pensou duas vezes, apenas cerrou os punhos, abaixou a cabeça e correu o mais rápido que pôde. Tinha que chegar lá antes que algum cavaleiro se posicionasse no final da linha. Assim, trabalhou no que ele tinha certeza de ser sua última chance de escapar.

Ele corria tão rápido que seu coração saltava de forma assustadora na caixa torácica.

Alguns segundos de pura adrenalina e ele viu que tinha conseguido.

Nenhum cavaleiro da Associação seria mais capaz de bloquear sua saída. Ele não diminuiu a velocidade. Não ia diminuir até que houvesse uma distância segura entre ele e o Cavaleiro. Ou até que ele vomitasse, ou tivesse um ataque cardíaco, ou algo semelhante. Sentiu uma ponta de entusiasmo ao avistar o portão, sua salvação. Dois passos depois, ele se permitiu olhar para trás. Já estava a poucos metros da saída quando viu um lampejo de ouro além das barras negras do portão.

Não dava para acreditar.

— Ariel?

O braço fino da menina passou pelas grades e ela tocou o braço de George, apertando-o com carinho.

— Você não pode correr. Você não pode recusar o duelo.

Ele balançou a cabeça em descrença, tentando ver-se livre de algumas manchas escuras que enevoavam sua visão, resultado da exaustão em que se encontrava. Ele esbravejou:

— Você fechou o portão? Você...?

Ela apertou o braço de George novamente. Dado o fato de que ele viu, no próximo *flash*, que o Cavaleiro estava agora mirando-o de onde estava, o gesto de Ariel não lhe deu o conforto que ele gostaria.

— Abra o portão!

Com tristeza, ela balançou sua bela cabeleira dourada. George estava certo de que ouviu um pesar sincero na voz dela, o que tornou o que aconteceu depois quase pior.

— Eu não posso, garotinho.

O Cavaleiro abaixou a lança pela terceira vez e chutou o cavalo. Os cascos dançaram nas poças d'água, fazendo com que ela se espalhasse para todos os lados.

— Tudo bem — disse ele em desespero. — Solte o meu braço e pulo o portão.

— Também não posso fazer isso.

E a mão da menina apertou o braço de George como uma algema, prendendo-o ao portão.

— Mas por quê? — ele gritou, com o coração congelado ao ver o cavaleiro que chegava.

— Porque eu sou a sacerdotisa do destino...

E a nova nota em sua voz era tão dura como diamante e tão fria como gelo.

— ... E ninguém, absolutamente ninguém, engana o destino, garotinho.

Ela cuspiu aquela última palavra, "garotinho", como se estivesse realmente soltando algo nojento da boca. Por mais que ele lutasse, não conseguia se libertar da mão forte da menina. Ela o imobilizava ao portão metálico sem dar-lhe qualquer chance de movimento.

O sino tocou sua nota final e, devido à claridade do *flash*, George viu a caminhada da Associação, com os cavaleiros em seus estribos, agitando suas lanças no céu em comemoração à sua morte, e a ponta da lança fatal em direção ao seu coração — três metros, dois metros, um metro...

Fim de jogo.

Tudo o que fez foi sacudir a cabeça e esperar as asas da Morte o envolverem. Ele fechou os olhos e sentiu um impacto tremendo. Ouviu seu próprio grito de dor e agonia. Estava deixando a Terra de forma repentina e selvagem. A cabeça parecia explodir enquanto seu espírito era levado para cima.

Ele abriu os olhos sem mesmo ter certeza se ainda os tinha.

Mas eles estavam lá e viram a Bica olhando de volta, com seus implacáveis olhos de pedra, ao bater suas asas para o céu da noite.

— *Gack?* — a gárgula perguntou secamente, apertando a garra contra o peito de George e, em seguida, balançando-se para o outro lado com suas asas, parecia estar firmando-se em uma direção.

George olhou para baixo, ainda esperançoso de que aquela fosse uma experiência extracorpórea, ainda imaginando que ia olhar para baixo e ver seu corpo atravessado por uma lança.

E o que viu, em vez disso, foi o Cavaleiro, o cavalo e a lança empurrarem o portão por completo. Viu, também, que a figura contorcendo-se na ponta da arma era a fonte dos gritos, e não ele.

A forma dourada foi a última coisa que George viu antes que seus olhos se fechassem e a inconsciência vencesse e o anestesiasse.

24

A ÚLTIMA VÍTIMA DO TYBURN

No escuro, no frio e na ausência de esperança, o Artilheiro seguiu adiante. À medida que cavava, o barulho da escavação e dispersão foi somado a um novo som — um respingo oco. Ele havia cavado tão fundo pelo cascalho que seu corpo estava abaixo do nível da água no tanque. Uma de suas pernas dobrava e esticava enquanto ele cavava, sua cintura afundada em um buraco rodeado de cascalho de sua própria escavação.

O cansaço que ele sentia era real — o cansaço do trabalho duro — não o sentimento errado que tinha sido cultivado dentro dele na ausência de uma distração. Ocorreu-lhe que se tivesse focado todo esse sentimento na tentativa de cavar para cima, já teria alcançado a superfície.

Ele disse em voz alta:

— A casa poderia ter vindo abaixo.

O som repentino da própria voz ecoando naquela câmara fez com que ele hesitasse. E sua hesitação aumentou ainda mais, quando sentiu algo se movendo em torno dos tornozelos. Era a água que se movia — o fantasma de uma corrente, suave, mas definitivamente presente.

O Artilheiro não sabia, mas a corrente que estava sentindo era do *Tyburn* — um dos rios perdidos da cidade, que dera o seu nome ao lugar em que os criminosos de Londres costumavam ser enforcados — e agora estava exercendo sua atração obscura sobre os tornozelos dele. O Artilheiro também não sabia que estava em águas medievais perdidas abaixo de *Marylebone*. Sua única certeza era que a água em movimento significava um fluxo, um canal que fluía para baixo; em outras palavras, uma oportunidade de escapar daquele buraco de rato.

Se ele fosse um soldado do tipo reflexivo, teria dito que a maneira ideal de morrer era em casa, na cama, cercado pelos bisnetos. Mas já que isso não era uma opção, pensou que lutar para viver era melhor do que morrer cercado por cascalhos.

Ele dobrou os esforços, e quando se inclinou, a velocidade dos movimentos derrubou seu capacete na água com grande violência. Ele levou um momento para perceber o que tinha acontecido e recuperar o capacete. E quando o fez, percebeu o óbvio.

— Devo estar ficando burro — murmurou, e começou a cavar com o capacete. Agora, ele estava realmente fazendo progresso. O buraco ficava cada vez mais fundo, e ele já era capaz de sentir o topo de um arco imerso. Enquanto cavava, se perguntou por que o buraco tinha ficado bloqueado.

Algo tinha bloqueado o tubo de saída do tanque, e quando seu capacete subitamente derrapou para o lado, ele descobriu o motivo. Inicialmente, acreditou que fosse uma raiz de árvore. Mas, ao sentir aquilo melhor, teve uma súbita e horrível sensação. Continuou tateando na água, e então sua mão ficou enroscada em cabelos.

O Artilheiro cuidadosamente recuou e sacudiu as mãos, até que ficassem secas, antes de acender um de seus fósforos preciosos.

Mesmo com a chama refletida na superfície da água, ele pôde ver com clareza dois olhos arregalados presos ao crânio de uma mulher. Ele sabia que era uma mulher porque havia uma mecha longa de cabelo, escura como berinjela, pendurada em um dos lados do crânio e também um anel de ouro brilhando em um dos dedos, próximo a um objeto pequeno. Sua certeza inicial deu lugar a uma constatação que o assombrou: aquele não era o esqueleto de uma mulher. O pequeno objeto era um rosto esculpido em algum tipo de madeira. Tratava-se de uma boneca.

O corpo não era de uma mulher, mas de uma menina.

E ele sabia, com toda certeza, que a menina era uma fagulha, uma das vítimas do Caminhante, possivelmente a primeira.

A visão daquela pequena mão junto à sua boneca, mexeu com o Artilheiro. Ele sentiu uma raiva assassina.

— Certo, seu maldito. Destino ou não, não vou morrer aqui hoje à noite. Você ainda me paga!

E então acendeu outro fósforo e olhou nos olhos do pequeno esqueleto. Não viu nada grudento nos ossos ou fragmentos de carne, nem mesmo restos das roupas. Viu apenas uma menininha que morrera segurando sua boneca, buscando um conforto que nunca chegara. Ele imaginou todos os soluços que tinham enchido aquela câmara de pedra antes que ela descansasse em paz.

Sua mandíbula fechou, trêmula.

É claro que uma estátua não pode chorar. Portanto, quando ele começou a mover o esqueleto gentilmente para o banco de cascalho, deve ter sido a água respingada pela escavação que desceu do seu rosto e caiu no *Tyburn* abaixo. Apesar da crescente falta de jeito em suas mãos cansadas, o Artilheiro conseguiu, na maior parte do tempo, ser tão delicado quanto um pai ao colocar o filho na cama.

— Perdão, meu amor. Preciso movê-la. Mas apenas para ir atrás dele. Aquele maldito vai ter que se ver comigo. Vou encontrá-lo onde quer que ele esteja.

25

☉ ESPELH☉ ΠEGR☉

A Biblioteca Britânica fica do lado oeste do grande pátio circular de vidro do Museu Britânico. É uma sala longa e elegante, e sua coleção mista de curiosidades em exposição vem de todas as idades e regiões do mundo. Ela abriga fósseis delicados e armas brutais, vasos de alabastro requintados e tão altos quanto um homem e lanças nativas americanas com lâminas de meteoritos. Há esculturas gregas e bustos dos grandes homens que reuniram as coleções. Há manuscritos antigos e joias de ouro puro, machados de pedra, mensageiros dos ventos romanos, e toda sorte de relíquias religiosas e obscuras, entre outras parafernálias.

Para a maioria das pessoas, tudo isso parece um charmoso acervo de objetos colecionáveis reunidos ao acaso. Uma herança do Iluminismo Europeu. O que quase ninguém sabe, no entanto, é que muitos artefatos estão ali propositalmente. Foram deixados lá porque têm algo incomum: poder. Esses objetos especiais podem ser aliados da luz ou da escuridão. Disfarçam-se sutilmente, tornando praticamente impossível para olhos leigos a percepção do que eles são de verdade.

As luzes da biblioteca se encontravam apagadas e o resto do museu dormia em silêncio.

De repente, houve um ruído quase inaudível e o Caminhante saiu de um dos seus espelhos. Logo depois, juntou os espelhos face a face e os guardou cuidadosamente no bolso do casaco. Ele ficou de frente a um expositor alto de vidro e fitou o conteúdo ali guardado. Empurrou para trás o capuz do moletom verde que usava por baixo do sobretudo e liberou o Corvo, que tinha viajado com ele. Inclinou-se para frente, com as duas mãos no vidro do móvel, enquanto conferia mais de perto os objetos que estavam lá dentro.

O Corvo estendeu as asas e atravessou toda a extensão da sala até pousar no corrimão de uma passarela, que ficava ao redor de uma estante. Depois, fixou seus enigmáticos olhos negros no Caminhante e no expositor de vidro.

Dentro do expositor lacrado, havia três discos de cera de tamanhos diferentes: dois pequenos e um grande, todos grossos como queijo, adornados com símbolos mágicos semelhantes a pentágonos e nomes com grafia incompreensível. O primeiro objeto era uma pequena bola de cristal, pouco maior que uma bola de golfe; o segundo, um disco de ouro fino, gravado com os mesmos círculos concêntricos e torres simples que tinham sido riscados na superfície da placa de estanho, aquela do tanque onde o Artilheiro tinha sido deixado; já a terceira peça era a mais estranha de todas: um espelho de pedra. Os outros objetos pareciam apenas do tipo de parafernálias ocultas que todos esperam ver no covil de um mágico, porém, a pedra espelhada era uma coisa completamente diferente. Suas linhas eram simples e sem adornos, fazendo com que ela parecesse eterna, austera, de aspecto moderno e antigo simultaneamente. Fora esculpida e polida de uma obsidiana preta impecável. Trazia perto de si uma breve descrição, onde dizia que era de origem asteca.

— Asteca! — o Caminhante bufou e cuspiu ironicamente. Sua saliva escorreu pela parede de vidro que o separava daquele rótulo ofensivo. — Colecionadores com cérebros de musaranhos pigmeus!

O Caminhante sabia que o espelho negro de pedra era muito mais antigo que aquela civilização; tinha sido construído muito antes que os astecas, na América Central, desenvolvessem seu gosto por sacrifícios humanos.

— Pássaros e borboletas. Imagine só...

Ele olhou para o Corvo enquanto levantava a manga direita do casaco.

— Os astecas faziam centenas de sacrifícios ao seu Deus *Quetzalcóatl*. Beija-flores em vez de corvos, então você, meu amigo, teria sido poupado. Mas eu teria gostado de ver isso. É preciso uma sensibilidade particularmente requintada para pensar em sacrificar uma borboleta...

O Corvo, para quem o mundo dos insetos era essencialmente um bufê diário, não achava que matar borboletas fosse algo especialmente incomum, mas manteve o bico fechado. A verdade era que o Caminhante gostava de falar e que ele estava condenado a ouvir.

O Caminhante estendeu as mãos contra o vidro em frente à bola de cristal circular. Fechou os olhos e moveu uma das mãos como se estivesse medindo e memorizando o tamanho da bola. Então, olhou para a superfície escura e vítrea do espelho novamente.

— O espelho não funciona sozinho. Sem seu irmão gêmeo é apenas uma pedra polida.

Ele sorriu misteriosamente para o Corvo.

— Um par comum de espelhos mágicos pode abrir um portal para qualquer lugar do mundo, *neste* mundo, qualquer lugar no tempo ou espaço, basta que você tenha o dom e saiba usá-lo. Mas acontece, meu amigo, que comparado com o que este espelho de pedra pode fazer, o prodígio dos outros espelhos não passa de truque barato para crianças. Um par de espelhos de pedra pode abrir um portal para *outro* mundo. E sabe o melhor disso? Um homem astuto pode viajar pra esse *outro* mundo e trazer dele poderes que *este* mundo aqui jamais viu.

Se o Corvo ficou impressionado, escolheu uma maneira estranha de demonstrar, e descarregou uma prodigiosa sujeira de pássaro na cabeça de mármore careca do século 18. O Caminhante nem percebeu, continuando seu discurso:

— Eles pensaram que poderiam cortar minhas asas ao separar os espelhos de pedra e esconder um deles onde eu nunca o encontraria. Só que nunca lhes ocorreu que, com a eternidade a meu favor, eu teria todo o tempo do mundo para encontrar uma fagulha e um Fazedor-chefe, capazes de escolher a pedra certa e esculpir um novo espelho. Tolos...

A bola de cristal estava começando a girar dentro do expositor, respondendo ao chamado de uma força oculta que emanava dos dedos esticados do Caminhante — e quanto mais rápido girava, mais parecia oscilar em seu eixo.

Uma gota de suor escorreu do nariz do Caminhante e caiu no chão, enquanto ele lutava para conter uma poderosa trepidação em sua mão. Depois, com um suspiro, sua mão aberta fechou-se bruscamente e ele a movimentou para trás e para frente, lançando o punho cerrado no ar em frente à vitrine. E enquanto fazia isso, a bola de cristal pulou e ricocheteou no interior do cubo de vidro, seguindo os movimentos do punho, saltando pelos lados cada vez mais rapidamente, até que os ruídos dos impactos percussivos soassem como os disparos de uma metralhadora e, em seguida, todo o vidro do expositor quebrou ao mesmo tempo e caiu no chão como uma cortina de cristal.

Uma campainha de alarme começou a tocar a distância, e as luzes se acenderam. Ignorando tudo isso, o Caminhante passou por cima dos cacos de vidro e, com agilidade, pegou a agora inerte bola de cristal, que descansava no centro do expositor, e colocou-a no bolso.

Suas mãos reapareceram carregando duas luvas amassadas e desiguais. Ele vestiu ambas e, com rapidez, pegou um lenço e colocou dois discos protetores de cera em cima. Em seguida, pegou o espelho de obsidiana e colocou-o sobre os discos, soltando-o logo, como se não quisesse tocá-lo por muito mais tempo, ainda que estivesse usando luvas. Então, protegeu o espelho com outro disco protetor de cera, e amarrou os cantos do lenço bem juntos, fazendo um pacote. Ao final, embolsou o círculo de ouro e recuou.

Ele disse:

— Venha.

O Corvo voou para o seu ombro. O Caminhante segurou com os dentes as pontas do lenço do pacote que continha o espelho de pedra, tirou as luvas e tateou os bolsos na busca de seu par de espelhos.

No momento em que o primeiro guarda do museu surgiu junto à porta, o Caminhante tinha acabado de desaparecer.

26

A BLITZ

Quando Edie caiu no espelho, não imaginou o que a esperava do outro lado. Ela bateu no chão com um estrondo ensurdecedor. Rolou para o lado e, ao erguer os olhos, viu suas pernas viradas para cima, ao mesmo tempo em que sentiu a ponta afiada de um tijolo quebrado em suas costas. Havia barulho de pessoas correndo e de fogo a consumir algum material. O céu estava escuro e nele uma lua brilhante se destacava.

Alguns instantes após a queda, Edie deu-se conta de onde estava: ela caíra num mundo em plena destruição. Podia escutar explosões altíssimas, estrondos e gritos. Além dos gritos, havia o gemido alucinado de uma sirene, bem como um pulsar rítmico de motor, vindo do céu. Ela podia sentir os enormes baques na terra que faziam tudo tremer em intervalos regulares. Aquele era um nítido ataque aéreo.

Recusando-se a olhar para o elemento causador de todo aquele som horrível até que fosse obrigada a isso, Edie olhou para seus pés e viu que eles estavam sobre o degrau de entrada de uma loja. Havia fragmentos de tijolos e de vidros espalhados pelo chão. Ela olhou para o lado e viu um espelho no batente.

Contemplou seu reflexo na superfície manchada e então, antes que pudesse ver se havia um espelho correspondente ali perto, houve um baque enorme que a derrubou de joelhos quando o chão retrocedeu e se entortou debaixo dela. Quando olhou para cima, atordoada com a violência do golpe invisível, a meio caminho de se levantar, viu algo que a impediu de realizar qualquer movimento. Ficou lá, com os joelhos no chão, os olhos arregalados e a boca aberta, olhando fixamente para o cenário infernal que se elevava sobre o outro lado da rua.

Era uma tempestade de fogo. E fora dela, longe do centro das chamas, aparecia a cúpula da catedral de São Paulo, envolta por uma grande quantidade de fumaça preta — porém intacta.

Edie sentia o rosto queimar devido ao calor insuportável e uma dor aguda tomava conta de seu ombro, o que ela machucara ao rolar entre os tijolos.

Diante dela se materializava a visão do fim do mundo, mas a fagulha sabia que aquilo não se tratava das visões a que estava acostumada. Porque ela não estava reluzindo...

Aquilo era real.

Suas visões de fagulha vinham em porções irregulares, nem sempre de forma contínua e todas sempre chegavam ao fim rapidamente. Nenhuma delas lhe deixava com pó de tijolo na boca nem com tamanha sensação de perigo.

— Ei! Você, menina, saia dessa rua sangrenta e desça para o abrigo!

A voz gritava para ela do outro lado da avenida. Ao se virar, Edie viu um homem de meia-idade vestindo um terno; ele carregava uma sacola de lona sobre um ombro e usava um capacete metálico parecido com o do Artilheiro, a diferença era que o capacete do Artilheiro não tinha a letra "W" pintada em branco na parte da frente. O homem, que usava um bigode bastante eriçado, estava bravo e acenava para ela com insistência.

— Siga naquela direção, até o fim. Você está tentando se matar ou...

O antigo prédio de tijolos atrás dele sacudiu como se tivesse sido atingido pelo punho de um gigante. O pobre soldado nunca completou o que diria após o "ou", porque a frente do edifício caiu sobre ele em uma avalanche rápida e violenta.

Edie colocou a mão sobre a boca instintivamente, devido à nuvem de poeira que se espalhou no ar. Quando a poeira baixou, ela viu o capacete vazio deslizar devagarinho em sua direção. Ao bater em seus pés ela viu, de relance, que havia algo molhado dentro dele. Edie desviou o olhar, horrorizada.

Ela viu filetes de água sendo inutilmente jogados na direção das enormes labaredas de fogo, estas que se aproximavam perigosamente da catedral. Na base da construção, formando um paredão de combate, pequenos grupos de homens impunham mangueiras de incêndio. Bem lá em cima, luzes varriam o céu para frente e para trás, verificando a vinda de novas bombas. A imagem dos céus escuros cortados pelas luzes era semelhante à da destruição em terra firme, cortada pelos jatos de água que tentavam pôr um fim ao fogo.

Edie percebeu que apertava as mãos contra os ouvidos, na vã tentativa de não ouvir aquele ataque aéreo violento.

E então algo agarrou seu braço.

Ela se virou e viu o Frade. Seu rosto, normalmente alegre, estava tenso e preocupado.

— Venha — ele gritou no exato momento em que outro prédio desabava na próxima rua. — Temos que voltar aos espelhos. Você não quer morrer aqui, quer?

Pela primeira vez em sua vida, ela nem sequer pensou em discutir. Deixou que ele a arrastasse para a entrada da loja, onde, aliviada, viu dois espelhos frente a frente, cada um em um dos lados da vitrine de uma livraria. Era por ali que eles sairiam daquele pesadelo.

Tinham dado poucos passos quando o Frade parou bruscamente, como se tivesse pressentido algo. Edie questionou:

— Por que paramos?

Não precisou de resposta, ela ouviu, um instante antes do estrondo: um som sibilante vindo do céu caótico — incrivelmente perto, perto demais.

Outro puxão forte em seu braço. O Frade a segurou em posição protetora e, juntos, afastaram-se da livraria e da segurança contida em seus espelhos. Ele envolveu-a o mais que pôde.

E então a bomba explodiu.

Os pés de Edie perderam o contato com o chão. Ela só não caiu porque o Frade a abraçava muito forte. O próprio ar parecia socá-los com violência. Houve, de súbito, uma tempestade de granizo prateado que caía horizontalmente conforme as vitrines da loja explodiam uma atrás da outra. Não tivesse ela sido protegida pelas costas metálicas e muito curvadas do Frade, seu corpo teria se desfeito, restando apenas uma névoa vermelha que seria soprada ao longo da rua de paralelepípedos. Esfacelada a vitrine da livraria, seus produtos voaram para fora dela. Livros inteiros caíram na calçada e as páginas arrancadas dos volumes pela força da explosão pareciam formar uma tempestade de neve que girava como um redemoinho.

No segundo seguinte, o Frade se endireitou. Os dois puderam ver que estavam no meio de uma lenta nevasca de papel. Algumas páginas queimavam, outras não. As que escapavam das chamas subiam para o céu impulsionadas pelas ondas de calor.

O Frade atravessou a calçada em quatro passos ligeiros, golpeando o ar no meio da tempestade de páginas conforme caminhava. Ao ficarem de frente à livraria destruída, eles perceberam o pior.

Os espelhos não existiam mais; foram quebrados junto às pilastras pela mesma explosão que destruiu a vitrine da loja. Apesar do turbilhão de barulhos no entorno, Edie conseguiu ouvir o profundo lamento do Frade.

— Aqueles eram *os* espelhos — disse ela.

Ele continuou os resmungos.

— Eram a nossa única saída — ela prosseguiu, elevando a voz.

Ele olhou com curiosidade para o céu. Edie puxou seu manto para proteger-se. Cacos de vidro caíam do alto, atingindo o chão perto dos pés deles.

— O que vamos fazer agora?

O olhar do Frade parecia perdido. Ele ficou a observar a rua, em silêncio. Percebendo a insegurança dele, Edie ficou mais assustada do que já estava. Finalmente, ele olhou para baixo.

— Você consegue correr?

Ela observou a grande massa corporal dele e a barriga proeminente.

— Consegue?

Um sorriso fantasmagórico brilhou no rosto dele. Edie tentava decifrá-lo.

— Minha boa menina, quando minha sobrevivência depender disso, eu praticamente irei voar...

O Frade levantou seu manto acima do joelho com uma das mãos, e, com a outra, agarrou a mão da menina — e os dois correram. E mesmo que ela nunca admitisse o ocorrido mais tarde, o fato de ele ter segurado sua mão a retirou do estado atordoado em que ela se encontrava. E aí ela correu ao lado dele, tendo que se esforçar muito para conseguir acompanhá-lo. Afinal, cada passo dele equivalia a dois dos seus!

E os detalhes daquela corrida impetuosa em meio à tempestade de fogo e as bombas que caíam deixaram tudo turvo; e aconteceram com tal rapidez que, mais tarde, ela não conseguia lembrar-se exatamente do ocorrido. Momentos únicos pareciam ter lugar, sem relação um com o outro — um instante de visão e depois esta desaparecia.

Um táxi antigo com rodas raiadas explodiu na avenida bem na frente deles, ficando de cabeça para baixo entre as pilastras de uma janela do segundo andar de um prédio. Eles continuaram correndo. Em determinado momento, uma labareda de fogo reluziu de um beco, bloqueando a passagem. O Frade simplesmente a segurou pela mão e venceu mais esse obstáculo. Houve um ponto em que ela teve um *flash* do passado, em que viu a si mesma passando correndo por um ônibus de Londres, emparelhando-se com ele, e observou a escada helicoidal que levava ao andar superior que não tinha teto algum. Ela virou a cabeça antes que seu cérebro pudesse dar algum sentido ao casaco torcido e à mão que saía debaixo do lado do ônibus, entre o próprio ônibus e o asfalto. Eles se abaixaram nas pistas estreitas entre paredes vertiginosamente altas, e em um ponto entraram num antigo cemitério de uma igreja que apareceu do nada no aglomerado de ruas. A menina registrou o barulho surdo de uma bomba explodindo nesse cemitério logo que eles saíram de lá. O Frade e ela viraram-se para ver algo semelhante a uma caixa longa a levantar-se para o céu e imediatamente voltar e bater na parede externa da igreja. Edie desviou o olhar antes que pudesse ver o que estava no caixão. E lembrou-se do Frade dizendo:

— Vão ter que enterrar essas pobres almas novamente pela manhã.

Continuaram correndo, cada vez mais, por ruas estranhamente vazias e tranquilas em um minuto, para, depois, se transformarem em ruínas em chamas. E foi somente quando viu o nome "Poça da Doca" pendurado na esquina de um prédio que ela percebeu aonde estavam indo.

E embora cansada, ela redobrou seu esforço. Eles acabaram por derrapar na esquina final e viram, acima deles, o Frade Preto na sacada de seu prédio. Ele não olhou para baixo para ver a si mesmo correndo — ou, se olhou, Edie não notou.

O Frade abriu a porta e eles caíram. Ela teve tempo de perceber que as janelas estavam fechadas com fita, antes que ele a puxasse para frente entre os dois arcos espelhados. Com a respiração ofegante, ele disse:

— Certo. Em casa, James, eu acho.

— James quem? — perguntou uma voz familiar vinda do quarto.

Ela tentou olhar, mas não conseguiu vê-lo. O que ela viu foi um cartaz que mostrava dois homens encostados no balcão de um bar, conversando. As garrafas de cerveja e inclusive as torneiras da cervejeira atrás deles apresentavam o rosto familiar de um homem — o cabelo com um corte quadrado, o bigode do tipo usado por Hitler. Na parte baixa, havia a inscrição "A Conversa Descuidada Custa Vidas". Era um cartaz colorido e engraçado.

— Você está certo — Edie disse na escuridão, dirigindo a voz na direção para onde ela sabia que Pequena Tragédia estaria ouvindo:

— Eu gostei do cartaz.

O Frade bufou, puxou o braço da menina e eles foram caindo de volta para o espelho. Foi então que ela cambaleou e descobriu que o tapete sob seus pés era diferente, e que o mundo exterior não estava indo para o inferno; o mundo estava apenas se misturando silenciosamente ao tráfego para além das janelas — janelas que não estavam mais fechadas com fitas, pois não havia mais explosões. O Frade ponderou:

— Acho que isso explica os espelhos.

— Sim — Edie concordou, tentando fazer com que sua voz e pernas parassem de tremer. — Definitivamente não é para qualquer um. É bastante real.

Ela sentou-se, repentinamente, ali mesmo no chão.

27

MAUNGUEFEGO

GEORGE VIU UM CAMPO DE futebol. Ouviu uma voz masculina gritar energicamente de algum lugar distante:
— Por aqui, filho!
Houve a batida inconfundível de uma chuteira contra uma bola de couro molhada. George abriu os olhos e viu uma bola branca e vermelha girar no ar, e então, lentamente, cair entre um grupo de jogadores aglomerados junto a um gol. Em seguida, iniciou-se uma briga pela bola na lama, com alguns empurrões, até que a bola foi parar dentro do gol, e um dos jogadores puxou a camisa sobre a cabeça e saiu comemorando a vitória. Podia ouvir o som de risos e vaias do público que assistia, mas a única coisa anormal nisso era que George estava vendo tudo do alto.

Como se arrancado de um sonho, ele sentiu a garra de pedra em seu peito. Lembrou-se da Bica, da menina dourada gritando no final da lança e do fato de que ele devia estar morto. O passado confuso o atingia como um saco de cimento molhado.

O espaço verde abaixo, iluminado artificialmente, era o *Coram's Fields*, um oásis de grama e árvores ao sul da avenida

Euston. A Bica estava voando mais rápido agora, como se estivesse perto de casa e não precisasse conservar energia. A chuva havia diminuído, mas ainda continuava caindo — uma leve garoa em vez da chuva torrencial que o havia ensopado mais cedo.

George estava todo molhado, tremendo muito e tentando descobrir exatamente por que não estava morto.

Ariel o havia segurado junto ao portão com tanta força que ele não tinha conseguido se mover. O Cavaleiro gritara ao arremessar a lança e George desviara o olhar no último minuto. Então tudo escureceu e ele sentiu um impacto colossal. Pelas leis da lógica, ele não deveria estar vivo.

Mas estava.

Repassou mentalmente o momento final outra vez e percebeu que alguma coisa parecia terrivelmente errada. O mais estranho fora o impacto, e não porque não esperasse por ele, mas é que o baque não viera pela frente, e sim pelo lado. George tinha enxergado muito bem a lança voando na direção de seu coração, não havia como errar o alvo. George forçou mais um pouco a memória e lembrou-se de ter ouvido as asas da Morte voando para encurralá-lo, e então entendeu que tinha sido a Bica, e não a Morte, que aparecera subitamente no ar e o arrancara do lugar onde estava, fazendo com que a lança do Cavaleiro perfurasse o espaço vazio onde George tinha estado um segundo antes, passasse pela abertura do portão e atingisse Ariel.

À medida que um galo começou a crescer atrás de sua orelha, George sentiu como se sua cabeça fosse explodir, e concluiu que a Bica devia tê-lo arrastado por algum tipo de telhado ao salvá-lo da morte certa. Foi assim que ele acabou sendo carregado mais uma vez pelos ares, sobrevoando a avenida *Euston* em direção ao telhado ricamente ornamentado da estação *Saint Pancras*.

A Bica havia resgatado George da mesma forma que Ariel o salvara da gárgula. Ele não sabia o que significava ser salvo por quem quisera matá-lo pouco tempo antes. Estava certo de que a Bica não tinha mudado subitamente de inimigo para amigo, aquele resgate só podia ter sido acidental. Mas não conseguiu seguir adiante com suas suposições. Tudo era muito complicado e ele estava com frio e confuso.

A lembrança de Ariel o invadiu: o sorriso dela, a alegria em voar e suas piruetas no topo do mundo. Pensar nisso lhe causou uma sensação ruim. Ela o traíra friamente, segurando-o para o Cavaleiro.

A Bica começou a voar mais devagar à medida que se aproximava da iluminada torre do relógio, no extremo leste do edifício. George identificou o telhado de ardósia verde apontando diretamente para o céu, bem como os pináculos que decoravam cada canto da confecção maciça e exuberante de alvenaria laranja.

O longo galpão da estação *King's Cross* passou à direita e, em seguida, a Bica começou a voar próxima ao telhado de *Saint Pancras*, sobre uma ponta afiada com uma passagem estreita e plana no topo, em direção oeste entre as chaminés altas que povoavam os vertiginosos e inclinados telhados por ambos os lados. E antes que o edifício se curvasse abruptamente e terminasse em uma torre igualmente pontuda na extremidade, havia outra torre, e foi para lá que a Bica voou.

Assim que se aproximaram, a Bica esticou suas asas, usando-as como freios, e foi diminuindo a velocidade até chegar a uma parada total. Apenas quando ficou claro para George que o voo não era mais viável e que eles iriam começar a cair, a Bica estendeu uma garra e prendeu no canto da parede.

A Bica tossiu:

— *Geer*!

Não havia como George fugir dali. O ninho da Bica era uma pequena área onde três ângulos de telhado se encontravam. Havia uma calha de chumbo, uma espécie de bandeja com um furo e um pedaço de alvenaria quebrada presa em um canto.

A Bica soltou George e ele se agachou em um canto, observando a gárgula se posicionar. Ao contrário de todas as outras gárgulas que George podia agora desconfortavelmente ver espalhadas por todo o edifício e que estavam viradas para a cidade, a Bica virou-se e ficou a encará-lo.

George não tinha a mínima ideia do que iria acontecer a seguir. A gárgula olhou para ele e, lentamente, estendeu suas asas, sacudiu-se como um cão, e depois as cruzou ordenadamente em torno das costas. Foi a primeira vez que George teve a chance real de olhar para a Bica adequadamente, em repouso. Até ali ele a tinha apenas visto em movimento — correndo, voando ou perseguindo. E como estava sempre ocupado tentando ficar o mais longe possível da criatura, nunca a observara detalhadamente.

Não que fosse muito glorioso. Parecia um gato selvagem com asas onde as patas da frente deveriam estar. Havia algo de tenso e tortuoso em sua estrutura, e a vida no telhado claramente não tinha sido gentil com ela. A gárgula estava toda suja, com algo verde vazando da boca, de onde George havia retirado um antigo tubo de cobre.

Além de deixá-la naquele estado abatido, o tempo chuvoso e frio também quebrara a ponta de uma de suas asas, tornando seus voos um verdadeiro martírio. George pensou se era a pequena ponta de asa ausente que fazia a Bica voar tão torta.

Ela mostrou suas presas e George viu a real profundidade da coloração verde que se enrolava nos dentes inferiores dela, como se fosse sangue.

A criatura disse:

— *Gack*.

George retrucou:

— Sim. A sua casa é muito agradável.

Ele estava agachado e com os braços em volta de si mesmo, tentando obter um pouco de calor do próprio corpo.

Ele disse:

— É uma pena que você não tenha aquecimento central.

"Devo estar ficando maluco", George pensou.

— *Gowk* — disse a Bica, inclinando-se e tocando a própria boca. Depois espetou George contra os azulejos.

— *Gowk!*

Ele percebeu que ela estava tentando se comunicar. E parecia irritada por George ser incapaz de entender o que ela falava.

— *GOWK!*

George disse:

— Sim, *gowk*.

A Bica não ficou impressionada. Cerrou silenciosamente as presas em irritação e sua garganta soou como se estivesse tentando tossir uma bola felpuda ou uma espinha de peixe.

George pediu desculpas:

— Sinto muito. Não falo língua de gárgula.

A Bica balançou a cabeça e abriu a boca, depois levou as pontas das asas até os dentes arreganhados, fazendo um grande barulho.

Nesse momento, George subitamente entendeu o que ela estava dizendo.

— *Gowk* — bica. Você quer a bica! A bica que eu retirei da sua boca. Mas é claro. Sinto muito...

Tudo fez sentido. Aquele fora o motivo por que ela nunca parava de persegui-lo. Ele tinha arrancado uma parte importante da boca dela. Antes disso ela nunca tinha feito um barulho sequer. Era pela falta da bica que a pobre gárgula sofria ao tentar falar.

George vasculhou o bolso de trás da calça. Ao conseguir encontrar o tubo de metal corroído, segurou-o no ar como uma oferta de paz.

Mas subitamente teve uma ideia, e tirou a bica do alcance da criatura.

— Talvez... — ele disse devagar, pensando enquanto falava. — Talvez possamos fazer um trato. Você me leva até o chão e eu lhe devolvo a bica. Aceita?

E então fez mímicas como se estivesse voando baixo e depois entregando o objeto. A Bica assentiu com a cabeça. Depois sua garra saltou e voltou com uma velocidade surpreendente, e a mão de George ficou vazia. A gárgula olhou para o tubo de metal que agora segurava.

George disse:

— Sim. Toda sua! Agora você me leva até o chão, certo? Olha, eu estou feliz por você ter recuperado sua bica. Estou feliz, você está feliz, e...

A Bica parou de olhar para o tubo de cobre e encarou George novamente com uma intensidade petrificante que o fez parar de falar. A Bica rodou o tubo uma vez em sua garra, e depois o atirou por cima do ombro, sem demonstrar o menor interesse. George olhou para ela enquanto ouviam o barulho que o tubo fez ao rolar para fora do telhado e cair em cima do galpão logo abaixo. George engoliu em seco.

— *Gowk*!

A Bica bateu a asa contra o peito e depois cutucou George insistentemente.

— *Gowk*, maunguefego. Maunguefego, *gowk*.

Aquelas palavras deviam fazer algum sentido, mas não no planeta que George habitava.

— Sinto muito. Mas não sei o que "maunguefego" significa — ele disse.

A Bica avançou e, por um momento, George pensou que ela fosse atacar, mas então a gárgula pegou o pedaço quebrado de pedra que estava na calha junto aos pés dele. George tombou para trás e suas mãos se agarraram às telhas para impedir que caísse no vazio abaixo. Ao olhar para cima, viu que a Bica estava balançando a pedra em sua direção como um taco de beisebol.

Ele ergueu as mãos para se proteger e a Bica rosnou em frustração, afastando-se e indo sentar-se sobre as patas traseiras. Ela acenou para George com a peça quebrada de pedra. Em seguida, a criatura lançou-se para frente novamente, colocou o fragmento de pedra no chão e agarrou a mão de George. George sentiu sua cicatriz com a Marca do Fazedor doer ao ser puxado para frente. A Bica levou a mão dele até a borda de sua asa, no lugar onde as condições climáticas tinham causado a quebra de um grande pedaço.

— Ai! — gritou George, cuja mão estava sendo lixada pela superfície áspera. A Bica assobiou com raiva e deu um passo para trás. George ficou subitamente sozinho e sem apoio; pior que isso, estava na ponta dos pés, e muito consciente de uma possível queda. Ele cambaleou e começou a cair. O pedaço quebrado de pedra caiu primeiro, e ele conseguiu arquear as costas e puxar o objeto para fora do caminho antes que ele rolasse telhado abaixo. Quando a pedra acabou pressionada contra a carne macia de sua mão, tudo fez sentido.

George entendeu que estava segurando o pedaço quebrado da asa da Bica. Suas mãos sentiram a textura áspera, e seus dedos sabiam que era aquilo que faltava na gárgula. Ele percebeu que eram feitos da mesma rocha e que se encaixavam perfeitamente. Entendeu também que os dois pedaços não só combinavam, mas que, de forma inexplicável, queriam estar juntos novamente.

Ele disse:

— Oh! — E sentou-se. Ele olhou para o pedaço de asa na mão, e depois para a Bica.

Ela agachou-se de costas para George e inclinou sua asa quebrada. Embora estivesse mais assustado com aquele monstro de pedra do que com qualquer outra coisa que pudesse imaginar, ele acabou colocando a mão e sentindo a ferida de pedra.

— Você quer que eu conserte sua asa?

Ele sentiu a superfície da pedra e colocou o pedaço quebrado na asa. Como supunha, encaixou perfeitamente.

— Maunguefego — disse a Bica, balançando a cabeça.

— Se maunguefego quer dizer consertar, não tem como. Sinto muito, mas não dá para simplesmente encaixar a pedra de volta. Precisa ser consertada.

George subitamente lembrou-se de um episódio na oficina de seu pai. Ele ouviu a respiração deste, sugando o ar pelo lado da boca enquanto fumava, as mãos estavam ocupadas. Ele viu o pai usando as duas mãos para juntar os pedaços quebrados de uma escultura. Era uma bailarina e George a tinha quebrado. A peça era de sua mãe. Pai e filho estavam tentando consertar antes que ela percebesse. Tinha sido um momento de cooperação entre os dois — ambos trabalhando contra o relógio. Ele lembrou-se do pai dizendo que não era apenas uma questão de cola. Que não se podia apenas confiar nela. Para que o reparo desse certo, além da cola, era necessário fazer uma junta mecânica especialmente se o local remendado fosse sofrer pressão.

George pensou na imensa pressão que a Bica exercia sobre as asas quando voava, tentando manter sua grande massa no ar.

— É complicado. Primeiro, a pedra precisa ser colada, cimentada, ou algo parecido. Depois, tem que ser parafusada ou presa com alguma coisa.

Sua mão apertou a asa da Bica como se estivesse se desculpando. De repente, um calor vindo da pedra o paralisou.
A Bica encarou George e disse:
— Maunguefego.
George apertou a asa novamente. O calor aumentou. À medida que ele movia a mão ao longo da fenda entre os dois pedaços de pedra, ficava cada vez mais difícil saber de onde vinha o calor. Mas logo percebeu que o calor não vinha da pedra, mas da sua mão.
George não entendeu por que seus olhos se fecharam. Sentiu algo estranho tomar conta de todo seu corpo. O único foco de atenção era a asa da Bica. Sua audição também começou a entorpecer conforme ele ia sentindo a superfície áspera da pedra. Houve um leve estalo assim que os dois grânulos de pedra se encontraram e foram emendados sob o calor que emanava da mão de George.
Terminado o trabalho, ele tombou para trás, estranhamente exausto e ofegante, uma sensação de vazio sob seu esterno. O que tinha feito consumira todas as suas forças. Estava encharcado de suor. De sua boca saía uma fumaça que se misturava ao ar frio da noite.
A Bica sacudiu a asa, como se estivesse testando. A peça quebrada fazia parte dela novamente. Ela acenou com a cabeça entusiasmada.
— Maunguefego!
E depois se sentou novamente.
George fez o mesmo e disse:
Uau! Isso foi... Intenso.
Ele olhou para o céu escuro, tentando concentrar-se no formigamento da mão, e esquecer o vazio no peito.

— Parou de chover — disse, por fim.
A Bica levantou a cabeça rapidamente, os olhos arregalados, as orelhas para trás, todas as espinhas nas costas levantadas. Alguma coisa estava vindo.

28

A RAINHA DERRUBA O CAVALEIRO

Depois de escurecer, as ruas estreitas do bairro conhecido como *the City*, a parte financeira de Londres, ficam quietas. Todos os trabalhadores já foram para casa e o local adquire ares de um verdadeiro desfiladeiro tortuoso, formado por arranha--céus apertados nas ruas antigas. O lugar começa a parecer uma cidade fantasma à medida que a escuridão avança.

A Rainha Vermelha conduzia os cavalos lentamente pela avenida. O visual antigo de sua carruagem de guerra contrastava com os edifícios modernos ali construídos.

Suas filhas estavam com ela, observando cada rua e beco pelos quais passavam, procurando Edie ou qualquer coisa que pudesse dar uma pista de onde ela estava.

As filhas tinham o olhar intenso e o destemor da mãe. Eram corajosas, mas, principalmente, caladas. Enquanto a mãe permitia que o sangue lhe subisse à cabeça a qualquer momento, as moças só agiam com brutalidade quando era realmente necessário.

A filha à esquerda ouviu algo antes da mãe e da irmã.

Ela tocou o braço da mãe, que imediatamente freou os cavalos.

Foi então que as três e seus cavalos ouviram o barulho de cascos de cavalo cada vez mais próximo. A Rainha agarrou sua lança bem na hora em que a origem do som se mostrou na esquina.

As três ficaram imóveis.

Era o Último Cavaleiro. Ele avançava em caminhada lenta e fúnebre, com a lança abaixada em sinal de luto e a cabeça inclinada para frente, sinalizando tristeza. Na parte da frente da sela havia algo dourado e inerte, o corpo de Ariel.

A Rainha e suas filhas observaram o Cavaleiro vir em sua direção. Mantiveram-se tão quietas, que pareciam congeladas no túnel do tempo. Depois, quando ficou evidente que ele ia passar sem reconhecê-las, a Rainha falou severamente:

— Senhor Cavaleiro! Uma palavra, por favor!

Ele não parou.

A Rainha acenou para as filhas. Num segundo, elas saltaram da carruagem e correram em direção ao Cavaleiro, sem fazer qualquer barulho com seus pés descalços. A Rainha jogou a lança para uma delas, que a pegou quase sem olhar, e correu à frente do Cavaleiro.

Quando a Rainha estalou as rédeas da carruagem para virá-la, a filha que segurava a lança estava inflexível na frente do cavalo de batalha e do homem que vestia uma armadura. A moça mirou a lança na garganta do Cavaleiro, em sinal de advertência. Ele parou. A outra filha tomou conta das rédeas enquanto a Rainha descia para fazer sua inspeção.

Ela fitou a menina de ouro deitada sobre a sela. Depois olhou para o Cavaleiro.

— O que aconteceu?

Houve uma pausa. Ele respondeu:

— Um acidente.

— E o que você está fazendo com ela?

Ele acenou com a cabeça à frente.

— Eu tinha pensado em escalar o prédio e colocá-la em seu pedestal antes da virada do dia. Não posso deixá-la morrer por minha causa.

— E foi por sua causa que o acidente aconteceu?

— Foi.

A Rainha acenou para as filhas. A que segurava as rédeas veio para o lado do Cavaleiro, puxou Ariel para fora da sela e colocou-a sobre seus ombros.

— É minha obrigação... — começou o Cavaleiro em tom de protesto.

— Você já fez o bastante — disse a Rainha, vendo o ferimento no corpo de Ariel.

— Eu não queria machucá-la! — ele protestou.

— Não queria... — ela bufou. — Volte para a sua Associação, Cavaleiro. E vá brincar de espada com os seus companheiros. Você só serve para isso. Eu e minhas filhas iremos cuidar dela e garantir que esteja em seu pedestal à meia-noite, na virada do dia.

O Cavaleiro olhou para a Rainha e baixou a cabeça em respeito. Então fez uma curva com seu cavalo e partiu lentamente.

A Rainha o observava, enquanto as filhas cuidadosamente colocavam Ariel na parte de trás da carruagem.

— Aprenderam, meninas? É o que sempre digo a vocês: nunca permitam que um homem faça o trabalho de uma mulher.

29

UM TOBOGÃ PARA A MORTE

Do telhado de *Saint Pancras*, George conseguia ouvi-las. Olhou por cima da beirada do lugar elevado e precário onde estava, e viu que muitas coisas feitas de pedra estavam rastejando sobre os azulejos verdes e as chaminés abaixo.

George lembrou-se do que o Artilheiro contara sobre as gárgulas: que elas podiam sair por aí a brigar e destruir inimigos, porém não podiam fugir de seu ofício principal, que era o de atuarem como bicas decorativas em caso de chuva.

Isso significava que quando chovia, elas tinham que voltar para seus lugares no telhado de onde tinham saído, para canalizar a água.

Decorativas.

George tentou entender por que a Bica tinha sido capaz de voar em liberdade no meio da tempestade quando o perseguira. Aquilo devia ter conexão com o que ele tinha feito quando enfrentou a Bica pela primeira vez: ele removera a bica metálica com violência, deixando a gárgula impedida de falar, por fim ainda lhe deu um nome.

Mas isso não era um assunto para que se preocupasse no momento.

Para ele, o problema era o que fazer com aquelas coisas rastejantes, deslizantes e saltitantes, agora que a chuva havia parado. Todas as gárgulas do antro de *Saint Pancras* tinham adquirido vida e convergiam até ele, vindas de todos os lados. Esse era o som que tinha ouvido — asas de pedra e garras raspando implacavelmente, aproximando-se das telhas molhadas e das chaminés.

Elas se moviam com lentidão, por esse motivo, George podia vê-las em todos os seus detalhes animalescos. Eram de diferentes formas e tamanhos, mas todas estavam ofegantes e as mandíbulas mostravam seus dentes rangendo de um modo escancarado. Algumas estavam gastas pelas mudanças climáticas, a tal ponto que suas feições originais tinham começado a se transformar em máscaras quase abstratas de hostilidade e ameaça. Algumas obviamente tinham sido esculpidas com menos refinamento do que outras, e várias pareciam ter passado por recente restauração, porque pareciam mais novas, com traços mais primorosamente entalhados.

As maiores arrastavam suas asas como se fossem capas grandes, enquanto as menores pulavam desajeitadamente, ultrapassando umas às outras conforme se deslocavam no ar.

George se perguntou se aquilo era o que a Bica pretendia, se aquele era o seu fim: ser rasgado em pedaços por um bando de estigmas cruéis, bem acima da cidade indiferente. A Bica, no entanto, virou-se para ele e estendeu uma garra.

— *Gung* — disse ela.

George tremia como um cão que fareja perigo. Não entendia por que a chegada das outras gárgulas estava perturbando tanto a Bica.

— *Gung* orelha — disse a Bica em um assobio, sinalizando com sua garra enquanto mantinha um olho nas criaturas que se aproximavam. George só teve tempo de imaginar se ela estava tentando dizer "Venha aqui", com uma boca de gato não projetada para uma conversa normal. De repente, algo caiu do céu sobre eles e enterrou seus dentes no ombro da Bica. O impulso foi tão forte que derrubou a Bica no chão. O olhar de George encontrou o dela por um segundo de consternação. A Bica e a gárgula menor, que havia mergulhado em espiral em sua direção, caíram da beira do telhado e ficaram fora do alcance de visão.

George mexeu os lábios e olhou a tempo de ver a Bica e seu agressor se esborracharem no telhado plano abaixo. Nesse momento, outra gárgula aterrissou e também entrou na briga. As gárgulas no telhado recuaram. Num instante estavam as três criaturas formando algo semelhante a uma bola de rosnados e assobios, rolando para trás e para a frente no espaço estreito que servia como ringue. Em determinado ponto, parecia que estavam prestes a mergulhar no pátio abaixo, mas a Bica enganchou uma garra grande em uma calha saliente e levantou-se, levando os dois monstros grudados nela de volta para o meio do telhado.

A Bica atirou-se com força em um cano de chaminé, esmagando a pequena gárgula sobre seus ombros. Ela caiu no chão, e a Bica, com brutalidade, levou-a pelo calcanhar até a beira do ringue improvisado. A gárgula presa tentou revidar e colocar seus dentes caninos na garganta de sua agressora, porém, desequilibrada, bateu muito rápido e enterrou seus caninos na cabeça da outra gárgula, que vinha por trás da Bica.

As criaturas próximas rosnavam furiosas. Elas vaiaram quando a Bica sacudiu a gárgula menor para frente e para trás em suas mandíbulas. O círculo de gárgulas fechou-se em torno da Bica, e ela cuspiu a criatura sem vida nos azulejos. Imediatamente agarrou o primeiro novo agressor que correu em sua direção, pisando ligeiramente de lado e usando seu impulso para lançar a criatura de encontro à chaminé feita de tijolos maciços atrás dela. Em seguida, a Bica o agarrou por uma asa e o girou como se ele fosse um cassetete, e usou a outra asa como se fosse um machado, literalmente cortando caminho entre a multidão de gárgulas próximas, que recuavam para que não fossem atingidas pela gárgula agonizante. George percebeu que a Bica estava lutando para conseguir voltar ao suporte na sua torre.

E então a asa da criatura que a Bica estava usando como se fosse um machado quebrou-se com um som parecido ao de um tiro de espingarda; nisso, o corpo e a outra asa saíram girando pela noite.

As gárgulas pelaram-se de medo. A Bica olhou para o fragmento de asa em sua garra e fez um gesto de indiferença. Levantou o cassetete improvisado, como se dissesse: "Quem é a próxima?".

Em seguida, três gárgulas grandes, duas do tamanho da Bica e uma ainda maior, precipitaram-se em sua direção, vindas de outros pontos. Ela chutou a primeira, que se colocou em seu caminho, mas as duas outras a agarraram. O impacto derrubou o fragmento de asa de sua garra e fez com que todas enveredassem para o ar mais escuro sobre o galpão de trens... E sumiram.

Metade das gárgulas correu para ver o que tinha acontecido com as lutadoras, mas a outra metade virou-se para observar algo mais interessante.

George. Ele também as observava, e imaginava o que faria quando uma gárgula o pegasse de surpresa, rastejando até o telhado e agarrando-o de lado.

Não demorou, e lá estava ele, novamente transportado pelo ar, ainda que este fosse apenas um voo rápido e baixo, pois a gárgula que o tinha agarrado era de tamanho médio, com asas curtas e grossas, não feitas para voos dignos. Era evidente que ela não tinha a força de sustentação necessária para se manter no ar, ainda mais levando uma presa humana.

Rapidamente ela pousou em um cume estreito logo abaixo. Aconteceu devagar o suficiente para não machucar muito, mas foi de forma desajeitada, e George caiu deitado sobre o braço da criatura.

A gárgula se moveu, tentando fazer com que ele saísse de cima. Nesse momento, George bateu com a cabeça em outro pedaço de pedra — o fragmento de asa quebrada que a Bica tinha usado como um machado.

Antes que ele pensasse muito sobre o que iria fazer, agarrou a asa quebrada e usou-a como uma foice para cortar o rosto da gárgula. Ele poderia até dizer que a estava triturando devido ao barulho que ouviu. A gárgula olhou para ele, grogue e confusa. Ela balançou a cabeça para limpar-se e rosnou.

A reação de George foi a de acertá-la novamente, com o mesmo golpe, e depois mais uma vez, porém com mais força. A cabeça da gárgula foi esmagada lateralmente em um arco de noventa graus com o primeiro golpe, mas ela voltou rosnando furiosa — bem a tempo de receber o segundo golpe, que a enviou 180 graus para o lado oposto de seu pescoço. Desta vez, o golpe provocou um barulho seco, pois era a cabeça dela a cair, separada do corpo.

Não foi apenas George que ficou chocado com o resultado de seu ataque desesperado. As gárgulas no telhado ficaram bem quietas, pareciam espantadas. Ele se aproveitou disso para, com os pés, pegar um tijolo de uma chaminé atrás de si. Calculou que se elas estavam vindo em sua direção, melhor seria se elas só pudessem vir pela frente. Ele tinha visto a que distância a batalha de 360 graus da Bica a tinha levado.

As gárgulas começaram a assobiar, inicialmente baixinho, e depois cada vez mais alto.

— Certo — ele mentiu, acenando com a asa quebrada na sua frente. — Posso fazer isso a noite toda. Quem é a próxima?

Sua ousadia não produziu o efeito esperado, pois elas começaram lentamente a se aproximar.

George não tinha um plano. Estava sozinho e sem opções. Tentou raciocinar um pouco e, ao varrer o lugar com os olhos, percebeu um raio de luz que irradiava diretamente do telhado, a cerca de vinte metros de distância. Tratava-se de uma claraboia. Embora saltar de encontro ao desconhecido não fosse uma ideia muito agradável, naquele momento era a única saída que lhe restava. O telhado estava dominado, não havia chance para ele ali. Talvez a claraboia o conduzisse a corredores, salas e lugares onde poderia se esconder. Se conseguisse correr a toda velocidade dentre a nuvem crescente de assassinas de pedra, batesse no vidro com os pés, e depois rolasse como um paraquedista ao aterrissar, ele poderia ter uma chance. É claro que seu sucesso dependia de dois fatores cruciais: não se machucar muito ao quebrar o vidro, e a claraboia oferecer caminho para uma sala no andar de baixo. Torceu para que o facho de luz não percorresse toda a altura do edifício.

— Eu consigo fazer isso — disse ele, tentando ignorar a outra voz que vinha da parte de trás de sua cabeça, que afirmava ser impossível o que ele pretendia.

George agarrou com força o pedaço de asa e correu.

Quando ele se pôs em movimento, veio-lhe à mente que era a segunda vez que tentava sair de um local apertado correndo para a frente, em vez de correr para o sentido contrário. O pensamento deu-lhe força para lembrar como a estratégia tinha funcionado com o Cavaleiro.

Uma primeira gárgula o agarrou, mas com um golpe rápido, se desvencilhou dela. Outra se aproximou rosnando. Ela não esperava uma reação tão ofensiva de George, que saltou na direção dela, acertando-lhe um grande chute no peito, fazendo-a cair num estrondo. George saltou sobre o corpo dela e continuou a corrida até a claraboia que estava um pouco mais adiante. Alguns metros o separavam do vidro salvador quando uma gárgula pequena pulou em seu rosto. Ele não pensou duas vezes: desferiu uma pancada violenta com a asa de pedra que tinha na mão. A gárgula foi ao chão.

Não havia mais nada entre ele e a claraboia retangular, exceto quatro passos de telhado. Uma gárgula grande tinha se lançado ao ar do outro lado do vidro, mas não conseguiria alcançá-lo a tempo de impedir seu salto desesperado pelo vidro.

George observou, com alívio, que abaixo da claraboia havia um chão pouco distante. Pelos seus cálculos, ele cairia sobre uma pilha de caixas velhas.

Ele concentrou toda a sua força nos pés e rezou para que a sorte o ajudasse.

Pobre George. Se houvesse tempo ele teria amaldiçoado o ramo de construções de Londres. Esse pessoal segue regras bem rígidas a respeito dos materiais a serem utilizados em seus projetos. Uma das regras sobre claraboias é que elas devem ser feitas com o chamado vidro de segurança. E caso a claraboia vá ser instalada em um telhado logo abaixo de uma torre alta, esta contendo elementos decorativos de pedra, então o vidro de segurança deve ser do tipo mais resistente possível, para manter a integridade da peça em caso de granizo, ventos fortes ou pedaços de gárgulas.

Seus calcanhares bateram no vidro, mas não quebraram nada.

A água da chuva acumulada sobre a superfície e o impulso despendido por George transformaram o retângulo da claraboia em um rinque de patinação.

Os pés de George praticamente voaram. Ele acabou por bater no vidro escorregadio com o cóccix, conseguindo apenas baixar o queixo para junto do peito, a tempo de evitar machucar a cabeça ao cair para trás.

Foi aí que o azar começou.

Ele deslizou por baixo de uma gárgula que havia saltado na direção dele vinda do outro lado da claraboia.

O problema é que George não tinha como frear.

Começou a descer em alta velocidade, como se estivesse em um tobogã, dirigindo-se para a beira de um telhado muito íngreme. Aquela descida desenfreada iria culminar com uma queda sobre o galpão dos trens. Ele lutava e se apertava, tentando desesperadamente conseguir alguma fricção, qualquer coisa que o ajudasse a reduzir a velocidade ou, melhor ainda, pará-lo.

Houve um sopro de esperança quando uma nova gárgula apareceu sobre a borda do telhado que rapidamente se aproximava. Ele posicionou os pés, esperando conseguir diminuir a velocidade na colisão com ela. Entretanto, a gárgula, que era um simples bloco de pedra, foi muito mais esperta, para o desespero dele. Quando a batida estava próxima, a gárgula simplesmente abaixou-se, saindo do caminho de George.

E assim ele passou voando por sobre a cabeça do monstrinho, caindo do telhado para o vazio.

30

TRÊS DESAFIOS E UMA TRAIÇÃO

Edie recuperou o controle das pernas, mas continuou sentada no chão do *pub*, tentando assimilar o que tinha acontecido. Vivenciar a *Blitz*, o mais intenso bombardeio alemão contra Londres durante a Segunda Guerra Mundial, era bem diferente da dor aguda que sentia quando lembrava do passado.

Lembrar do passado não era tão doloroso como presenciá-lo. Quando os *flashes* de memória vinham, ela sentia uma mistura incontrolável de náusea e pavor, mas não passava disso. O que tinha vivenciado havia poucos minutos a fizera sentir coisas bem mais fortes. Ela tentou tirar da cabeça a imagem da mão surgindo debaixo de um veículo tombado, esta era só uma dentre várias lembranças desagradáveis que ficavam a ressurgir com insistência.

O Frade a observava do bar enquanto recuperava o fôlego. Ele empurrou o casaco de George para um dos lados e levantou o corpo imenso para cima do balcão, apoiando-se. As sandálias pendiam em suas mãos. Parecia estar nas margens de um rio, pronto para mergulhar.

Ele disse, quebrando o silêncio:

— E a segunda pergunta? — indagou com um tom de voz meloso e solícito.

— A segunda pergunta? — Edie parecia confusa.

— Além dos espelhos e da forma como funcionam, você disse ter uma segunda pergunta.

Sim, ela tinha perguntado aquilo havia alguns minutos, porém, devido à confusão recente, era como se ela tivesse feito a pergunta em outra vida.

Balançou a cabeça para tentar clarear as ideias.

— Sim. Certo. O Caminho Tortuoso. Você disse que se George não realizasse o sacrifício ao colocar a cabeça quebrada sobre a Pedra, teria de escolher o Caminho Tortuoso.

— De fato — ele esbravejou, tornando toda a sua presunção visível no rosto gordo.

Uma ponta de irritação percorreu o corpo de Edie. Ela continuou:

— O que seria exatamente o Caminho Tortuoso? Foi por causa disso que ele desapareceu sem deixar vestígio?

O Frade rodopiou o casaco de George sobre o balcão do bar. Em seguida, pendurou-o cuidadosamente em uma das torneiras da chopeira.

— Talvez.

Após sobreviver ao que parecia ser o fim do mundo, Edie não se mostrava inclinada a aceitar um mero "talvez".

— Preciso que me conte um pouco mais. Por favor!

O "por favor" quase ficou preso em sua garganta, mas ela conseguiu dizê-lo com um sorriso forçado, na tentativa de fazer com que o clima entre eles melhorasse. E funcionou.

Inesperadamente, ele acabou contando a ela um pouco mais.

— O garoto precisa permanecer e lutar os três duelos, cada um num lugar diferente: acima ou abaixo da terra, no ar ou na água. Isso faz parte dos rituais esquecidos de Londres, mas que nem por isso deixam de ter um significado importante para a cidade — ele sorriu e continuou. — Afinal de contas, minha querida, quem se lembra da pedra angular? A primeira a ser assentada debaixo de uma catedral ou igreja? Não, ninguém lembra, mas elas estão lá. Mesmo que esquecidas, devemos lembrar que toda a estrutura dessas construções viria abaixo sem elas.

Edie disse:

— Então quer dizer que esse ritual é como uma tradição?

— Na verdade, não. Tradição é como votar no grupo mais obscuro de pessoas, ou seja, em seus ancestrais. Em outras palavras, a tradição é meramente a democracia dos mortos. O ritual do qual falei é algo diferente, ele é parte viva de toda a trama que cerca a cidade. Não há nada de morto nisso. George precisa vencer os três duelos para conquistar um lugar de respeito.

— E se ele não duelar?

As sobrancelhas dele se elevaram e baixaram lentamente refletindo uma onda de indignação.

— Ele não tem escolha. Recusar um duelo é fracassar. E fracassar significa tornar-se um servo da Pedra e escravo dos seus poderes por toda a eternidade.

Ela pensou cuidadosamente.

— Então isso é ruim.

— Exatamente. *Isso*, como você observou de modo perspicaz, é ruim. Muito ruim.

— Mas se ele não sabe disso, se ele não sabe que escolher o Caminho Tortuoso significa participar dos três duelos, alguém tem que falar pra ele e ajudá-lo.

— Então você precisa encontrá-lo e contar isso a ele.

— Mas como vou saber onde ele está?

— Procurando.

Ela engasgou de frustração pela enormidade da tarefa que ele estava propondo.

— Nesta cidade? É como procurar uma agulha num palheiro!

— Então, não perca tempo...

Ele dobrou o polegar e depois o lançou em direção à porta atrás dele.

— Vá. O primeiro passo para se encontrar uma agulha num palheiro é começar imediatamente.

Ela não se moveu.

— Você vai me ajudar?

— Foi o que eu acabei de fazer.

Ela pediu novamente:

— Ajude-me a encontrar George.

— Por que deveria?

— Porque você é um cuspido.

A expressão dele permaneceu a mesma.

Ela continuou:

— Certo, então por que você não é um estigma?

Parece que a pele moveu-se sob seus olhos, e ela teve certeza que foi pura irritação. Ele soltou um breve suspiro.

— A ausência de hostilidade não significa presença de benevolência, minha querida. Também pode significar indiferença.

— Mas por quê?

Ele olhou por cima do ombro dela.

— Por que, ela pergunta, por quê?

Houve um breve e agudo "não" de descrença por trás dela. Pequena Tragédia insinuava que Edie devia ser burra por não compreender a mudança de tática repentina e inexplicável do Frade.

— Não entendo — ela disse, odiando o tom melancólico que surgiu espontaneamente em sua voz. — Não entendo essa atitude. Por que vocês não querem me ajudar?

O Frade deliberadamente puxou o casaco de George da chopeira, e depois deixou que caísse sobre o balcão produzindo um som distinto e chamativo.

Pequena Tragédia saiu rapidamente das sombras e colocou a mão no bolso. Em um instante, puxou a cabeça do dragão, como se fosse um mágico retirando um coelho da cartola, os olhos arregalados como os faróis acesos de um carro.

— Ooooh! — disse. — Vejam! É o dragão do pequeno George. Caramba!

— Vou lhe cegar, seu patife, se você não ficar no seu canto — ralhou o Frade, arrancando a escultura das mãos dele. — Lhe cegaria nesse instante se o meu coração não estivesse deploravelmente amolecido.

"Deploravelmente amolecido" seriam as últimas palavras que Edie usaria para descrever a expressão no rosto da estátua à medida que os olhos dele se prenderam aos dela.

— Por quê? Porque que o menino não confiou em mim, e nem você. E a confiança, minha cara, é uma via de mão dupla. Agora não tem volta. Eu não tolero mentiras.

Ele a encarou com tanta intensidade, que a fez desviar o olhar. Edie desejou que ele voltasse a ser o Frade que a salvara da morte certa e que a protegera durante a *Blitz*. Mas aquele Frade já não existia. Ela percebeu tarde demais que nem sequer tinha agradecido por ele ter salvo sua vida.

— Sinto muito, eu deveria ter...

Houve uma batida na janela que interrompeu a conversa. Os dois se viraram para olhar. Três figuras apareceram delineadas na noite. Duas delas tinham os narizes pressionados contra o vidro congelado, tão perto que era possível ver que seus olhos eram semelhantes aos de um corvo. A outra figura estava mais atrás, era alta e parecia estar vestindo um capuz.

— O Contador! — gritou Pequena Tragédia. Num segundo, o Frade deslizou para fora do bar, pousando no chão com um baque sinistro. Ele colocou a cabeça do dragão no bolso do casaco de George, e em seguida, caminhou até a porta.

— Mantenha a cabeça escondida — sussurrou para Edie.

Edie sentiu que Pequena Tragédia queria dizer alguma coisa.

— Vamos, fagulhinha. Hora de irmos para outro lugar.

Ela permitiu que Pequena Tragédia a puxasse de volta para as sombras atrás do arco. De lá, eles podiam ver claramente o enorme corpo do Frade bloqueando a porta à medida que a abriu. Ele permaneceu lá, como um obstáculo, sussurrando fervorosamente com alguém do lado de fora.

O sangue de Edie gelou, de uma maneira que ela já tinha ouvido falar, mas nunca sentido.

Se a figura do lado de fora era de quem ela temia ser: o homem que tinha enviado o Minotauro atrás dela, o homem que tinha friamente ameaçado cortar sua barriga e derramar suas entranhas pelo chão como um saco de ervilhas — pior ainda, se era quem ela viu afogar a menina no buraco gélido no Carnaval no Gelo — então seu sangue tinha todos os motivos para ficar gelado nas veias.

Porque se fosse o Caminhante, a morte era iminente.

31

☉ CERCO ㄇ☉ CÉU

Quando George deslizou desordenadamente pela claraboia molhada e foi lançado para o vazio, seguiu-se uma breve ausência de peso no ar, que gerou um sentimento doentio de descrença à medida que seu mundo silenciava. Então a gravidade fez o seu papel e "por sobre o teto" tornou-se "para baixo em direção ao chão".

George tinha ouvido falar que pessoas ao caírem de prédios altos perdiam a consciência antes de baterem no chão. Fora durante uma conversa com outras crianças enquanto brincava em um *playground*. Falaram também sobre afogamento — de como era suave no final. George não entendia como as pessoas sabiam dessas coisas. Pois não era possível perguntar aos mortos o que eles haviam sentido ao morrer.

George atravessava o ar como um avião descontrolado em queda livre, observando o teto de vidro ondulado da estação ferroviária cada vez mais próximo, anunciando um pavoroso fim.

Ele não perdeu a consciência. Nos poucos segundos de queda livre, sua mente permaneceu tão clara quanto os painéis de vidro aos quais estava prestes a bater. A vida não passou diante dos seus olhos. Ele não teve um momento de alívio, de unidade com o universo. Apenas se sentiu sozinho. Cruel e miseravelmente sozinho. Só teve tempo de pensar em como tudo tinha sido um terrível desperdício, pois ele não soubera dar valor a um milagre tão precioso e extraordinário como a vida. Sentiu-se envergonhado com o pouco que fizera ou deixara de fazer até aquele dia.

Ele se perguntou se aquela mesma dor terrível tinha castigado seu pai no momento do acidente que o matara — e, em seguida, enquanto acelerava em direção ao impacto, seus últimos pensamentos passaram a ser tristes certezas: que seu pai tinha sentido tudo aquilo e seu último pensamento fora em George, e que a dor que ele tinha sentido nesse momento foi imensurável.

George tinha certeza disso da mesma forma que reconhecia o próprio remorso. Após o acidente, George tinha ido dormir todas as noites desejando apenas ter conversado com o pai uma última vez. E então pensou em sua mãe e lembrou-se dos bons tempos e das risadas. Percebeu, pouco antes do impacto, que ela agora teria que passar o resto da vida com a dor de não ter conversado com ele uma última vez. A dor súbita devido a isso foi pior que a própria queda.

O impacto não foi tão ruim.

Uma tonelada de arenito que desceu em um ângulo raso amorteceu o choque e o envolveu, nivelando a trajetória de descida e desacelerando a velocidade de impacto. George perdeu a consciência por um microssegundo. Em seguida, abriu os olhos e viu a asa que batia sobre ele, e também a fenda remendada. Virou a cabeça e deu de cara com a Bica.

— *Gack*!

— Olá, Bica — disse George, tentando segurar uma ridícula e inadequada onda de risos histéricos que estava subindo pela garganta. — Temos que parar de nos encontrar assim...

A Bica esquivou-se de repente. Uma gárgula grande lançou uma garra, e depois uma segunda garra foi arremessada de cima. A Bica só conseguiu evitar a colisão porque voou rápido para o lado do edifício e apoiou-se contra um andaime. No reflexo, George agarrou um cinto de segurança de plástico que estava preso àquela estrutura. A Bica evitou outro ataque com um grunhido, depois virou-se e lançou uma garra contra George.

Por um momento, ele pensou que a criatura tinha perversamente salvo sua vida apenas para ter a satisfação de decapitá-lo. Mas a garra passou zunindo sobre ele e abriu um buraco no cinto em que se segurava. E antes que conseguisse entender o que estava acontecendo, a Bica o agarrou e o arremessou para a provisória segurança do terraço mais próximo. Ele esparramou-se sobre o assoalho lascado, mas conseguiu virar-se a tempo de ver a Bica enfiando a cabeça para dentro.

A boca da grande pedra se abriu e produziu a primeira palavra clara até então:

— Siga.

George ficou surpreso por conseguir entendê-la.

— Você está dizendo "siga"?

A Bica sinalizou com firmeza. Um olho vigiando o céu sobre ela.

— Siga. Maunguefego. Siga!

E George entendeu.

— Maunguefego? Você está tentando dizer Mão de Ferro! Mas você só faz "gs". Você está me chamando de Mão de Ferro!

A Bica expirou fortemente e girou os olhos antes de ser brutalmente arrastada de volta para a escuridão por uma gárgula que caiu sobre ela, puxando-a pelo pescoço.

George não perdeu tempo se perguntando por que ela tinha resolvido falar. Decidiu apenas que qualquer lugar seria melhor do que ficar onde estava.

Era hora de agir.

Havia várias gárgulas esmurrando a rede de proteção do andaime. A visão foi o suficiente para fazê-lo buscar um local de tijolos sólidos. Correu ao longo da passarela aérea, tentando encontrar uma janela aberta à medida que passava. Depois de quatro janelas fechadas, encontrou uma aberta.

Ele saltou cegamente para dentro de um quarto escuro repleto de madeiras e bancadas, e ao ver uma porta correu em sua direção.

Assim que saiu pela porta, alguma coisa o agarrou de forma envolvente. Por um breve momento, acreditou que fosse um monstro infernal, mas quando conseguiu se desvencilhar percebeu que tinha apenas se enroscado em folhas de plástico que pendiam do teto. Pouco depois, chegou a um longo corredor escuro. Foi dar um passo e tropeçou, seu pé — aquele sem sapato — foi de encontro a um trecho de madeira podre, e ele acabou se esborrachando em uma superfície áspera logo abaixo.

Olhou para os lados, estava cercado pela escuridão. Em seguida, levantou-se e caminhou o mais rápido possível para frente, desviando dos longos buracos no chão — na esperança de encontrar logo uma escada. Pensou estar ouvindo asas e garras de pedra movimentando-se pelo andaime que ficava em paralelo com a sala onde estava. Tinha quase certeza de ter ouvido grandes punhos de pedra batendo nas janelas perto dele.

George bateu acidentalmente contra um banco e algo pesado estatelou-se no chão.

Era um martelo grande e pesado, como aqueles usados para bater formões frios.

Ele o pegou. Ter três quilos de aço forjado preso à extremidade de um robusto cabo de nogueira-americana era tudo o que ele precisava para aumentar sua confiança. Havia também um pedaço de corda preso a um buraco perfurado na parte inferior do cabo, e ele colocou-o em volta do pulso.

Lembrou de uma história em quadrinhos que seu pai guardava no escritório, uma memória da própria infância — O Poderoso Thor. Thor era um super-herói famoso por seu martelo mágico. George não se sentia muito como um super--herói enquanto abria caminho cuidadosamente pelas vigas de assoalho danificadas. O som das gárgulas rastreando seus movimentos parecia estar cada vez mais próximo.

Em seguida, atravessou outra cortina de plástico, chegando a uma sala imensa e longa que estava tão cheia de equipamentos de construção que, no escuro, parecia mais uma pista de obstáculos: torres de andaimes e escadas junto a paredes enormes em processo de raspagem, sacos grandes de gesso e pilhas de latas de tinta juntos a blocos de painéis de parede, e ainda havia um misturador de cimento no meio da sala. George fechou a porta atrás dele e, já que havia uma tranca do lado em que estava, usou-a por prevenção.

Lá estava ele, todo molhado e tremendo. Ao parar por um momento, percebeu o quanto estava gelado.

A sala tinha janelas de ambos os lados. Ele ficou mais tranquilo ao ver que estavam todas lacradas, bem como as de frente para a avenida *Euston*. Moveu-se lentamente ao redor da sala, questionando a si mesmo se estava seguro. Não conseguia ouvir mais nenhum ruído das gárgulas do lado de fora. Mas George sabia que aquilo podia ser um truque: as criaturas podiam estar mantendo o silêncio justamente para detectar qualquer barulho feito por ele, para assim, rastreá-lo.

E se esse era o caso, acabou dando a elas uma grande pista ao derrubar um objeto de uma mesa, algo que soou como um címbalo ao atingir o chão. Ele abaixou-se e o isolou antes que fizesse mais barulho. Ao levantar o objeto, quase derramou o conteúdo que havia dentro. Retirou a tampa com cuidado e viu que se tratava de uma lata de biscoitos. Colocou o martelo sobre uma mesa, pegou um punhado do alimento e comeu com avidez. Estava faminto. Resolveu se afastar da mesa e ver se encontrava mais alguma coisa útil naquela sala. Talvez houvesse um aquecedor no meio daquela bagunça, se sim, ele teria a chance de se aquecer. Espremeu-se entre uma pilha de cilindros que inicialmente parecia sólida, mas que balançou assim que ele a tocou. Eram rolos de mantas para isolamento de telhados. Ele estendeu a mão para impedi-los de cair — e então ficou quieto ao ver com sua visão periférica uma linha sinistra de homens surgir por detrás dele.

Rostos imersos na escuridão do canto da sala, porém visíveis aos olhos assustados de George.

Ele não os encarou diretamente, mas sabia que eles estavam parados. O grupo estava tão silencioso, que definitivamente havia algo de errado. George não entendeu por que uma linha de homens esperaria no escuro apenas para observar seus passos, mas desconfiava que não poderia ser por uma boa razão.

Assim sendo, voltou lentamente para a mesa onde tinha deixado o martelo. Queria sentir seu peso reconfortante na mão antes de enfrentar seus novos inimigos, e acreditava que a melhor maneira de fazer isso era agindo com frieza.

Sua boca ficou seca de repente, enquanto pegava outro biscoito. Ele o mastigou e, em seguida, colocou a tampa de volta na lata.

Ao elevar a mão, torceu para que achassem que ele iria apenas colocar a lata em cima da mesa. Ele a colocou lá, segurou o martelo e então se virou, pronto para atacar se eles investissem contra ele.

— Certo. O que vocês querem?

Assim que puxou o martelo, acertou uma caneca de café que saiu girando para fora da mesa. A única resposta que recebeu foi o som da caneca se espatifando na escuridão.

Os homens não se moveram.

Intrigado, George virou-se para vê-los inteiramente. Silêncio. Eles apenas continuavam olhando para ele. Suas enormes faces brancas permaneciam impassíveis na escuridão.

George tentou engolir o que tinha na boca, mas os farelos do biscoito ficaram presos em sua garganta, e ele engasgou. O engasgo fez com que ficasse irritado e caminhasse em direção à linha de homens, certo de que seria melhor enfrentá-los a ter que fugir. Havia algo de muito anormal naquela quietude.

Ele engoliu a seco os farelos de biscoito.

— Estou falando sério, quem são vocês...?

Deu mais um passo à frente e parou.

Eles não eram ninguém. Não passavam de uma linha de capacetes de proteção e macacões pendurados na parede. Haviam sido transformados em pessoas pelo medo e a escuridão.

Sentindo-se aliviado, George baixou o martelo.

Ainda melhor do que não serem pessoas, era significarem roupas secas. Ele pegou duas jaquetas de proteção e uma camisa acolchoada de algodão. A camisa tinha um cheiro ligeiramente azedo, mas aquele não era um momento para exigências. Tirou a camisa molhada e vestiu a seca. Sentiu o interior acolchoado contra sua pele, e após abotoar a camisa, amarrou as mangas da camisa molhada em volta da cintura. Então colocou a menor das duas jaquetas de proteção por cima. Era feita de lã escura áspera com algum tipo de cobertura de plástico sobre os ombros, era quente. Quase que imediatamente, sentiu o corpo aquecer. Então tropeçou em alguma coisa, e ficou satisfeito ao ver que era um par de botas coberto de tinta, feitas de couro, sem cadarço. Ele enfiou o pé descalço dentro. A bota era grande, mas *usável*. Ele pensou em como seria divertido vestir aquelas botas estranhas, e decidiu tirar o sapato que sobrara e calçar ambos os pés. Depois, prendeu o sapato na parte de trás do cinto, arregaçou as mangas da camisa para que se ajustassem ao tamanho dos braços e voltou até a mesa, onde encheu os bolsos da jaqueta com o restante dos biscoitos e procurou algo para beber.

Não encontrou nada, exceto uma chaleira de plástico respingada de tinta. Bebeu o resto de água que ainda havia nela, mantendo os ouvidos abertos o tempo todo para qualquer sinal de gárgulas tentando entrar. Para seu alívio, os únicos barulhos que conseguia ouvir eram os costumeiros sons noturnos da cidade — o trânsito, o ocasional som estéreo de um carro, o zunido agudo de uma moto e, ao longe, o *uáuá* eletrônico e contínuo de uma sirene.

Foi para o lado da sala cujas janelas ofereciam visão para a rua. Nenhum sinal de perigo.

Uma rajada de vento frio soprou pela fresta da janela ao lado da que ele estava, e o alertou para o fato de que ela estava de alguma forma acessível ao ar da noite. Correu até ela e descobriu que estava aberta, mas bloqueada pela enorme boca circular de um duto coletor. Era um daqueles longos dutos segmentados que são presos do lado de fora de edifícios em construção para conduzir entulhos até uma caçamba abaixo — basicamente feito de diversos tubos encaixados para formar uma longa descida. E como estava ligeiramente curvado, George não conseguia ver o que havia no fundo.

Ele enfiou a cabeça para fora do pequeno espaço triangular ao lado do duto na tentativa de verificar se o ângulo era baixo o suficiente para facilitar sua fuga. A má notícia foi a de que aquele ângulo não possibilitava uma fuga. A pior notícia foi a de que algo estava se movendo pela parede à sua direita. Assim que olhou para cima viu três gárgulas grudadas do lado de fora do edifício, como lagartixas, olhando fixamente para ele.

Ele tentou se abaixar rapidamente, mas ainda teve tempo de ver que as paredes externas do edifício estavam tomadas por criaturas de pedra, todas tentando ouvir junto às janelas ou rastreando movimentos pela alvenaria.

George correu em direção à porta, sabendo que precisava sair dali imediatamente. Esbarrou e tropeçou em alguns obstáculos pelo caminho — derrubando os rolos de mantas no chão à sua frente. Conseguiu desviar-se de um rolo, mas acabou acertando as canelas contra a borda afiada de uma lata de tinta. Em seguida, chegou até a porta com um tropeção desajeitado, derrubando o martelo enquanto tentava recuperar o equilíbrio. A queda do martelo fez um enorme barulho. E ele concluiu que as gárgulas já deveriam saber onde ele estava, e que sua única chance agora era fugir.

Puxou a tranca da porta, mas esta não cedeu. Ele a tinha fechado com muita força quando entrara. Cerrou os dentes e puxou a tranca com vigor. Em vão.

Então algo acertou o outro lado da porta e soltou a tranca, abrindo a porta e o fazendo voar para trás.

Duas garras de pedra apareceram por ambos os lados da porta, e assim que ele ficou em pé, uma cabeça de gárgula que antes tinha dois chifres, mas agora apenas um, surgiu no espaço entre elas. A gárgula era muito grande para entrar no recinto sem abaixar-se e afunilar os lados — e isso foi o que salvou George.

Ele sabia que estava muito longe de seu martelo, mas sua mão alcançou a alça de arame de uma das latas de tinta em que tinha tropeçado, e assim que a gárgula se abaixou e começou a desenrolar uma das asas para dentro da sala, George lançou-se para frente, balançando a lata de forma desesperada em direção à gárgula.

O peso da lata gerou uma poderosa força centrífuga assim que ele a balançou para cima e para trás do ombro, atingindo uma grande velocidade. A gárgula grunhiu e desferiu uma mordida selvagem — ficando no caminho da lata — e esta a atingiu bem debaixo do queixo. A força do golpe estremeceu a mão de George, mas ele não soltou sua arma. A gárgula foi arremessada para o corredor, caindo com as costas no chão. Ficou lá atordoada, balançando a cabeça e tentando se endireitar.

George sentiu a adrenalina subir até as narinas, e ouviu seus dentes cerrarem um contra o outro enquanto apertava a mandíbula e caminhava em direção à criatura. Ele girou a lata para a esquerda e acertou a cabeça da gárgula com força. A lata estourou assim que a gárgula se esborrachou novamente no chão, fazendo a tinta vermelha pulverizar seu rosto e asas.

George voltou rapidamente, recolocando a trava na porta. Algo estava sacudindo os painéis que obscureceriam as janelas do lado oposto à rua. Quando a tranca travou, ele percebeu que a menos que bolasse um plano para sair da sala, acabaria preso como um rato na própria armadilha.

Imaginou se conseguiria sobreviver à descida de cinco andares pelo duto de coleta de entulho. Pensou na caçamba onde o duto devia desembocar, e em todo o entulho duro e afiado que poderia estar à sua espera.

Parecia uma má ideia. Mas que outra opção lhe restava?

Suas pernas estavam começando a tremer com a frustração, querendo correr, mas sem ter para onde ir.

As tábuas de madeira que fechavam as janelas ao lado do duto começaram a sacudir.

Ele realmente precisava fugir.

Ao balançar as pernas para afugentar a tremedeira, seu pé bateu em um dos macios rolos de isolamento, que saiu rolando pela sala.

Vendo aquela cena, ele soube o que deveria fazer.

Pegou o rolo mais próximo, e apesar do peso, conseguiu arrastá-lo pela sala e jogá-lo duto abaixo. O rolo passou pela estrutura com uma sobra de cerca de dez centímetros para cada lado. George agarrou outro e jogou. Depois foi fazendo o mesmo com os restantes, trabalhando rápida e metodicamente para não ter tempo de ouvir os outros pensamentos que batiam com insistência no fundo de sua consciência.

Ouviu-se um estrondo na janela bloqueada atrás dele, e ele viu que a criatura do outro lado tinha conseguido arrancar uma das tábuas da janela.

Fugir era, definitivamente, sua única opção.

Respirou fundo e apontou uma das pernas para o duto. E então um daqueles pensamentos conseguiu escapar: se ele alcançasse o chão a salvo, como faria para fugir? As gárgulas do lado de fora iriam reconhecê-lo e atacá-lo sem piedade.

Não importava.

Puxou a perna de volta e correu para junto dos ganchos onde tinha encontrado as roupas secas. Rapidamente vestiu a segunda jaqueta sobre a primeira que já estava usando. Ficou apertada, mas agora ele sentia-se maior e mais acolchoado.

Em seguida, colocou um dos capacetes de proteção na cabeça, vestiu um par de luvas pesadas que estava sobre a mesa e voltou correndo ao duto, tentando ignorar as novas batidas que faziam a porta tremer sobre suas dobradiças frágeis.

Pegou o martelo e outro rolo de isolamento. Jogou o rolo pelo duto e não pensou duas vezes: pulou logo em seguida para dentro daquela enorme garganta de plástico.

Assim que suas mãos soltaram a borda do duto, ele mergulhou em grande velocidade, mas ainda teve tempo de ouvir um estalo estridente vindo da porta.

Seu estômago parecia estar na boca enquanto descia.

Ele tentava se lembrar de manter a boca fechada para não morder a própria língua com o impacto, como tinha feito certa vez em uma queda d'água em um parque aquático. Seu capacete acabou se soltando e caiu enquanto ele tentava frear a descida com as botas, cotovelos e luvas, apoiando as costas contra a superfície curvada do duto.

Tudo aconteceu muito rápido.

Ao tentar retardar a queda freando com o corpo, George esperava transformar uma queda fatal em uma mera descida violenta. Essa tentativa levantou toda a poeira contida no duto, fazendo com que ele ficasse envolto por uma nuvem ofuscante e sufocante.

Tentou segurar a respiração, e estava prestes a se perguntar como saberia quando juntar os pés, na tentativa de pousar em segurança, quando um golpe de lhe arrancar o ar dos pulmões sinalizou que ele havia chegado. O impacto o fez bater os joelhos contra o queixo.

Caído, mas ainda vivo.

Comemorou com uma onda de euforia que não diminuiu, mesmo quando o capacete acertou-lhe a cabeça um pouco depois.

Ele permaneceu imóvel sobre o feltro cor-de-rosa macio da manta de isolamento que amortecera sua queda, tentando não tossir nem cuspir por causa da nuvem de poeira que tinha provocado. E então, assim que acreditou na evidência de seus sentidos e certificou-se de que nenhum osso havia sido quebrado, pegou o capacete e segurou o martelo com toda força enquanto atravessava a manta para dentro da caçamba.

A caçamba estava coberta por uma lona amarrada. Uma vez debaixo dela, ele conseguiu encontrar uma brecha e colocar a cabeça para fora. Arriscou um olhar para cima e viu que todas as gárgulas estavam reunidas junto às janelas da sala onde estava, cinco andares acima. Saiu debaixo da lona e esquivou-se silenciosamente em direção a um canto do edifício que parecia seguro, para dali seguir para uma rua.

Se as gárgulas não tinham ouvido quando ele deslizou pelo duto, com certeza seriam capazes de ouvir seu coração batendo. Assim que alcançou a rua, foi tomado por uma breve hesitação, e lembrou-se de colocar o capacete de proteção na cabeça. Não olhar para trás era difícil, mas ele sabia que não deveria fazer isso. Qualquer gárgula que olhasse para baixo poderia ver seu rosto e perceber que o homem corpulento que se afastava era, na verdade, um menino.

Seus ombros coçavam e as orelhas estremeciam ao som de qualquer ruído no céu atrás dele, mas quando alcançou o prédio ao lado, acreditou que estava quase a salvo. Ao passar pelas fontes em cascata que anunciavam a entrada da Biblioteca

Britânica, deu-se ao luxo de girar sobre os pés enquanto andava, e viu que não havia nada o perseguindo.

Seus joelhos quase dobraram de alívio e ele começou a descer a avenida *Euston* a passos largos.

Ele não percebeu que uma estátua enorme, na *piazza* do lado de fora da Biblioteca Britânica, virou a cabeça e olhou para ele. A enorme figura masculina estava curvada sobre um grande par de divisores, como se estivesse medindo o mundo. Acreditando ter sido descoberta, dividiu-se em pequenas partes e depois se montou novamente.

O gigante olhou para George, e depois para o bairro pobre de *Saint Pancras*.

Logo após, colocou os dedos na boca e assobiou.

32

FUGA PARA O SILÊNCIO

— Vamos, fagulhinha, é hora de correr para outro lugar — disse Pequena Tragédia, puxando Edie por entre os arcos espelhados, de volta para o canto escuro mais à frente.

De onde estava podia ver o Frade, na porta da frente do *pub*, com uma expressão bastante séria, falando com quem estava do outro lado. Correr para outro lugar parecia mesmo a melhor ideia. Deu uma olhada em volta e deu-se conta de um problema: não havia qualquer porta que pudesse levá-los para fora dali. Parecia ser um lugar à prova de fuga. Um beco sem saída.

De repente ela sentiu que tinha caído em uma arapuca.

Como se estivesse lendo seus pensamentos, Pequena Tragédia colocou o dedo nos lábios e depois se balançou como um macaco em uma das luminárias da parede e fez algo no mosaico redondo do teto. Então, desceu para o chão, ágil como um gato.

— Confie em mim. Sei de um lugar onde o Contador não vai encontrar você.

Ele apontou para os espelhos paralelos. Os pés dela travaram no tapete. Ela não pretendia voltar para a *Blitz*. Ele, impaciente, balançou a cabeça.

— Tudo bem. Fiz a mudança necessária no mosaico do teto. Não vamos para o passado, apenas para outro lugar da cidade, um lugar onde não possam encontrar você. É uma casa, uma casa bem segura, não se preocupe. Olha, não é nada mau.

Ele apontou para o espelho. Ela ficou perto o suficiente para dar uma olhada. Não havia fogo do outro lado do espelho. Havia apenas uma sala vazia, com paredes cinzentas, sem quadros ou enfeites. O assoalho também era cinza e estava cheio de pó. A única coisa que aliviava aquela feiura toda era o luar que se projetava no chão, passando pela janela quadriculada. Não havia mais nada no quarto, nem sombras onde o perigo pudesse se ocultar.

Ela ouviu o Frade levantar a voz na entrada principal. Ouviu as palavras "Caminhante" e "Pedra", e isso a fez encher-se de coragem para entrar novamente no espelho.

Com a cabeça, sinalizou para Pequena Tragédia a jaqueta de George, que estava pendurada numa torneira da chopeira.

Ele olhou e concordou com a cabeça.

— Você está certa. Não queremos esquecer o bonitinho, não é mesmo?

Então, rápido como o pensamento, atravessou o bar, passou a mão na jaqueta e voltou.

Ele sussurrou:

— Primeiro as damas.

Mas pouco antes de entrar no espelho, ela parou para pensar novamente, e hesitou. "E se...?"

Antes que o seu pensamento fosse mais longe, o impaciente Pequena Tragédia fez um barulho: meteu-se dentro do espelho e puxou Edie pelo braço. Edie seguiu atrás dele, sentindo a tensão vindo à tona na elasticidade do espelho, e ouviu o mesmo estouro de antes, até sentir-se em solo firme novamente.

Dessa vez, no entanto, em vez de seus ouvidos sofrerem com o barulho terrível dos bombardeios, ela experimentou o oposto: a mais completa tranquilidade. Era o som de uma cidade em paz consigo mesma. Tal era o silêncio, que podia sentir seu coração desacelerar depois de tantas doses de adrenalina.

A diferença agora, em comparação à última viagem que tinha feito pelo espelho, não era apenas a falta de explosões e fogo, mas a temperatura. Não estava quente. Não havia correntes de ar, mas mesmo assim o calor inexistia.

— Está frio! — ela exclamou, observando sua respiração virar fumaça enquanto se virava para encarar Pequena Tragédia.

— Às vezes faz frio, às vezes não. É uma sala velha e engraçada — disse o menino, que a olhava por cima da jaqueta que trazia no ombro.

Havia algo nos olhos dele que ela nunca vira antes. Ele ainda tinha o sorriso arrogante de um pivete, mas seus olhos não coincidiam com o sorriso. Verdade seja dita, seus olhos não estavam sorrindo. Estavam dizendo algo completamente diferente, algo nada alegre, ou animado, ou atrevido.

Seus olhos expressavam arrependimento.

— Ele não é um homem mau. Está sempre cuidando das fagulhas. Ele mesmo me contou isso. Disse que ninguém cuida delas melhor.

O coração de Edie gelou e sua mão se dirigiu instintivamente até o bolso, segurando o já bem usado disco de vidro do mar. Mesmo quando o tirou do bolso para iluminar a sala cinza, ela já sabia o que iria ver. O disco já estava quente ao toque e reluzindo uma luz de aviso. E quando a luz brilhou e projetou a sombra dos seus dedos nas paredes cinzentas, ela completou — tarde demais — o pensamento que tinha começado a elaborar no *pub* pouco antes que Pequena Tragédia a puxasse para o espelho.

Se o Frade a tinha protegido da explosão de uma bomba, portanto salvando-a da *Blitz*, por que não a salvaria do Caminhante? E a resposta era óbvia: ele provavelmente a salvaria do Caminhante. Só restava saber por que o menino travesso a puxara para o espelho sem que o monge soubesse, e por que estava agindo de forma tão estranha...

— Você não está falando sobre o Frade, não é?

Os olhos dele giraram para todos os lados, exceto para o rosto dela, para o choque e o horror estampados nos olhos de Edie. Ele ofereceu a jaqueta, como se estivesse fazendo uma oferta de paz.

— Aqui está, pegue seu casaco. Está frio aqui.

Ela olhou para o espelho atrás dele, calculando como poderia chegar até lá sem ser interceptada.

Aceitou a jaqueta e falou devagarinho:

— Obrigada!

Ela rapidamente bolou um plano: jogaria a jaqueta sobre a cabeça dele e correria até o espelho. Mas lembrou-se da cabeça quebrada do dragão no bolso e achou melhor levá-la com ela. Quando tocou discretamente o bolso do casaco, ela percebeu que não havia mais nada ali. Hesitou, confusa por um instante e, ao olhar para cima, viu onde a cabeça do dragão estava.

Pequena Tragédia segurava a escultura quebrada na mão e aproveitou-se da surpresa de Edie para recuar até o espelho em dois passos rápidos.

Com a voz rouca, ela implorou:

— Você não pode levar isso! Espere!

O sorriso dele estava realmente por um fio, e os olhos pareciam muito tristes, quase pulando para fora do rosto. Ele mais parecia um menino Trágico usando a máscara da Comédia, do que o contrário.

Edie contemplou as paredes acinzentadas e algo que se movia bem devagar além das janelas. Um novo pavor começou a tomar conta dela. Por fim, suplicou:

— Não me deixe aqui!

O menino insistiu:

— Ele não é um homem mau. Ele me disse.

E então colocou uma perna para dentro do espelho. Fez uma pausa, como se quisesse já ter ido embora, mas a consciência não o deixava sair tão depressa. Era como se ele realmente quisesse que ela aprovasse o que estava fazendo.

— Tragédia, não, por favor...!

Ele balançou a cabeça. Algo brilhava em seus olhos.

— Ele já está chegando. Você vai ficar bem, não se preocupe.

E quando ela saltou na direção dele, tentando chegar ao espelho, já era tarde. Tudo o que conseguiu foi bater o rosto no vidro frio e duro.

Seu primeiro impulso foi o de dar um soco forte no vidro para quebrá-lo, mas o bom senso prevaleceu e ela desistiu a tempo. Por algum motivo não conseguia voltar para dentro do espelho, mas, se ficasse calma, talvez pudesse encontrar outra maneira de sair dali.

Ela deu um passo para trás, tentando esvaziar a cabeça e aliviar o pânico. Ainda estava lívida de indignação com a traição de Pequena Tragédia.

Olhou em volta. Havia uma porta, quatro paredes e uma janela. A porta era a escolha óbvia, mas por alguma razão, cuja insistência foi se tornando cada vez maior em sua mente, não quis abri-la, ou mesmo tocá-la.

Então foi até a janela e olhou pelas barras de ferro que protegiam o lado de fora. A coisa que tinha visto se movendo do outro lado da janela ainda estava em movimento, e o sinal de alerta que a coisa tinha provocado estava cada vez mais alto e estridente em sua cabeça.

Era neve.

Os telhados que recebiam a neve não eram os mesmos da Londres que ela tinha acabado de deixar. Não havia lâmpadas de sódio nas ruas; nada de antenas de TV, nem de antenas parabólicas; nada de neons ou qualquer brilho cintilante. Não havia luz elétrica que pudesse, de algum modo, ser vista lá de fora.

Tudo parecia tranquilo. O único fato digno de nota era o de que a neve estava amortecendo todos os sons conforme cobria a cidade. Simplesmente não havia ruído de tráfego. Nenhum carro, nenhum ônibus, nenhuma motocicleta barulhenta. Só se ouvia um som distante de um realejo, e o retintim dos arreios dos cavalos.

Ela olhou para baixo por entre as grades, e na estreita faixa de rua que conseguia distinguir, viu um cavalo puxando uma charrete de aluguel; as rodas da charrete lentamente formavam marcas na neve alta que se acumulava na rua. O condutor, sentado na parte alta do veículo, chicoteava a parte traseira do cavalo; o homem usava uma cartola presa à cabeça com um cachecol e envolvia as pernas com um cobertor. Edie ficou observando enquanto ele deixava as marcas de sua travessia na neve.

Ela sabia que Pequena Tragédia tinha mentido sobre mais de uma coisa: Edie não tinha sido deixada na Londres do tempo presente, mas em uma Londres mais antiga, cujos ruídos eram amortecidos pela neve; uma Londres gelada onde os cavalos puxavam charretes de rodas de madeira pelas ruas estreitas; uma Londres onde fazia frio o suficiente para causar o congelamento dos rios e para que as meninas se afogassem nos buracos abertos no meio do gelo.

Sabia também que o garoto havia mentido sobre aquela ser uma casa segura, pois Edie sempre conseguia distinguir se as pedras guardavam tristeza, angústia ou horror; esse tinha sido o motivo por que não quisera tocar as paredes cinzentas ou até mesmo a maçaneta da porta.

Ela sabia de tudo isso mesmo sem ouvir o som distante de soluços que vinham de um piso inferior, além da porta.

Aquela não era uma casa segura. Aquela era a Casa dos Perdidos.

33

A MÁFIA DE EUSTON

GEORGE CORREU PARA O LADO oeste da avenida *Euston*, deixando a Biblioteca Britânica para trás. Tinha acabado de ouvir um apito urgente e ensurdecedor. E apesar de não ter visto quem apitou, teve a sensação de que, fosse o que fosse, deveria ficar o mais distante possível que conseguisse.

Agora que não estava lutando por sua vida, ele conseguia direcionar sua preocupação imediata para Edie e o Artilheiro. No que dizia respeito a Edie, ele tinha plena certeza que ela iria persistir com o Frade Preto, como tinham planejado. Ela não era do tipo que simplesmente paralisava quando as coisas ficavam difíceis. Se tivesse que agir, ela o faria. George torcia para que ela tivesse encontrado a cabeça quebrada do dragão e assim, tivesse como negociar com o Frade em caso de necessidade.

Ele pensou no tempo que ele e Edie tinham perdido desde que haviam sido separados. Sentia uma enorme frustração por lembrar onde tinha estado até chegar ali: sendo carregado pelos ares que nem sequer soubesse o motivo. Seus raptos sucessivos lhe soavam como inconveniências desesperadoras. Por causa deles, não pudera planejar um modo de salvar o Artilheiro. A raiva o atingia com a intensidade de golpes físicos.

Após um tempo caminhando e degustando a própria revolta, George resolveu parar e pensar direito.

Percebeu que estava andando sem noção de onde deveria ir.

A escolha óbvia era o *pub* do Frade Preto, onde Edie devia estar — isso se tivesse ido para lá em primeiro lugar — e mesmo que já tivesse saído, o Frade saberia para onde ela tinha seguido. Mas ir ao *pub* do Frade Preto significava atravessar a cidade novamente, ou seja, ter de encontrar uma maneira de passar por todos os Dragões da Cidade, que estavam de olho em cada via pública que conduzisse à antiga fronteira. Esse era um problema que ele teria de lidar quando chegasse a hora.

Não havia mais espaço para recuo. Nem opção de saída que não fosse aquela.

Agora ele estava no mesmo plano que a entrada para a estação *Euston*. Sua geografia de Londres era meio incompleta no que se referia à região onde o Frade ficava. Se o seu senso de direção estivesse correto, então precisava seguir na direção sudeste. Acreditava que indo naquela direção acabaria por chegar ao rio, e depois tudo que teria de fazer era seguir para o leste.

Ele se virou para começar a caminhada, mas quando suas botas rasparam nas pedras da calçada, ouviu-se o eco de outra raspagem nas pedras à sua frente.

George ouviu um assobio, e quando olhou para cima, viu duas enormes asas de morcego esculpidas em pedra bloqueando o caminho, enquanto a gárgula que ele tinha batido com a lata de tinta vermelha descia suavemente na calçada bem na frente dele. A tinta respingava da gárgula como se fosse sangue. A cabeça dela estava erguida, um dos olhos manchado de tinta estava fechado, enquanto que o outro, apesar de não ser nada mais do que pedra, parecia perfurar George.

Ele olhou em volta para tentar achar onde se esconder. À sua esquerda havia uma guarita feita de blocos maciços — uma de duas no caminho para a estação. Infelizmente a guarita estava longe demais para que ele a alcançasse antes de ser pego pela gárgula; e mesmo se conseguisse chegar até lá, não havia nenhuma porta visível na fachada, onde estavam gravados os nomes das batalhas travadas havia muito tempo, em lugares remotos.

Sem ter para onde correr, George sentiu que teria de lutar.

Ele percebeu isso ao olhar para o rosto da gárgula à medida que ela raspava uma garra na calçada de pedra, e depois a outra. Seu braço foi invadido por uma dor aguda. E ele sabia que aquilo era por causa da cicatriz do dragão e das três veias incomuns entrelaçando seu antebraço.

Então agarrou o martelo, pronto para morrer lutando. A dor começara a tomar conta de sua mão também.

Com a dor veio uma ideia que clareou a mente de George.

Ele tinha conseguido ganhar tempo com o Cavaleiro ao falar sobre sua cicatriz, e isso o tinha salvado. Se conseguisse a mesma façanha com a gárgula, talvez ganhasse mais tempo para pensar.

Estendeu a mão e disse:

— Ei! Para trás!

O grande estigma apontou a cabeça na direção oposta, e então, surpreendentemente, parou.

George viu seu pulso estender-se para fora da manga da jaqueta, e um brilho de metal refletindo as luzes da rua em uma parte de seu corpo onde deveria ter visto pele. Percebeu, abalado, que as veias de pedra e bronze que tinham brotado de sua mão já entrelaçavam seu braço, e agora avançavam em direção ao cotovelo. Concluiu que não havia tempo para se preocupar com elas naquele momento, pois tinha que manter sua vantagem sobre a gárgula.

Dissimulando a agitação na voz, falou:

— Sim! A Marca do Fazedor! A Mão de Ferro! Para trás, ou vou...

Ele não sabia o que dizer. Então, deu um passo à frente, balançando a mão como se tivesse um talismã mágico.

— Recue, ou eu vou... Vou...

— É mais provável que você sangre em cima dele.

George nunca tinha ouvido a voz que vinha por trás dele. Era a voz de alguém natural de *Newcastle*, com as vogais planas, duras e sem a poesia do nordeste da Inglaterra.

— Se fosse você, belo rapaz, abaixaria o martelo e daria um passo pra trás.

George queria olhar para trás, mas hesitava em tirar os olhos da gárgula.

— A Grandona Vermelha não está nem aí para a sua mão, filhote.

— Ela está preocupada é com as quatro armas *Lee-Enfields* apontadas bem para a cara feia dela — disse outra voz irritante, que parecia ter vindo do sul de Londres e que soava como se tivesse fumado vários cigarros no caminho.

George percebeu que a gárgula não estava mais olhando para ele. Tinha parado por causa da chegada daqueles homens.

— Agora, rapaz, dê uns passos para trás.

— Você vai se sentir mais seguro — disse uma terceira voz, cantarolando, fanhosa, com um sotaque do oeste do país, no qual todas as letras "s" soavam como "z".

George virou-se.

Quatro soldados de bronze da Primeira Guerra Mundial estavam atrás dele: homens altos, vestindo longos casacos do exército. Três estavam em pé e um ajoelhado, apoiando o cotovelo em um joelho. Usavam chapéus levemente pontudos em vez de capacetes metálicos, e todos seguravam rifles apontados para a gárgula. A mandíbula de um dos atiradores em pé estava em constante movimento, como se ele estivesse mascando tabaco ou chiclete.

O soldado ajoelhado tirou a mão do gatilho do rifle e chamou George até ele, acenando lentamente com a cabeça, como que a dizer que tudo ia ficar bem.

George recuou rápido. Os soldados em pé, sem abaixar as armas apontadas, abriram um espaço para que ele passasse. E ao passar entre eles, George virou-se para ver o que iria acontecer a seguir. O soldado que mascava deu um passo em direção ao espaço vazio e cuspiu algo escuro na pedra da calçada junto aos pés da gárgula, molhando suas garras. George concluiu que devia ser tabaco. O mastigador apontou para o céu com sua arma.

— Vá embora, sua pescoçuda vermelha!

E como a gárgula não se moveu, ele deu mais um passo à frente e então bateu sua arma no peito dela, empurrando-a. A gárgula hesitou, assobiou, e depois se atirou para trás no ar, com suas grandes asas batendo para baixo, fazendo com que o sobretudo do soldado oscilasse. A gárgula subiu em direção ao céu até desaparecer atrás dos telhados próximos. Houve um alívio geral naquele clima tenso e os rifles foram abaixados.

O soldado ao lado de George virou-se e acenou para o mastigador.

— Está tudo bem. Nós também nunca entendemos exatamente o que ele está dizendo, não é mesmo, Oeste?

George olhou para os soldados que o cercavam, encarando-os com interesse.

O de nome Oeste disse:

— Você deve ser o menino sobre o qual ouvimos falar. Um passarinho nos disse para ficarmos bem de olho em você. Amigo do Artilheiro, certo?

George concordou. O mastigador olhou ao redor.

— Ele disse também que há uma menina envolvida, não é mesmo, garoto?

George respondeu:

— Sim, Edie. Fomos separados.

Os soldados fizeram um som de desaprovação.

George indagou:

— Quem são vocês?

O soldado mais próximo desistiu de acender o cigarro.

— Franco-atirador Sul — disse ele, com seu sotaque. Depois apresentou os demais por sobre o ombro, sem olhá-los.

— Estes são os meus colegas. O cabo Norte, que não dá pra entender quase nada do que ele fala. Este aqui é o Oeste, que é meio chato, e tem um sotaque horrível, mas você logo se acostuma. E, por último, o soldado Leste, que, apesar de ser um idiota, prefere lutar em vez de falar, portanto, não se preocupe com ele. Somos todos bons homens, nenhum melhor, nenhum pior. Somos conhecidos como a Máfia de *Euston*.

Com o polegar, indicou um obelisco com quatro pedestais vazios na base.

— É lá que ficamos. Sabe, fomos ferroviários antes da guerra, então eles nos colocaram na frente da estação. Esse é o nosso alojamento. Pedestais de acordo com os pontos cardeais, daí os nomes. Venha, vamos sair da rua!

Ele levou George até o obelisco.

George olhou para o céu da noite, no qual a gárgula vermelha tinha desaparecido.

— Você acha que ela realmente se foi?

Sul agachou-se contra a pedra, com o rifle sobre os joelhos, apreciando a fumaça.

— Ela não vai se aproximar. Qualquer coisa, este aqui, o Oeste, entra em ação. Ele consegue alvejar o olho de um esquilo em plena corrida com a maior facilidade. Bem, ao menos é o que sempre nos conta, não é mesmo, Oeste?

Os outros soldados juntaram-se a eles e sentaram junto à base do monumento, com exceção do Leste, que parecia mais irascível do que os outros, preocupado em manter os olhos no céu na direção de *Saint Pancras*.

— Ela não vai voltar. Não volta porque sabe o que é bom para ela — concordou Oeste, acendendo o cigarro na bituca do cigarro do Sul.

George disse:

— O Artilheiro está em apuros. Preciso de ajuda.

Sul concordou:

— Todo mundo precisa de ajuda. Muito bem, filhote, por que você não começa nos contando o que está acontecendo?

E foi o que George fez, consciente dos três rostos interessados no que falava. Em poucas palavras, conseguiu descrever tudo o que tinha acontecido desde que seu pesadelo começara. Não o interromperam, mas ele notou que eles se entreolhavam em certos pontos da história. E quando contou sobre como o Artilheiro não tinha honrado sua palavra, e, em seguida, fora capturado pelo Caminhante, até o Leste desviou o olhar do céu noturno e olhou para George atentamente. Quando ele terminou, ficou com a sensação de, ao narrar toda aquela história, ter perdido mais tempo, algo que já não tinha.

Ele concluiu:

— E foi assim. Comecei a ajudar o Artilheiro, e agora tenho esses três duelos ou desafios para lutar também!

Sul disse:

— Oh, sim, você vai ter que lutar. Você não pode fugir disso. Se fugir, você já era. Essas listras no braço são as marcas da sua tarefa. Cada listra é diferente, assim como os desafios. E elas ficam se movimentando, certo?

George olhou para as deformações que subiam em direção ao cotovelo. Duas lentamente moviam-se para cima do braço, mas a de metal estava apenas formando um círculo apertado, como se não pudesse ir mais longe. Ele acenou que sim com a cabeça.

Oeste disse:

— Veja, pode ficar pior... Vai ser uma enorme poça de sangue se você deixar essas coisas chegarem ao coração.

— O que você quer dizer? — George perguntou, sabendo que iria odiar a resposta.

— Oras, provavelmente você vai morrer... Ou pior, rapazinho — Oeste falou sem rodeios, olhando para o menino pela fumaça do cigarro.

— O que é pior do que morrer? — perguntou George, em pânico.

Houve uma pausa. Sul e Oeste entreolharam-se por um momento.

— Você conheceu o Caminhante, certo? — Sul bufou, e arregalou os olhos como se nenhuma outra explicação fosse necessária.

Oeste explicou:

— Você só precisa enfrentar os três desafios e, uma a uma, essas três coisas vão desaparecer. E é por isso que você tem que resistir. Se não o fizer, vai perder de qualquer jeito, porque não vai conseguir impedir que essas coisas atinjam o seu coração. Entendeu?

George estava horrorizado. Suas tentativas de manter a cabeça tranquila não estavam funcionando.

Olhando para o rosto dos soldados, disse:

— Esperem, mas eu não terminei a luta com o Cavaleiro. Isso quer dizer que já estou condenado? Será que vou morrer?

Norte aproximou-se e pegou o braço de George. Empurrou a manga e fitou as marcas. Olhou para Sul, que deixou escapar:

— Bem, isso é uma questão de opinião. Ao que parece, você estava a ponto de perder a luta, mas não a abandonou. Foi a gárgula, aquela que você chama de Bica, que voou e tirou você de lá, não foi?

George concordou com a cabeça.

— Ótimo. Isso não é fugir. Foi uma "dádiva de Deus"...

Norte estalou os dedos, tentando achar a expressão que estava na ponta da língua.

— Uma salvação inesperada! — Sul limpou a garganta e olhou para um relógio que tirou do bolso. — Você não correu, é o que estou dizendo. Pior seria se você dissesse que foi por causa da chuva.

— Não entendi.

— Talvez você não entenda, mas o Último Cavaleiro vai entender. Acho que ele vai seguir você até que a luta termine de verdade. É o seu destino, companheiro. Seu primeiro duelo não acabou, apenas foi interrompido. Adiado, por assim dizer. Eu diria que você está no meio de uma batalha e que há mais duas pela frente. Olhe como a veia de metal começou a se mover, mas depois parou. Se você tivesse escolhido fugir, ela teria continuado a crescer até furar e dividir o seu coração, e aí você não estaria aqui nos contando a respeito. A veia principal está apenas dando voltas e mais voltas, marcando o tempo até que você reencontre o Cavaleiro e termine o duelo que vocês começaram. Mas esse não é o problema agora.

Ele bateu no visor do relógio.
— Esse é o problema.
George olhou para o relógio. Um frio lhe subiu pela espinha.
— Você está dizendo que não tenho mais tempo? Que o tempo do Artilheiro acabou? Estamos quase na virada do dia...
Norte disse:
— Sim, rapaz, é isso. Se o pedestal que ele ocupa estiver vazio perto da meia-noite...
Sul concluiu:
— O Artilheiro já era...
George sentiu a noite chegando à medida que um crescente desespero começava a dominá-lo.
— Mas o meu tempo acabou, nunca poderei...
Uma voz desconhecida o interrompeu:
— Você devia falar menos e ouvir mais, camarada.
Era Leste, que apontando para Oeste, perguntou:
— O que ele disse?
George reproduziu a conversa na cabeça, e lembrou-se da suave pronúncia do Oeste dizendo "se" na frase "se o pedestal que ele ocupa estiver vazio perto da meia-noite"...
Mas isso não fazia sentido...
Depois de um segundo ele entendeu.
— Se o pedestal dele estiver vazio quer dizer que...?
Norte sinalizou que sim com a cabeça e disse:
— Rapaz esperto!
George ficou imediatamente de pé. A urgência tomou o lugar do desespero.

— Quer dizer que se alguém tomar o lugar dele no pedestal, ele não vai morrer?

As quatro faces de bronze solenemente concordaram com ele.

— Bem, por que não...? É fácil... Vou fazer isso! — George disse, eufórico.

Sul balançou a cabeça.

— Ficar lá de pé, parado, não é fácil, filhote. Não é só ficar lá, de pé. Veja, há outras coisas, e...

— Tudo bem, seja o que for, vou fazer! — George ficou quase tonto, tal o alívio.

— Ninguém aqui duvida disso. É só que, ao chegar lá... Preciso avisá-lo sobre uma coisa. — Sul parou de repente e olhou para o relógio: — Oh, céus!!! Esqueça o que eu disse. A questão agora é outra.

— Qual?

O franco-atirador Sul mostrou-lhe o relógio. George começou a fazer um cálculo horrível na cabeça.

— Você é rápido na corrida?

Como não tinha mais tempo, George nem elaborou uma resposta. Apenas acenou com a cabeça e disparou em direção ao oeste. Lembrou-se, no entanto, de parar na esquina, por causa do trânsito, e aproveitou a pausa forçada de segundos para se virar e gritar um apressado "obrigado" por cima do ombro. E então, um espaço se abriu entre os carros e ele atravessou a avenida, pulou a grade de proteção central e continuou a corrida alucinada.

Estava correndo tão rápido, que nem viu o morador de rua perto de um portal acompanhá-lo com os olhos negros do Corvo.

George estava tão atento ao caminho até *Hyde Park Corner*, que não ouviu o mendigo dizer:

— Menino Fazedor correndo na avenida *Euston* na direção oeste.

34

A CASA DOS PERDIDOS

EDIE FICOU IMÓVEL POR UM longo tempo. Após uma crise distante de soluços, a casa ficou quieta, mas não totalmente em silêncio. Do lado de fora da janela, a cidade amortecida pela neve continuava a ecoar o som de um realejo distante. Fora isso, os únicos ruídos que ela podia ouvir vinham de dentro da casa, e eram ruídos da própria casa: uma porta, cujas dobradiças precisavam de lubrificação, abria e fechava em algum lugar; um ruído deslizante e curto e então um baque súbito, ou talvez uma tranca pesada fechando; as tábuas do assoalho rangendo com algo se movendo sobre elas.

E então veio o silêncio. Um silêncio que Edie contribuiu não se mexendo.

Ela não se movia porque sabia que as tábuas empoeiradas abaixo dela rangeriam, e teve a nítida sensação de que o silêncio que estava ouvindo era exatamente do tipo que também ouvia de volta.

Parecia ser um silêncio que estava esperando pacientemente que ela fizesse o primeiro som.

Outra razão pela qual ela permaneceu imóvel foi o fato de estar no centro da sala, bem longe das paredes. Uma pessoa normal não teria notado, mas Edie era uma fagulha e as paredes brilhavam em sua presença, emitindo uma espécie de zumbido em baixa frequência, uma atração magnética horrenda, que a seduzia para tocá-las e assim liberar o trauma armazenado nos tijolos e no reboco. As paredes daquela casa emitiam a mesma intensidade de tristeza que Edie sentia quando passava por cemitérios, igrejas e hospitais antigos. Uma tristeza que implorava que ela a absorvesse das pedras.

Edie normalizou a respiração e calmamente começou a procurar, com o olhar, por alguma coisa que pusesse ajudá-la, tentando não pensar na angústia armazenada ao seu redor. A atração insistente fez com que ela mergulhasse as mãos nos bolsos, evitando que tocassem em algo sem a permissão de sua mente consciente.

Não havia muita coisa na sala: uma janela com grades, dois espelhos e uma grossa camada de poeira cobrindo tudo. E nada mais.

Após examinar o conteúdo da sala e manter suas orelhas em alerta para detectar o menor ruído, Edie voltou sua atenção para o chão.

Ela percebeu que a angústia reprimida que vinha das paredes também se propagava por baixo. Ela agradeceu por estar usando sapatos. Nunca tinha estado em um lugar que armazenava tanta maldade e tristeza a ponto de impregnar o ar. Ela sabia que o ar estava ruim da mesma forma que uma pessoa normal sabia que uma comida estaria saborosa só em sentir o cheiro. O ar estalava invisível ao seu redor, como se fosse eletricidade estática.

Ela nunca estivera ali, mas o ambiente lhe era estranhamente familiar.

Aquela não parecia ser uma casa calorosa, não como aquela cheia de alegria de sua infância, nem uma versão idealizada de um "lar" — um local seguro, onde tudo é sempre compreendido, sempre perdoado.

Uma pequena lágrima fez barulho ao cair no chão, e a visão de sua queda na poeira fez com que Edie saísse da paralisia em que estava e se lembrasse de respirar, de inalar uma profunda e desesperadamente necessária quantidade de ar. Ela passou as costas da mão sobre os olhos com raiva, garantindo que aquela lágrima traiçoeira não teria companhia.

Ela voltou sua atenção para o chão novamente: estava grosso de poeira, mas havia pegadas distintas que eram dela e dos pés descalços de Pequena Tragédia. Havia também marcas de patas. Pareciam patas de cachorro, mas maiores do que qualquer uma que Edie já tinha visto. Havia também um rastro serpeante vindo da porta. As pegadas do animal só iam até um certo ponto. Era como se alguém tivesse começado a varrer e depois desistido da ideia por causa da quantidade colossal de poeira.

Edie estava lá, tentando entender o que significava tudo aquilo, quando sentiu uma coceira no nariz.

A coceira era resultado da poeira que ela mesma tinha levantado ao chegar e discutir com Pequena Tragédia. Não era uma coisa ruim, mas no nariz iria causar um espirro. E um espirro também não é uma coisa ruim. Certa vez, Edie passara uma tarde de verão olhando para o Sol, porque isso a fazia espirrar, e os espirros, naquele dia, faziam com que ela se sentisse bem.

Mas ali era diferente. Naquele lugar espirros não fariam bem, porque ela sabia que estaria espirrando em direção a um silêncio que aguardava ansioso para ser quebrado.

Naquela noite, Edie sabia que um espirro poderia ser fatal. Antes que pudesse pensar em como conter o espirro, ele começou a escapar. Ela agarrou e apertou o nariz, e depois enrolou a jaqueta de George no rosto para abafar o som — mas o barulho do ar abrindo caminho acabou redirecionado para a boca, causando uma explosão aguda.

Ela não se moveu. Continuou curvada sobre as mãos, com as orelhas atentas a uma possível reação causada pelo barulho que tinha feito. Por um momento, pensou que tinha se safado — mas então ouviu as tábuas do assoalho rangerem. O som mudou de tom e de ritmo e tornou-se o barulho inconfundível de passos subindo escadas. Ela também conseguiu ouvir o som murmurante de algo se arrastando ao lado desses passos.

Escutou um ruído especialmente acentuado em uma das tábuas do assoalho, parecia ter sido causado pelos passos da coisa ou pessoa que se aproximava da porta. Edie teve tempo de ver um feixe dourado de luz pela fresta da porta, como se a figura que se aproximava estivesse segurando uma lanterna.

E depois os sons dos passos cessaram de repente.

Edie fez uma careta e muito calmamente deslizou os braços para dentro do casaco de George novamente. O que quer que fosse acontecer, não faria mal ter algo que lhe desse proteção e calor.

Em seguida, ouviu o barulho de algo farejando.

O feixe dourado de luz deu lugar a duas sombras escuras, e com elas vieram respirações famintas, como que tentando inalar o interior da sala com longas sucções de ar nasal.

Edie olhou para baixo e viu sua pedra de aviso emitir um raio de luz de dentro do bolso do casaco. Fechou as mãos em volta dela, extraindo um pouco de força e calor de suas extremidades circulares.

A porta se abriu.

Era uma mulher alta, usando um vestido cinza antiquado que a cobria do pescoço ao chão e se arrastava em volta dela.

Ela também vestia um cinto largo e apertado em torno da cintura, e suas mãos estavam cobertas por luvas grossas, feitas de camurça legítima, que chegavam até os cotovelos como luvas de soldador.

Edie não conseguia ver seu rosto, porque a mulher segurava uma vela enorme bem na frente dela. Tudo o que conseguia enxergar era uma testa alta e cabelos escuros puxados, formando um enorme coque atrás da cabeça.

— Qual é o seu nome? — a mulher perguntou com um tom de voz assustadoramente baixo.

— Qual é o seu? — replicou Edie, com um tom desafiador.

Houve uma pausa quando Edie viu a mulher balançar a cabeça como se estivesse assimilando o que acabara de ouvir. Quando voltou a falar novamente foi quase um sussurro, tão leve e escuro como a pena de um Corvo, mas não tão silencioso a ponto de impedir que Edie percebesse o tom de surpresa em sua voz.

— Você é uma menina?

Edie olhou para si mesma.
— Er... Sim... E você? Não enxerga?
A mulher foi baixando a vela e respondeu:
— Sim. Eu enxergo muito bem, menina. Apenas escolhi não ver.
Foi a palavra "escolher" que tornou o que Edie viu assustador. O rosto da mulher era magro e quase eterno em sua complexidade, mas o mais impressionante eram os olhos.
Estavam costurados.
Quatro pontos perfeitos fechavam cada um dos pares de pálpebras com uma linha grossa e preta de sapateiro. A única coisa que tornou a visão pior para Edie foi a sensação de que a própria mulher tinha feito aquilo.
Edie perguntou:
— Por que você fez isso? Por que você deixou alguém fazer isso?
A mulher suspirou como se a resposta fosse tão óbvia que seria um desperdício precioso de energia respondê-la.
— Oito pontos curtos? Isso não é nada, menina; não se você deseja parar de enxergar...
— Mas por quê? — indignada, Edie não conseguia parar de se perguntar.
— Você sabe o motivo. Você sabe o que acontece quando fazemos o que *nós* fazemos. Você sabe que força de vontade não é o suficiente para manter nossos olhos fechados. Você sabe que por mais que tentemos impedir, os olhos sempre abrem para ver o que está armazenado nas pedras. E você sabe que os fragmentos de passado armazenados nas pedras são raramente felizes, quase sempre terríveis.

A verdade de tudo o que a mulher estava dizendo surpreendeu Edie como um soco na boca do estômago.

— Você disse "nós"... Ou seja, você é uma fagulha?

— Eu era. E é o meu destino viver nesta casa. Você pode sentir o poder que ela emana?

Edie sinalizou com a cabeça, sua boca seca demais para responder. Foi então que percebeu que a mulher não podia vê-la, e antes que pudesse dizer alguma coisa, a mulher falou novamente:

— É claro que você pode. Você teria feito a mesma coisa, menina: fechado os olhos, vestido luvas grossas e botas resistentes para evitar qualquer contato com a textura de um edifício cujo toque provoca uma agonia cem vezes pior do que o mais horrível dos pesadelos...

E então seu pé saiu debaixo da saia e golpeou o chão com força, fazendo a poeira voar. No entanto, sua voz permaneceu inalterada:

— Agora. Chega de conversa. Você deve vir comigo.

Edie sentiu que provavelmente seria levada para algum lugar tão perigoso quanto aquele. Ela queria continuar próxima aos espelhos e à porta que poderiam levá-la de volta para o seu mundo e tempo.

A mulher disse:

— Esqueça. Não há outra saída. Você tem que me obedecer, menina. Você não pode se recusar.

— Claro que posso.

Ouviu-se um leve rosnado. Por um momento, Edie pensou que vinha da Mulher Cega. Só depois percebeu que vinha de trás dela. Era um rosnado baixo que podia ser sentido pelas solas dos pés.

— Não, não pode. Não estou acostumada a ser desobedecida... — disse a Mulher Cega com um tom de voz tão profundo e delicado como besouros se movendo por uma cortina de seda preta.

Edie sabia que se cedesse ao medo, seus nervos ficariam em frangalhos, e isso seria seu fim. Então, levantou o queixo e cravou os calcanhares no chão.

— Bem, você terá que se acostumar com isso. Eu...

Edie nem sequer chegou a dizer o "não". O rosnado recomeçou novamente, fazendo-a parar. A saia da Mulher Cega se abriu, revelando dois cães listrados da raça mastim, do tamanho de pequenos pôneis — cabeças apontadas para o chão, orelhas achatadas, dentes arreganhados, coleiras pontiagudas duplas, brilhando forte sob a luz da lua — prontos para atacar.

— Você pode vir agora, ou implorar para vir mais tarde.

A voz da Mulher Cega denotava indiferença enquanto os cães avançavam lentamente — suas cabeças grandes a um palmo acima do assoalho empoeirado — com os olhos fixos em Edie. Suas salivas deixavam um rastro na poeira.

Edie permaneceu imóvel até sentir o hálito quente dos cães em suas mãos. Então juntou-as e lançou-as para cima, em uma tentativa inconsciente, mas inútil, de mantê-las fora de perigo.

Ela disse:

— Espere...

Os cães saltaram em sua direção, dentes rangendo, latidos altos e furiosos. Um pouco de saliva espirrou nos olhos dela enquanto suas mãos protegiam o rosto das presas afiadas que passavam a milímetros de distância.

E então, de forma instintiva, seu mecanismo de sobrevivência foi acionado. Ela foi lançada para trás pelos sons do ladrar furioso e dos dentes dos cães que a encurralavam. Sua mão tocou na parede e ela sentiu um choque.

Edie ficou petrificada. A poeira espalhou-se ao seu redor como uma pequena onda.

E um *flash* de passado a invadiu.

A sala no verão. A luz do sol entrava pela janela, trazendo feixes de luz diagonais que atravessavam a poeira suspensa no ar.

Uma mulher de cabelos curtos, usando um vestido azul-claro com uma margarida estampada, estava agachada no centro da sala. Ela olhava à sua volta, confusa. Seus pés pareciam indefesos dentro de um par de sandálias brancas.

O tempo pulou de repente, e a mulher apareceu gritando "Não!" junto à porta — a intensidade era tanta, que os tendões do pescoço estavam proeminentes como cordéis de chicote.

Outro pulo, e Edie viu as mãos dela protegendo algo que estava pendurado em uma corrente em volta do pescoço. Ela segurava o objeto com tamanha força, que quase escondia a luz que emanava de suas extremidades circulares.

Era um pedaço de vidro castanho do mar — uma pedra do coração.

Edie observou a mulher de cabelo curto ficar imóvel. Percebeu quando ela apertou a mandíbula — e sentiu como se tivesse feito o mesmo.

Então viu duas grandes formas listradas surgirem latindo furiosamente, e depois ouviu um grito.

Em seguida, o tempo pulou, e agora no chão, onde a mulher tinha estado, não havia mais nada, exceto o disco de vidro do mar e a sandália branca, de cabeça para baixo na poeira.

Edie puxou a mão para longe da parede e todo o brilho sumiu de repente.

Ela viu a Mulher Cega mexendo a boca como se estivesse sufocando em uma onda crescente de náuseas. Os cães haviam retrocedido meio passo para trás.

A mulher sussurrou:

— O que você viu não foi nada, menina. Vai ser pior ainda quando acontecer com você.

Os cães rosnaram.

Edie pensou em George. E também no Artilheiro. Lembrou-se de seus sorrisos. Sabia que se cedesse estaria traindo ambos, bem como a si mesma.

Ela sentiu a respiração dos cães em suas mãos. Quente e úmida.

E então decidiu não se entregar. Iria viver para lutar outro dia.

Ela disse:

— Tudo bem. Tudo bem.

Colocou uma das mãos no bolso e envolveu sua pedra do coração antes de tentar passar pelos cães e se aproximar da Mulher Cega. Os cães acompanharam seus movimentos, rosnando um pouco mais baixo agora.

— Se você tentar correr, se você não me obedecer, eles vão atacar — a Mulher Cega murmurou tão suavemente quanto uma brisa. — Agora, venha até aqui.

Edie obedeceu, vigiada de perto pelos cães. Parou e olhou fixamente para as pálpebras costuradas da mulher.

E então gritou:

— Feliz agora?

A Mulher Cega não se moveu. Era como se os seus olhos cegos estivessem vendo Edie de alguma forma. Ela lentamente tirou uma das luvas, e sua mão suave fez o contorno do rosto de Edie, encontrando e traçando o caminho molhado de suas lágrimas.

— Espirituosa — disse, e depois colocou a luva novamente. — Já fui espirituosa um dia.

— O que você quer de mim — perguntou Edie, sentindo um gosto amargo na garganta.

— Não quero nada que seja seu. Quero a minha pedra de aviso — disse a Mulher Cega de forma simples. — Ele a roubou.

Edie perguntou:

— O Caminhante?

A Mulher Cega suspirou:

— Quem mais rouba pedras do coração? Venha comigo.

— Não. Espere! — disse Edie, tentando desesperadamente entender o que tinha acabado de ouvir. — Por que ele quer nossas pedras do coração?

— Ele quer o poder que elas possuem, o poder que as faz reluzir, o poder que nos dá força suficiente para lidar com os *flashes* do passado — ela deixou escapar um riso amargo. — Mesmo sendo uma pequena energia, é tudo para nós. E a única maneira de se usar as pedras para atingir um objetivo maior é reunir todos os seus pequenos poderes.

A Mulher Cega começou a caminhar em direção à porta.

— Por que ele precisa desse poder? — perguntou Edie, com a boca seca, medindo a distância até a porta.

A Mulher Cega virou-se e olhou para ela, parando na porta por um instante. E com seus olhos costurados, ficava difícil ver se o sorriso que ela estampava era de pena ou mera tristeza ao dizer:

— Pergunte a ele. Ele está chegando...

35

PAPA-LÉGUAS

Pela primeira vez em muito tempo, George sentiu que estava correndo em direção a alguma coisa importante. E isso fez a diferença.

O medo estava sendo um ótimo aliado, fazendo-o correr como um papa-léguas.

Resolvera parar de se preocupar com um possível ataque de estigmas. Não porque não estivesse com medo deles, mas porque era inútil desperdiçar energia com coisas fora de seu controle. A energia que lhe restava servia para manter seus braços e pernas em movimento. Se um ataque acontecesse, ele teria que lidar com isso da melhor forma possível. *Se*. Sofrer por ansiedade era entregar-se com antecipação. Concentrou-se no que tinha de fazer. Havia uma chance de salvar o Artilheiro, e ele não iria deixar que nada o impedisse.

George entrou em uma espécie de transe que o anestesiava: sabia que algo estava doendo em algum lugar; e que já tinha sofrido vários machucados; e que sua respiração estava tão irregular, que teria soado como choro se alguém o escutasse, mas não se importou. Apenas correu, segurando o martelo com força.

E enquanto corria, percebeu que sua mente estava se livrando de todas as coisas que não entendia, deixando apenas o que tinha importância, apenas as coisas que podia resolver. Sua prioridade era conseguir mais um dia para o Artilheiro, se chegasse a tempo. Depois descobriria com Edie tudo o que o Frade Preto dissera, e ambos encontrariam uma maneira de trazer o Artilheiro de volta. Não havia espaço para dúvida em sua mente, nem para nada que pudesse atrasá-lo.

Ele entrou em um beco estreito e subitamente descobriu que não havia espaço suficiente para ele e o carro esportivo baixo que vinha em sua direção.

E mesmo com a buzina do carro tocando e os faróis piscando, George continuou correndo. Para sua sorte, o beco era tão estreito, que o veículo estava indo bem devagar para não raspar os espelhos laterais, e quando George não parou, o motorista teve tempo de pisar no freio sem derrapar ou atropelá-lo. O carro parou, bloqueando totalmente a pista.

George não hesitou. Simplesmente pulou para cima do capô do carro, e deste para o telhado. Depois desceu e seguiu para fora do beco, antes mesmo que o motorista entendesse o que estava acontecendo.

É claro que o motorista ficou uma fera quando percebeu que um rapaz tinha andado sobre o seu carro. George conseguiu ouvir vários gritos vindos de trás e uma série de explosões de raiva na buzina. Depois ouviu o som de alguém conseguindo engatar marcha ré só na terceira tentativa, e finalmente ouviu o estrondo de escapamentos à medida que o furioso motorista começava a se mover de novo.

George olhou para trás por um instante. Viu luzes se aproximando em alta velocidade enquanto o motorista lutava para se manter em linha reta no beco estreito, e ainda teve tempo de ver um dos espelhos laterais explodir em vários cacos contra um cano de esgoto. Em seguida, virou-se e continuou correndo, parando apenas para puxar uma lata de lixo para dentro do beco na tentativa de desencorajar o motorista de continuar a perseguição.

Atravessou a rua e retomou seu caminho. Ele podia ver as árvores do parque acenando ao final do trecho.

O parque o fez lembrar-se de Edie, da ocasião em que se conheceram, na garagem subterrânea sob a grama. Inicialmente, ela rebatera as gentilezas dele com agressividade, mas acabara se tornando uma aliada corajosa e cheia de recursos diante de todas as adversidades que enfrentaram juntos. Ele subitamente se perguntou se ela estava no pedestal do artilheiro. É claro que o Frade dissera a ela as mesmas coisas que a Máfia de *Euston* contara a ele. A possibilidade de ver Edie novamente deu mais energia a suas pernas.

George chegou a *Park Lane* com a energia renovada, atravessou o tráfego de fim de noite e entrou no parque.

Correr na grama, sob a trilha iluminada das árvores, era muito mais fácil.

George viu um relógio ao lado de um dos edifícios ali perto, e enquanto corria em paralelo com o alto e moderno hotel, seu coração disparou de medo.

Estava correndo contra o relógio. O tempo parecia deslizar muito mais rapidamente, como se estivesse contra ele.

"Edie, aguente firme. Estou quase chegando!", George pensou.

36

OS FAZEDORES E AS PEDRAS

A MULHER CEGA DESCEU COM Edie dois lances de escada. A facilidade e a precisão com que ela realizava os movimentos eram impressionantes. Qualquer um que a visse duvidaria de que fosse cega.

O resto da casa não tinha tapetes, imagens, móveis — nem qualquer tipo de decoração. A poeira tinha coberto tudo e deixado apenas um fundo único e acinzentado. Edie ouviu os cães grandes seguindo atrás dela e novamente apertou com força a pedra do coração que estava em seu bolso.

A mulher parou na frente de uma porta e puxou da cintura um grande porta-chaves que estava pendurado em seu cinto. Uma vez mais, tirou a luva e sentiu as várias chaves, até encontrar a que precisava. Edie notou que ela colocou a luva de volta antes de enfiar a chave na fechadura e abrir a porta.

Então a mulher disse suavemente:

— Vá e se sente naquela cadeira. Espere lá. Se você se mover, os cães irão morder.

Edie percebeu que a Mulher Cega ficou parada do lado de fora, como se estivesse com medo de entrar na sala. Quando ouviu um rosnado baixo atrás dela, Edie achou melhor obedecer.

Havia uma cadeira no meio da sala. Era bem sólida e possuía pequenas rodas de ferro no final de cada perna.

A sala era iluminada por um único castiçal em cima de uma mesa. Parecia ter sido uma biblioteca no passado, mas agora não guardava livros. Não havia móveis, exceto a mesa alta e prateleiras que cobriam cada centímetro de parede. No entanto, as prateleiras não estavam vazias. Em vez de regulares fileiras de livros, havia blocos e pacotes ocupando seus lugares, de cima a baixo. Pilhas de papel cobriam a mesa e o chão.

Edie caminhou até a cadeira e sentou-se. Ao fazer isso, um calafrio a percorreu.

Ela observou que as janelas estavam fortemente lacradas. Não havia nenhuma maneira de abri-las, nenhuma chance de se atirar delas em uma tentativa desesperada de liberdade.

Os dois cães entraram logo em seguida e deitaram junto aos seus pés, os olhos fixos nela.

A Mulher Cega voltou para o corredor e se sentou em uma cadeira com encosto alto que estava junto à parede, de frente para a porta.

E por um longo tempo, os únicos sons que se podia ouvir eram o da respiração dos cães e o do coração de Edie. Ela contorceu-se na cadeira, e o pequeno ranger de madeira imediatamente fez com que os cães rosnassem em sua direção.

Edie olhou para a porta e para a figura rígida que a encarava de olhos fechados.

Ela perguntou:

— O que você foi?

— O que eu fui quando? — retrucou a Mulher Cega, com um tom de voz um pouco mais alto que um sussurro.

Edie disse:
— Antes que tudo isso acontecesse.
O silêncio foi sua única resposta. E então, quando Edie concluiu que a mulher não iria responder, ela respondeu:
— Fui professora.
— Imaginei que fosse.
— O que você quer dizer com isso?
Edie respondeu:
— Nunca gostei muito de professores. Nunca dizem as coisas que realmente precisamos saber.
A Mulher Cega murmurou:
— E o que você precisa saber, menina? O que poderia alguém tão jovem querer saber, sendo que qualquer conhecimento mais atrapalha do que ajuda?
Edie bufou:
— Isso é mentira! Quando correto, todo conhecimento é sadio. Na prática, todos são importantes, até mesmo os ruins, pois como poderíamos bolar planos ou nos mantermos seguros sem o conhecimento necessário?
— Não conseguimos nos manter seguros apenas com o conhecimento, menina.
— Bem, sinto muito, mas ainda não desisti de viver.
A Mulher Cega deixou escapar um breve sorriso amarelo.
— Mas você vai acabar desistindo. Todo mundo desiste.
Havia alguma coisa nas prateleiras que perturbava Edie, causando nela uma impacto emocional mais forte do que as paredes daquela casa. Ela olhou para as inúmeras e estranhas formas, agrupadas por toda a sala.
— O que há nas prateleiras?

— Pedras.
Mas por quê?
Edie queria manter a Mulher Cega falando. O silêncio deixava sua mente muito vazia, um alvo perfeito para o zumbido aterrorizante e maligno da casa.
— Porque ele as coleciona. Pelo mesmo motivo que coleciona nossas pedras do coração. Ele procura pelo poder escondido em um tipo específico de pedra. Uma pedra muito mais forte e escura.
Edie começou dizendo:
— O que...?
Então parou e reformulou a pergunta:
— Por que tudo diz respeito às pedras?
— Porque sim — disse a Mulher Cega prontamente.
Edie esperou, e quando ficou claro que ela não diria mais nada, resmungou de desgosto:
— Uma professora típica.
A Mulher Cega levantou a cabeça diante do tom de voz de Edie.
— O quê?
— É como eu disse, nunca explicam nada de útil. É só fazer uma pergunta difícil que dizem: "Você não precisa saber disso", ou "Isso não vai cair na prova", ou "É assim e pronto". Você deve ter sido uma péssima professora.
A Mulher Cega ajeitou-se tão ereta na cadeira, que Edie quase ouviu sua espinha ranger.
— Eu fui uma boa professora — sussurrou, suave como a poeira. — Fui uma professora muito boa.

Edie a encarou. A menos que estivesse enganada, pensou ter visto uma única lágrima deixar uma trilha cor-de-rosa na pele empoeirada da Mulher Cega.

— Então por que você não me conta sobre as pedras? — disse Edie, com a mesma delicadeza.

A mulher respondeu:

— Isso não vai ajudá-la.

— Talvez possa ajudar você — disse Edie com cuidado.

A mulher soltou um riso quase inaudível.

— Nada pode me ajudar, garota. Estou perdida, mergulhada em uma escuridão que não tem volta.

Edie disse:

— Então não volte. Fique onde está. Mas por que você não consegue ser uma boa professora novamente? Por que você não me conta tudo sobre as pedras?

No silêncio, um dos cães virou-se e olhou para a Mulher Cega. Ela contorcia a boca enquanto pensava. Sua mão se levantou à procura de cabelos soltos do apertado coque, e depois ela começou a falar:

— Em um passado distante, antes que a história do mundo começasse, antes que as coisas ganhassem nomes, a Escuridão dominou a Terra, alimentando-se do medo e espalhando o terror, o ódio e a ignorância.

Ela fez uma pausa e levantou a cabeça achando ter ouvido um barulho vindo da frente da casa. Depois de um breve momento, relaxou e continuou:

— E também houve a Luz que andou pela Terra, preservando e espalhando a Vida. A Luz, não suportando ver seus filhos viverem sob a dor do terror, do ódio e da violência, lutou contra a Escuridão com todas as suas forças. E depois de uma grande batalha, a Luz enviou para o fundo do coração rochoso do mundo toda a Escuridão, aprisionando-a e a impedindo que andasse sobre a terra novamente. O tempo passou, e a humanidade, os filhos e filhas da Vida, espalhou-se por toda a Terra, construindo e vivendo, amando e sorrindo...

A Mulher Cega fez outra pausa. Parecia presa às próprias palavras, como se tivesse acabado de lembrar-se que existiam coisas como o amor e o riso fora da Casa dos Perdidos. Edie esperou de forma paciente até que ela retomasse o fôlego e continuasse.

— A princípio, os fazedores — artistas e escultores — trabalhavam com madeira e barro, mas seus filhos sonhavam em fazer coisas que não apodrecessem ou perecessem com o tempo. Esses filhos começaram a lapidar pedras, e trabalhar o metal no fogo. Mas fazer esculturas de pedra e metal era muito mais difícil do que trabalhar com madeira e barro. E como eles sabiam que nada difícil poderia ser feito sem lágrimas e sacrifícios, começaram a acreditar que um sacrifício deveria ser feito para que pudessem tornar a lapidação da pedra mais fácil.

Seus olhos cegos encararam Edie como se estivesse incerta se deveria continuar.

— Apesar de muitas eras terem se passado desde que a Luz havia aprisionado a Escuridão na rocha, algumas pessoas ainda se lembravam do poder contido na pedra. E essas pessoas, mulheres cujo conhecimento recebiam da mãe e passavam para a filha, sentiam a essência do poder e das memórias que viviam na rocha.

Edie disse:

— Mulheres como nós.
— Mulheres como nós.
— Fagulhas.
— Fagulhas.

Edie queria gritar com a mulher. Como ela conseguia ficar tão calma, tão tranquila, diante de tudo aquilo? Por que ela estava fazendo o trabalho sujo do Caminhante naquela casa terrível? Mas, em vez disso, apertou a mandíbula e conteve o grito. Queria saber como a história terminava.

A Mulher Cega limpou a garganta e continuou:

— Mas o tempo fez com que elas esquecessem que o poder contido na pedra era maligno. E quando os fazedores encontraram as fagulhas, e confirmaram que o poder era uma coisa viva, ficaram felizes. Sabiam que para lidar com coisas vivas precisavam apenas realizar um sacrifício de sangue. Então fizeram uma espécie de sorteio e o filho do Fazedor-Chefe foi levado até uma pedra que as fagulhas tinham escolhido, e uma faca de pedra foi usada. Por serem filhos da Vida, o sacrifício de sangue era para ser apenas isso: não uma morte; apenas um corte no dedo com uma faca de pedra, a menor das feridas, e depois os Fazedores fariam um juramento à Pedra. A criança choraria por um momento, mas seria cercada de flores, risos e celebração logo depois; ganharia os melhores alimentos e o mel mais doce para compensar aquele breve momento de sofrimento...

Suas mãos se elevaram e acariciaram os pontos em seus olhos. Edie sabia que a Mulher Cega estava sentindo a dor de seu próprio sacrifício.

Ela perguntou:

— E funcionou?

— Você sabe que sim. O acordo entre fazedor e Pedra postulava que a pedra não resistiria aos fazedores, e os fazedores usariam o poder para lapidar as pedras — para criar, não para destruir. Mas a adaga usada no ritual os traiu. Talvez por ser uma lâmina de pedra, tinha um pouco do mal oculto em seu interior. E virando-se na mão do pai, acabou fazendo um corte no pulso do filho; e antes que pudessem selar a ferida, a criança morreu. Mesmo tendo sido um acidente, o sangue escorreu para a Pedra, e o pacto entre fazedor e Pedra foi selado...

Edie interrompeu:

— Ele matou seu próprio filho?

A Mulher Cega respondeu que sim com a cabeça.

— Ele matou seu próprio filho. Sem querer, enganado pela Pedra. E depois da tristeza que recaiu sobre a casa do Fazedor-Chefe, o tempo passou. Os fazedores passaram a lapidar as pedras e estas não ofereciam resistência. Esculpiram ídolos, deuses, demônios e gárgulas para seus templos e igrejas; e suas criações, embora não soubessem disso, foram os primeiros Servos da Pedra, feitos para intimidar e aterrorizar. Ficaram conhecidos como "estigmas", porque onde quer que sua sombra caísse, os filhos da Luz ficavam marcados pelo medo.

Edie disse prontamente:

— Mas eles também fizeram os cuspidos.

— Sim. Semelhantes às coisas vivas, mas com a intenção de representar pessoas amadas e admiradas, ou mesmo pela alegria pura de registrar tudo o que os fazedores achassem bonito e agradável.

— Então é por isso que os cuspidos não são Servos da Pedra?

— Correto, menina. E receberam o nome de cuspidos porque foram criados de acordo com a imagem e o espírito dos homens livres da Escuridão e do medo contido na Pedra.

— É por isso que os estigmas, os Servos da Pedra, odeiam os cuspidos? Por que eles são livres?

— É muito mais do que isso. É porque os cuspidos são os instrumentos da vingança dos fazedores contra a Pedra, por ela ter tirado a vida de uma criança inocente. Foi a melhor maneira que encontraram de devolver uma centelha de Vida ao mundo com cada cuspido criado. E...

Ela parou. As orelhas dos cães se levantaram. E então Edie ouviu o rangido das tábuas do assoalho, e uma voz fina e arrogante, que esperava nunca mais ouvir, terminou a história:

— ... E dessa forma, a batalha entre a Luz e a Escuridão, entre o Medo e a Alegria, continua. E a Escuridão contida na Pedra sempre espera que os fazedores cometam algum tipo de erro, para que possam regressar à Terra e governar novamente.

O Caminhante apareceu junto à porta, sorrindo alegre para Edie.

— E sabe do que mais? O Medo sempre triunfa sobre a Alegria, e a Escuridão é muito mais confiável do que a Luz...

Ele bateu a longa e brilhante lâmina de sua adaga adornada no batente da porta.

Ouviu-se um ruído de choro. Era a Mulher Cega. Ela estava inclinada para frente e sobre os joelhos, chorando baixinho. O Caminhante a encarou.

E mesmo sem olhar para cima, ela estendeu a mão em súplica. Ela havia tirado a luva. Edie ouviu uma única palavra entre os soluços.

— Por favor...

O caminhante puxou do bolso do seu longo casaco um disco de vidro do mar que irradiava uma luz laranja brilhante e formava sombras grotescas ao redor da sala. Estava preso a uma corrente. Ele o colocou na mão da Mulher Cega.

A mão fechou-se rapidamente. A mulher tremeu e suspirou de alívio.

Edie tinha sobrevivido sozinha nas ruas, e conhecia aquele tremor. Conhecia o suspiro típico dos viciados. Ela entendeu como o Caminhante conseguiu manter a Mulher Cega viva e dependente, e sob o seu domínio. Ele estava usando a pedra do coração dela como uma droga.

A mão de Edie fechou-se sobre a sua própria pedra, escondida no bolso.

O Caminhante olhou para ela como se pudesse ler seus pensamentos. Então cerrou os dentes e desferiu um sorriso de desprezo.

— Você acha que nunca seria como ela?

Edie manteve o rosto inexpressivo.

Ele arrancou o vidro da mão da Mulher Cega, que gritou. Edie tentou aproximar-se, mas os cães entraram em ação, latindo e rosnando, fazendo com que ela voltasse para a cadeira.

O Caminhante estalou os dedos. E os cães ficaram em silêncio, mas continuaram olhando para Edie.

Ele foi direto:

— Fique calma. Não se mexa. Não quero machucá-la. Nem lhe fazer mal. Na verdade, nem quero sua pedra de aviso. A única coisa que preciso é de uma pequena ajuda. Você terá que usar seu dom para mim.

Edie disse:

— Como?

— Quero que teste algumas pedras. Você irá tocar nelas e dizer o que tem dentro. Se fizer isso, poderá seguir livre, ilesa e segura.

— Que tipo de pedras? — perguntou Edie com cuidado, não acreditando em uma única palavra que ele dissera sobre deixá-la ir.

— Ah — ele sorriu. — Você já vai saber...

— Que tipo de pedras? — ela repetiu, sua voz emperrando na garganta subitamente seca.

O sorriso dele aumentou.

— Pedras escuras. Pedras muito escuras...

37

☉ SUBSTITUTO

George correu por trás da estátua gigante de Aquiles. O gigante estava nu, com uma espada na mão direita e um escudo redondo voltado em direção ao céu, como se estivesse repelindo um ataque que vinha do alto.

George olhou para cima, com medo de avistar algo uivando no céu noturno, mas a sorte parecia estar do seu lado. Atravessou a passagem de nível em *South Carriage Drive,* passou pelo arco triplo ao lado de *Apsley House*, e finalmente parou, tomando fôlego, enquanto esperava o sinal abrir para cruzar o trecho final da avenida, e de lá seguir para o canteiro central de *Hyde Park Corner.*

Ele podia se dar a esse luxo porque, bem na frente, já podia ver o enorme canhão de pedra apontado para o céu, e dois dos quatro soldados de bronze. Na verdade, o monumento apresentava um soldado de cada lado da base, estando três em pé e um que jazia deitado, morto. Ele não conseguia ver o lado do Artilheiro, apenas o soldado deitado na maca e o de frente para o centro do gramado, um bombardeiro que carregava dois coldres gigantescos cheios de munições de artilharia pendurados um em cada perna.

O sinal de pedestres abriu e ele correu. Sentia o cascalho dançando sob seus pés enquanto corria até o pedestal na base do enorme memorial. Finalmente chegou ao local e correu até o lado do Artilheiro, certo de que iria ver Edie.

Mas não tinha ninguém lá.

O lugar do Artilheiro estava vazio. Havia apenas uma placa de bronze no pedestal e uma parede alva com palavras entalhadas na pedra desgastada pelo tempo: RÚSSIA — PALESTINA — ÁSIA CENTRAL.

George parou bruscamente e depois inclinou-se como se algo o tivesse atingido, posicionando suas mãos nos joelhos. A verdade era que agora que tinha chegado e sua corrida acabado, finalmente podia deixar-se tomar pelo cansaço. Também estava desapontado, sem dúvida, mas disse a si mesmo que isso não importava. Acharia Edie mais tarde. Agora sua tarefa era ficar de pé no pedestal do Artilheiro. Considerando o último relógio pelo qual tinha passado em *Park Lane*, tinha ainda uns bons cinco minutos de sobra.

Quando olhou para baixo, viu o capacete de bronze sobre o peito da figura a seus pés. O escultor tinha feito um corpo deitado de costas, com um casaco jogado sobre o rosto. E mesmo calçado com botas de cano longo, era possível ver suas pernas. O casaco tinha sido esculpido de forma tão natural, que um lado do rosto e um pouco de cabelo podiam ser vistos, mas não o suficiente para se conseguir uma boa olhada. As botas não tinham alguns dos cravos, demonstrando sinais de desgaste. Ele notou que os laços de uma das botas tinham se rompido, e que haviam sido amarrados com um nó malfeito. De alguma forma, esse detalhe pessoal tornou o anonimato do soldado desconhecido mais pungente.

Tendo voltado a respirar normalmente, George olhou para o bombardeiro com as munições nas pernas.

— Desculpe-me — disse, sem conhecer outra forma de iniciar uma conversa com uma estátua que poderia não saber que ele conseguia vê-la.

George repetiu:

— Desculpe-me. Eu posso ver você. Sei sobre cuspidos e estigmas e tudo mais. Sou amigo do Artilheiro.

O soldado não se moveu um milímetro. George decidiu não perder tempo. Sabendo o que tinha que fazer, disse:

— Certo, estou indo para o outro lado. Vou ficar no lugar do Artilheiro. Vou ocupar o pedestal dele. A Máfia de *Euston* me disse o que fazer.

Como não houve qualquer reação, ele deu de ombros e correu para o lugar vazio do Artilheiro. Porém, antes de chegar lá, notou cenas da guerra de trincheiras gravadas na pedra calcária branca do memorial: homens vestidos com coletes feitos de pele de carneiro — usando capacetes e portando armas e escudos — e corpos feridos junto a árvores e trincheiras destruídas. Viu também um soldado tentando acalmar um grupo de cavalos aterrorizados. Quando finalmente chegou ao local do Artilheiro, posicionou-se.

Do outro lado da rua, um homem sem-teto estava empurrando seus pertences em uma espécie de sacola de compras sobre rodas; o tecido da sacola era vermelho e enxadrezado, e estava todo esfarrapado. Os olhos dele não estavam na calçada à sua frente. Olhavam fixamente em meio ao tráfego. Eram olhos negros sem uma única nesga de branco.

Mesmo que George o tivesse notado, o barulho do tráfego não permitiria que tivesse ouvido suas palavras:

— Um fazedor. *Hyde Park Corner*. No Memorial de Guerra.

George, ignorando os olhos do Contador do outro lado da avenida, não sabia ao certo o que fazer. Já que a meia-noite se aproximava, ele se inclinou para trás e abriu os braços da forma como tinha visto o Artilheiro fazer certa vez. Algo começou a se mover sob seus pés. Ele se abaixou para pegar. Era um chicote do tipo usado com cavalos. O Artilheiro havia abandonado o chicote quando acolhera George e começara a primeira etapa do desafio, que agora parecia não ter fim.

George largou o martelo e pegou o chicote, sentindo o peso do objeto na mão. Então notou que a parte de bronze acima do cabo cedeu ao toque e ficou flexível. Era como se o item esculpido estivesse ganhando vida em sua mão. George manteve os pés no pedestal e sacudiu o chicote. De alguma forma, ter na mão algo pertencente ao Artilheiro fez com que ele se sentisse mais seguro.

— Que diabos você pensa que está fazendo?

A voz cansada, culta e levemente irritada veio da esquerda. George olhou e viu a estátua do Oficial do outro lado do monumento, olhando para ele como se sua presença fosse algum tipo de insulto imperdoável. O Oficial usava um capacete metálico e tinha um binóculo em um estojo que trazia alto no peito. Abaixo, segurava as mãos, tendo um pesado sobretudo dobrado sobre elas.

— Hum... Estou aqui... — George respondeu, hesitante.

Houve um ligeiro ruído de estalo quando o Oficial, irritado, passou a língua nos dentes. Ele tinha um pequeno bigode bem aparado acima do lábio superior.

— Você é um menino.

— Meu nome é George.

— Sim — bafejou o Oficial, abrindo a tampa de um relógio de pulso e, em seguida, fechando-a novamente. — Sim, receio que seja. Foi você que tirou o Primeiro Artilheiro de sua posição, não foi? Sabe onde eu o encontrei na noite passada? Metade derretido pelo Dragão Sanguinário do *Temple Bar*, com o rosto virado para baixo em uma lagoa no parque *Saint James*. Tive vontade de deixá-lo lá, mas você sabe...

Passou a língua nos dentes e estalou os lábios novamente.

George explicou:

— É por isso que estou aqui! Exatamente por isso. Ele foi levado pelo Caminhante e não vai estar aqui quando o dia virar. Então eu vim para ocupar o lugar dele. Assim, ganharemos mais um dia para resgatá-lo!

O Oficial esbravejou:

— Conversa fiada!

George respondeu prontamente:

— Não é conversa fiada, não! Eu vou conseguir!

O Oficial inclinou a frente do capacete metálico para baixo e coçou a nuca de tanto espanto.

— Você vai mesmo ocupar o lugar dele?

— Sim — afirmou George.

E quando disse isso, sentiu algo se deslocar em seu braço. Era como se a pele estivesse se dividindo, rasgando. Ele segurou o braço dolorido com o bom. Ao fazer isso, o chicote caiu aos seus pés.

O Oficial pareceu deixar a frieza de lado ao fazer uma pergunta bem direta a George:

— O que há de errado, menino?

— Meu braço — George respondeu ofegante, com os dentes cerrados.

O Oficial viu as horas, fez o característico barulho horroroso ao passar a língua nos dentes e, preocupado, ajoelhou-se, dizendo:

— Depressa, rapaz. Quero ver.

George estendeu o braço. O Oficial, com surpreendente delicadeza, o virou, deixando escapar outra interjeição que denotava desaprovação ao ver a cicatriz da Marca do Fazedor e as três linhas serpeando até desaparecerem no punho.

— Certo. Tire a jaqueta e fique firme.

Ele ajudou George a tirar o braço da jaqueta dupla que estava usando e arregaçou totalmente a manga da camisa para ver o braço desde o ombro até o pulso.

— Não há muito de você sob essas camadas — disse irritado, puxando o braço de George para ver melhor. — Ainda assim, você é muito valente, sem dúvida! Você carrega a marca do Caminho Tortuoso.

George olhou com horror para o braço. Uma das deformações, a de mármore, tinha subitamente passado pelo cotovelo e alcançado o bíceps, de forma que a fissura estava agora perigosamente próxima à axila. As outras duas ainda estavam se enroscando abaixo do cotovelo.

O Oficial perguntou:

— O maior acabou de acontecer?

George assentiu, mordendo o lábio, não confiando em si mesmo para falar com serenidade.

O Oficial bateu na veia mais forte. O som do bronze batendo no mármore deixou George enjoado. Era como se alguém estivesse batendo diretamente em seus ossos. O Oficial puxou a manga de volta para baixo, escondendo o braço. Quando voltou a falar, foi direto ao assunto, e sua aparente irritação tinha desaparecido:

— Certo. Cubra-se e vista a jaqueta o mais rápido que puder. Você está certo, tem mesmo que ficar no pedestal agora, não há dúvida.

George encolheu os ombros para colocar o casaco, atrapalhando-se um pouco na hora de fechar os botões. Ao terminar de se vestir, sentiu-se feliz por não estar mais vendo seu braço desfigurado pelas veias de pedra e metal.

Ele perguntou:

— O que ...?

— O que o quê? — quis saber o Oficial, cujos olhos inspecionavam a rua na frente deles.

— O que o fez mudar de ideia? — indagou George, apressadamente.

O Oficial olhou em seus olhos. Em seguida, inclinou-se, pegou o chicote e o colocou na mão de George.

— Porque se você não ficar no pedestal do Artilheiro, essa rachadura vai se alastrar até espetar seu coração, e você vai morrer — o Oficial sorriu, como se estivesse tentando amenizar o que dissera. — Mas não se desespere. Nem tudo está perdido. Você toma o lugar do Artilheiro, como você disse que iria fazer, fica em pé até poder descer e pronto.

George entendeu o que o Oficial estava dizendo e, de repente, percebeu que sua boca tinha secado.

— Quer dizer que esta é uma das provas, um dos duelos? Mas como isso é possível, só por eu estar aqui à meia-noite? Ele sentiu um súbito banho de alívio.

— Puxa, isso é brilhante! Quer dizer, isso é ótimo. Basta ficar aqui? Isso é fácil, certo?

— Não é como parece. Há um pouco mais do que isso, filho.

O Oficial deu um tapinha encorajador no ombro de George e o empurrou suavemente para o pedestal do Artilheiro. George não gostou do sorriso dele. Era o tipo de sorriso que seus pais mostravam quando o empurravam para o consultório do dentista, sabendo que algo doloroso, ou até pior, ia acontecer.

George perguntou:

— O que mais? Por favor, o que vai acontecer exatamente?

O Oficial gesticulou para os relevos que mostravam torturas em torno do monumento.

— Receio que tudo isso. Carnificina, massacre, medo gritante, perda de bons homens e de cavalos. É o que enfrentamos e revivemos todas as noites. É o que somos e o que nos lembra do motivo de estarmos aqui. É o propósito do Fazedor.

Ele limpou a garganta como se houvesse muito mais coisas que gostaria de dizer sobre o Fazedor e seu propósito, mas deteve-se.

George foi tomado pelo desespero.

— Mas não pode ser tão ruim assim... Você sabe que vai sobreviver, certo? Você passa por isso todas as noites, não é...?

— Não funciona bem assim, meu jovem — o Oficial sacudiu a cabeça. — Não é nada disso. Nós não revivemos a guerra como estátuas. Nós a revivemos como os homens que fomos feitos para representar. E enquanto estamos revivendo a guerra, tudo é real. Não sabemos o que acontece todas as noites. Nenhum de nós sabe. Nem mesmo ele, pobre coitado... — acenou para o soldado morto com o rosto coberto na parte de trás do monumento.

— Quem é ele? — George quis saber.

— Depende de quem pergunta — respondeu, consultando o relógio. — Ele é quem as pessoas querem que ele seja. Ele é o Soldado Desconhecido. É por isso que seu rosto está coberto, para que possa representar o ente querido de alguém. É realmente uma boa ideia. Jagger, o homem que nos criou, sabia uma coisa ou outra sobre perdas. Ele também foi um soldado, veja só! E agora, você está prestes a também se tornar um. Quer dizer, você está mesmo disposto a seguir adiante?

A maneira como o Oficial fez a pergunta parecia dar a George a oportunidade de escolher.

— Sim, estou decidido. Vou substituir o Artilheiro.

Ele estava fazendo isso por uma série de razões, mas, no final das contas, tudo se resumia a uma única coisa: se não cumprisse aquela tarefa de honra se sentiria um covarde para sempre.

O Oficial concordou.

— Bom homem. Seja forte. Enrijeça os músculos e tudo mais...

Deu um tapa mais firme no ombro de George.

— Faça isso por você mesmo. Pelo Artilheiro. Por quem mais quiser, mas faça. Não desça desse maldito pedestal. Você vai ser tentado a desistir. Se ainda acredita em alguma coisa, ore.

— Orar? — indagou George com a voz trêmula, apertando o chicote. — Por quê?

O Oficial consultou o relógio, pegou o sobretudo e tratou de voltar para o seu próprio pedestal. Endireitou o sobretudo sobre o braço e, em seguida, olhou para George e falou, antes de desaparecer na pedra:

— Porque na próxima hora, filho, você vai estar bem no meio do inferno.

38

FINAL FELIZ

O Caminhante afirmou:
— Não há finais felizes. Mas espero que você já saiba disso.

Edie o viu colocar um pacote embrulhado com um lenço na mesa, no meio da sala, e depois voltar a sorrir de forma sinistra. Todos os seus músculos estavam tensos, prontos para correr ou lutar, mas o fato de a porta estar trancada e os cães estarem do lado de fora reduzia drasticamente as possibilidades de sucesso para qualquer das duas opções que escolhesse.

— É mesmo? — ela indagou, controlando o tremor em sua voz.

Ele respondeu:
— É a verdade da vida. Agora, por favor, não faça nada repentino ou estúpido.

Ele cravou a ponta da adaga na superfície da mesa e caminhou até Edie. Ela olhou para o punho enfeitado com joias e a lâmina comprida que refletia a chama da vela. Lembrou-se de como ele a tinha carregado quando ela reluziu a cena do Tâmisa congelado; quando ela o viu perseguindo a garota que ele acabara afogando em um buraco feito no gelo. A menina cujo rosto era igual ao dela, e que, com certeza, não tivera um final feliz.

Ela disse:

— Então isso é bom, porque significa que também não há um final feliz para você.

Edie sentiu a respiração do Caminhante em seu rosto quando ele se inclinou e riu baixinho, ao amarrar a mão direita dela ao braço da cadeira.

— Oh, há uma exceção para cada regra. No meu caso, sendo eu amaldiçoado a caminhar eternamente, significa que não tenho um fim previsível. O que é uma vantagem, claro.

Ele segurou o pulso esquerdo de Edie e puxou a mão dela do bolso. Foi então que ela deixou cair a pedra do coração e ele rapidamente amarrou seu braço esquerdo na cadeira, com a mesma agilidade de alguém que tinha feito isso muitas outras vezes.

Tudo que restava a Edie eram os pés.

Mas ele sussurrou:

— Nesse momento, algumas de vocês pensam que me chutar seria um desfecho heroico.

Foi até a mesa e puxou a adaga. A lâmina brilhava. Ele a espetou no braço da cadeira.

— Chutar nunca é uma atitude heroica. Posso sempre deixar que os cães entrem. E eles não são tão compreensivos quanto eu.

Edie relaxou o pé. Tudo o que o Caminhante dizia era uma espécie de ameaça. Até os sorrisos de satisfação dele eram ameaças. Tudo ali fora projetado para deixá-la assustada. E ela sabia o objetivo disso: bloquear seu pensamento. Em situação de medo, uma pessoa podia congelar como um um cervo ao avistar os faróis de um carro próximo. O medo era capaz de aniquilar a primeira linha de defesa: o pensamento racional. Percebendo o risco, Edie resolveu calar-se e refletir sem entrar em desespero.

E enquanto pensava, começou a observar atentamente a sala e a posição das coisas que estavam ali: as prateleiras, as pedras sobre elas, a mesa, as janelas chumbadas que não podiam ser abertas, as pilhas de papel no chão ao redor da mesa. Ao fazer isso, empurrou o medo para o fundo da mente, para aquele mesmo lugar onde, antes, já havia mandado a sensação de que estava ficando louca quando se virou e viu que George tinha desaparecido. Se necessário, poderia reativar os mecanismos do medo e da loucura mais tarde. Agora tinha que manter toda a sua energia focada na razão.

Só uma coisa importava, e somente a ela daria atenção: o agora. Faria de tudo para não morrer naquela sala empoeirada.

O Caminhante estava com o pacote nas mãos, aquele contendo o que roubara do Museu Britânico.

— Você quer que eu toque algumas dessas pedras, não é? — ela disse, apontando com o queixo para as prateleiras.

— Você é uma fagulha inteligente — ele comentou com sarcasmo, girando a cadeira de rodinhas nos pés, fazendo Edie ficar bem de frente para ele.

Ela argumentou:

— Eu sou uma fagulha. É o que fazemos.

Ele sorriu:

— Certamente.

Ele aproximou-se da mesa e abriu um espaço em meio aos papéis para desenrolar o pacote. Assim que ele pegou os grossos discos de cera, que pareciam ser mais queijos do que qualquer outra coisa, ela pensou, por um instante, que o Caminhante estava desempacotando um piquenique. Mas ela viu os misteriosos símbolos mágicos riscados nos "queijos" e percebeu que eram coisas bem diferentes.

Ele resolveu falar a respeito, porém sem olhar para ela:

— Perdoe o meu bom humor, mas são velhos amigos, e esperei muito tempo para recuperá-los. E é graças a você e ao menino que temos motivo para estarmos felizes pelo nosso reencontro.

Com muito cuidado, ele colocou o fino disco de ouro no topo da menor das chapas circulares de cera, concentrando-se em alinhar o desenho com as marcas riscadas na superfície. E então colocou a pequena bola de cristal no centro. Edie pensou que a bola ia rolar e cair, mas houve um quase inaudível "clique" quando o Caminhante soltou o objeto, como se houvesse um ímã ali. E a bola não só ficou exatamente no centro, como também passou a descrever um lento movimento de rotação.

O Caminhante, exalando satisfação, voltou sua atenção para o Espelho Negro prensado entre os dois maiores discos de cera. Vestiu as luvas que pegou dos bolsos e levantou o disco superior, colocando-o na beira da mesa, perto dela. Depois, pegou o espelho que estava sobre o outro disco pela alça e, com cuidado, o posicionou no topo daquele que estava a poucos centímetros das mãos vazias de Edie.

Ela sentiu a superfície preta atraí-la com tanta força, que sua mão começou a se mover sozinha em direção ao disco. Edie tentou puxá-la de volta, mas a atração magnética era bem mais forte que ela.

O Caminhante viu isso, e disse:

— É forte! Toque-o!

Ela hesitou, horrorizada com a maneira como a escuridão brilhante estava puxando sua mão.

O Caminhante se aproximou e a empurrou para mais perto da beira da mesa. A escuridão arrastou a mão da menina pela superfície de madeira áspera. Ela cravou as unhas, mas não adiantou.

Edie não tinha ideia do que havia na pedra, mas sua intuição dizia que era mais forte do que qualquer outra coisa que ela já tinha visto.

Não conseguia imaginar que tipo de terror ou dor estava prestes a experimentar quando sua mão completou a jornada inexorável em direção à superfície espelhada.

Com um esforço final, ela jogou todo o peso do corpo para trás. Seus pés reagiram, batendo e espalhando uma pilha de papéis empoeirados sobre o piso. Mas foi inútil. Subitamente, sentiu sua mão ser sugada com violência, e acabou batendo com a palma aberta no centro do espelho negro.

O solavanco produzido pelo contato se fez sentir em seu corpo e em todo o ambiente circundante, emitindo uma silenciosa onda de choque nas camadas de poeira, soprando-as para o ar em torno dela. O impacto também apagou a vela e, por um instante, tudo ficou imerso na mais absoluta escuridão. Em seguida, houve o barulho de alguém riscando um fósforo; era o Caminhante reacendendo a vela. Ambos tossiram por causa da poeira que ainda se movimentava no ar.

Edie, porém, ao tossir, percebeu uma coisa extraordinária.

Ela não estava brilhando, como acontecia normalmente ao tocar as pedras. Não da maneira como já havia experimentado. O passado não estava se mostrando em *flashes* irregulares de dor.

Normalmente, o brilho não dava chance para qualquer outro pensamento até que seu ciclo se completasse. Mas com aquele espelho, a sensação foi diferente e não doeu de imediato. Ela ainda conseguia discernir as coisas, como a ausência de dor, por exemplo.

O instante traiçoeiro de surpresa e alívio durou pouco.

Ela não estava sentindo o passado na pedra.

Não estava sentindo nada.

Absolutamente nada.

Aquela pedra não era um depósito de dores pretéritas. O que quer que aquele objeto tinha testemunhado havia se transformado num vazio palpável, vazio este que Edie podia agora sentir. E tocar o vazio era, de fato, aterrorizante. Era como se estivesse tocando o exato oposto de todas as coisas: tudo à sua volta era *algo*, ao passo que tudo na sua mão, sugando seus dedos estendidos, não era *nada*.

O sentimento era tão estranho que, se tivesse que escolher entre enfrentar aquela realidade vazia ou a pessoa mais terrível e nojenta da Terra, ela teria escolhido o monstro sem pensar duas vezes, e não o espelho.

O vazio surrupiava e transformava tudo em uma equação muito simples: humana e desumana.

O que estava na sua mão era uma possibilidade de algo tão amplo e cosmicamente ruim que ela não conseguia focar a mente e decifrá-lo. E nem queria.

O Caminhante disse:
— Você sente isso.
Edie sussurrou:
— É o mal.
— É apenas diferente — ele sorriu. — O mundo está cheio de pessoas que estigmatizam o que são demasiado burras para entender com palavras, como o mal e o profano. É uma forma de poder que só os mais inteligentes e corajosos podem entender, e que me tornará livre e poderoso...

Edie ficou ofegante quando algo mais penetrou em sua consciência.

Ele perguntou:
— Você consegue sentir essas coisas?

Ela percebeu, horrorizada, que sim. A realidade sobre uma ausência ou um vácuo deveria, por sua própria natureza, ser também um vazio. Mas não era. Edie foi lentamente tomando consciência das coisas à beira do buraco negro no final de seu braço. Eram como sombras na escuridão, mudando e olhando para ela por cima da borda do nada. Ela tentou ver o que eram, mas sua mente e visão se afastavam a cada tentativa, à medida que as sombras se escondiam.

— Você vê as Presenças? — ele perguntou, ansiosamente.

Ela respondeu quase sem fôlego:
— Não. Mas elas estão aí...

Ele disse, exultante:
— Sim, sim! Mas não se preocupe. Ainda não. Elas não podem vir aqui a menos que uma porta seja aberta. E para que isso aconteça, precisamos de outro Espelho para acomodar os reflexos. Eu já tive o par de espelhos perfeitos, mas me

roubaram um deles antes que eu tivesse aprendido a usá-los com segurança, ou entendido como deter as Presenças dentro de limites seguros deste lado, quando elas aparecessem do vazio. O imbecil que me roubou pensou que eu ia desencadear o Final dos Dias ou alguma besteira semelhante.
Os olhos do Caminhante se encheram de ódio com a lembrança. Então puxou a adaga do braço da cadeira, olhou para ela, e deslizou-a de volta para a bainha do cinto.

— Depois eu encontrei o infeliz e acabei com ele, mas nunca mais achei o segundo Espelho. Tenho feito uma verdadeira varredura nesta metrópole desde então.

Ele sorriu de repente. E seu sorriso era pior do que o olhar de ódio.

— Mas agora que tenho uma fagulha e uma Mão de Ferro, poderei atravessar o obstáculo que há três séculos vem me impedindo de abrir as portas do Espelho.

De súbito, ele puxou o disco de ouro da chapa protetora, e a bola de cristal que estava em cima ficou girando com toda força. Na mesma manobra, deslizou o disco entre a mão de Edie e o Espelho Negro; e quando a ligação entre ela e o vazio foi interrompida, Edie sentiu uma dor abrupta e cruel, como se um membro lhe tivesse sido repentinamente amputado. Depois disso, sua mão ficou livre, e ela irrompeu em soluços.

Edie contorceu-se de dor quando sua mão se agitou no braço da cadeira, da mesma forma como os nervos de um peixe morrendo se contraem.

O Caminhante perguntou:

— E então? Não foi tão mal, foi?

Mal?

Tinha sido absolutamente terrível. Aquela superfície negra mexera com o equilíbrio de sua essência. Edie soube ter tocado em algo que os humanos não foram concebidos para ter consciência, muito menos para entrar em contato. Não tanto pela dor, mas pelo trauma; se sua mão estivesse livre, ela teria pegado a adaga e matado o Caminhante, apenas por tê-la feito tocar naquilo.

Ofegante, ela respondeu:

— Foi pior. Não foi como brilhar ao tocar em uma pedra.

— Claro. E, obviamente, o Espelho não é realmente pedra. Os cientistas, esses novos mágicos da sua era, dizem que o Espelho nunca foi uma pedra. É obsidiana, que se parece com uma pedra, mas é um tipo de vidro, um vidro vulcânico.

— É um vidro. Como...

Ele esboçou um sorriso amarelo:

— Sim, como a sua preciosa pedra do coração. Não se preocupe. Guarde-a por agora. Você vai precisar de toda a sua força.

Com um braço, ele apontou para os pacotes embrulhados nas prateleiras. Todos continham pedras.

— Você vai ter que tocar todas essas pedras pretas. Passei muito tempo juntando-as, como você pode ver pela quantidade. A minha esperança era de que algum dia tivesse a sorte de encontrar um Fazedor-Chefe e uma fagulha, e que eles pudessem me dizer qual desses itens irregulares mais se aproxima da sensação causada pelo Espelho Negro.

Nesse momento, tudo ficou claro para ela.

— Você acha que George pode fazer um novo Espelho para você?

— Eu sei que ele pode.

— Mas ele não é pedreiro, ou qualquer coisa semelhante. É só um menino.

— Não estamos falando de uma habilidade aprendida. Quando você escolher a obsidiana certa, seu amigo vai sentir a forma que deve dar a ela. Está na linhagem dele.

Edie balançou a cabeça.

— Não. Ele não vai fazer isso por você, mesmo que tenha esse poder. Nunca.

O Caminhante disse com simplicidade:

— Mas ele vai fazer isso por você, para salvá-la.

E com uma sensação angustiante que lhe apertou o peito, ela sentiu que ele estava certo.

O Caminhante soltou o braço direito de Edie de qualquer jeito, libertando-o das amarras. Apontou para as prateleiras e afirmou:

— Vou desembrulhar aquelas pedras. E você vai senti--las. Terá que me dizer qual é a que se assemelha ao Espelho de obsidiana.

Depois a encarou. Ela estava tentando se livrar do medo e voltar a pensar direito novamente.

— Certo!

Isso iria lhe dar mais tempo. Pelo menos agora, uma de suas mãos estava livre, mesmo estando a outra fortemente amarrada à cadeira pesada.

— Soltei sua mão para que possa alcançar todas as três prateleiras. Se você me desobedecer, soltarei os cachorros em cima de você. Entendido?

Ela ouviu os dois mastins famintos farejando sob a porta e fez que sim com a cabeça. O Caminhante seguiu em direção à prateleira mais distante de Edie, desembrulhando pacote após pacote, revelando pedras pretas de diferentes formas e tamanhos.

— Algumas são obsidianas, outras meras pedras. Eu não sabia a diferença quando comecei minha coleção. Mas não se preocupe. Basta tocar o vidro preto — disse ele enquanto se afastava.

A palavra "pedra" fez com que Edie tivesse uma ideia. A faixa que imobilizava seu outro braço tinha apenas um centímetro de largura, embora fosse bastante resistente. Rompê-la não parecia algo impossível. Ela só precisava da ferramenta certa e do momento apropriado.

Tudo iria depender do Caminhante.

Ele ordenou:

— Vá em frente.

Ela respirou fundo e tocou a placa de pedra mais próxima. Tinha o mesmo tamanho de uma lista telefônica.

Ela teve um espasmo ao sentir a memória que estava gravada ali.

Uma mulher de cabelos ruivos chorava; vestia um casaco verde e estava na cadeira na qual Edie estava sentada.

Com toda força, a mulher segurava uma pedra do coração que ardia em chamas, e que estava presa à lapela de sua roupa como se fosse um broche. O cabelo dela era grande, como o de uma mulher de astronauta em um curta-metragem dos anos 60. Devido ao choro, o rímel espesso que tinha passado nos olhos corria e manchava seu rosto.

Ela gritou assustada quando o Caminhante chegou e arrancou a pedra do coração de sua mão.

Edie teve uma convulsão ao sentir a onda irreparável de angústia que tomou conta da mulher quando esta ficou sem a pedra.

Ouviu o Caminhante dizer:

— Tente outra e você terá sua pedra de volta...

A visão do passado acabou, e era ela mesma que estava amarrada à cadeira. Então tentou entender o que tinha acabado de ver.

— Você fez outras fagulhas testarem essas pedras.

Ele acenou com a cabeça:

— Ignore as memórias delas. A dor que sentem é... Uma pequena distração. Encontre para mim a pedra que pode conter uma porta, um portão ou um portal. Toque todas elas. Agora!

— Ele bateu no cabo da adaga. — Experimente me frustrar escolhendo a pedra errada e eu esfolo o menino bem na frente dos seus olhos. E aí você vai assistir à vida dele se transformar numa poça de sangue a vazar pelas fendas destas tábuas de madeira.

— Mas por que você precisa de mim, se já teve outras testando as pedras? — Edie perguntou, em uma última tentativa de adiar o inevitável.

— Porque a natureza do vazio do Espelho muda com o tempo. É como se tudo além da porta do Espelho se movesse. Para detectar a sintonia entre os dois espelhos certos a combinação perfeita é uma fagulha e um Fazedor-chefe. Por isso, ter você e seu amiguinho nas mãos é algo tão auspicioso.

Edie sinalizou com a cabeça, virando-se lentamente para tocar a próxima pedra. E depois outra.

E assim começou a mais longa hora de sua vida. A maioria das pedras tinha pelo menos uma memória impregnada de angústia de fagulhas anteriores, por vezes, mais do que uma. Edie perdeu a conta de tanta dor e tantos rostos de desespero que se amontoavam à medida que arrastava a cadeira com rodas, tocando pedra após pedra.

O tormento se mostrava por meio de faces e gritos que se mesclavam.

Edie sentia como se estivesse se afogando em um mar de lágrimas intermináveis. Começou a se convencer de que aquilo se estenderia para todo o sempre. Apenas a proximidade da pedra do coração no bolso a mantinha firme, pois representava sua última pontinha de esperança, seu secreto e desesperado plano de fuga, um plano que só poderia ser executado quando todos estivessem no lugar certo. A tarefa era tão árdua — ver a agonia de mulheres e meninas desesperadas — que quando ela encontrou uma pedra vazia, chorou de alívio.

O Caminhante nem precisou perguntar se aquela era "a" pedra. Só olhou de onde se mantinha curvado, à luz da vela, vendo os papéis soltos, e sorriu.

— Bom.

Edie encostou-se à prateleira enquanto ele passava por ela e levava a última pedra até a mesa. Assim que ele se afastou, Edie pegou uma placa de obsidiana de uma das prateleiras e observou se ele ainda estava se afastando.

Quando ele chegou à mesa e colocou com cuidado a pedra vazia na superfície próxima ao Espelho Negro, ela respirou rápido e fundo. Então fechou os olhos.

Levantou a placa pesada e, num golpe, a jogou sobre outra de mesmo tamanho.

Ouviu um barulho agudo e sentiu pedacinhos de pedra passarem voando perto do rosto. Algo picou sua orelha, mas ela ignorou e abriu os olhos. Com certeza, a obsidiana tinha quebrado, deixando fragmentos finos por toda a prateleira.

O Caminhante gritou:

— O que você está fazendo?

O barulho fez com que os cachorros do lado de fora começassem a latir furiosamente. Edie não poupou nem um milésimo de segundo esperando pela reação do Caminhante. Se ele fosse estragar seus planos, ela logo ficaria sabendo. Sua mão livre correu para os restos de pedra e agarrou um caco longo e afiado como uma navalha. Ela pegou o caco pelo lado errado, mas conseguiu girá-lo no ar, de forma que a ponta afiada da lâmina ficasse à mostra. Feito isso, cortou o material que prendia o pulso de sua outra mão.

A lâmina de obsidiana, mais afiada do que o mais afiado dos bisturis, tendo sua borda a espessura de uma única molécula, parecia assobiar ao cortar o ar e atingir a faixa firme, rompendo-a num segundo.

Sem parar, ela manteve o impulso do golpe e empurrou a cadeira pesada onde estava sentada de encontro ao Caminhante.

Pego de surpresa pelo ataque frontal, ele bateu na madeira sólida da cadeira e caiu.

A vela sobre a mesa caiu com o impacto, mas não apagou. Ficou a rolar por entre algumas das folhas de papel soltas que Edie tinha mandado aos ares quando entrara em convulsão.

Com uma das mãos, o Caminhante conseguiu agarrar uma ponta da jaqueta que ela vestia. O rosto dele, normalmente sarcástico, estava vermelho de tanta raiva e dor.

— Você vai me pagar, sua pequena bruxa maldita! — gritou tão alto como um trovão, tentando arrastá-la até ele.

Edie disse calmamente:

— Você também. E não me chame de pequena!

E com toda força e sangue-frio, ela passou a lâmina de obsidiana no rosto dele.

Assim que ele a soltou, ela nem esperou para ver por que ele berrava tão alto. Simplesmente saltou por sobre seu corpo arqueado, atravessou a sala e agarrou outro pedaço grande de pedra da prateleira mais próxima. Esse pedaço era tão pesado, que mal conseguia levantá-lo, e com a última de suas forças, atirou a pedra pela janela de vidro. A neve invadiu a sala com uma rajada de vento, enquanto ela saltava para a escuridão da noite, sem um segundo de hesitação.

Seu único pensamento era o de que, por tudo o que sabia, corria o risco de quebrar o pescoço. Mas sabia também que qualquer coisa era melhor do que permanecer naquela sala, perto do vazio que a puxara para dentro do Espelho Negro.

39

AS BADALADAS DA MEIA-NOITE

GEORGE APERTOU O CHICOTE na mão e apoiou as costas contra a enorme pedra de calcário que servia de pedestal para o canhão. Havia milhares de perguntas que gostaria de fazer ao Oficial, mas antes que pudesse escolher quais delas faria, ouviu o som familiar e alto de um sino a iniciar as badaladas da meia-noite. Era o famoso *Big Ben*, marcando a virada do dia do alto de seus quase cem metros de altura. E embora estivesse acostumado a ouvir o velho sino no rádio, marcando as horas antes das transmissões de notícias, agora George pode ouvi-lo diretamente pelo ar da noite, como se fosse pela primeira vez. Ele ouviu o carrilhão avisar uma, duas, três, quatro vezes e, depois de uma pausa significativa, ouviu as badaladas majestosas e solitárias do grande sino a contar as horas. E conforme as ouvia, pensava no que seu pai costumava dizer ao voltarem para casa depois de uma aventura ou de qualquer tipo de diversão. Ele olhava para o cabelo de George, deplorável e desgrenhado, e sem se importar com que hora do dia realmente fosse, dizia:

— Bem, nós fizemos isso, não foi? Ouvimos as badaladas da meia-noite.

E tal memória desapareceu quando ele tomou consciência de algo mais presente e cada vez mais insistente.

A cada badalada, sentia como se algo nele estivesse mudando. E não só ele, mas também os arredores de onde estava. Quando a cidade escura empalideceu sob a luz do inverno rigoroso, sentiu o corpo enrijecer e tornar-se mais denso. Por um momento, pensou estar se transformando em uma estátua. Seus pés ficaram pesados e cada vez mais volumosos. Suas roupas pareciam mais pesadas, e cada vez menos confortáveis, arranhando e coçando. Por um instante, esqueceu-se do próprio corpo e se concentrou no prédio de quatro andares diante dele. A cada badalada do sino, o prédio ia desaparecendo. Em seu lugar, começavam a surgir árvores cobertas de neve, sem folhas nos galhos finos. Acima das árvores, George podia ver um céu meio opaco. Ele sentiu uma brisa gelada massagear seu rosto, e quando instintivamente pôs-se a fechar os botões do casaco curto que vestia, suas mãos encontraram lona dura, botões de metal e tiras de couro.

Ao olhar para baixo, viu o pedestal de bronze escuro desaparecer; em seu lugar, marcas de ferraduras e rodas podiam ser vistas no chão lamacento.

Rapidamente deu-se conta de que as botas que usava não eram as suas, ou melhor, as que tinha pego no edifício em construção. Estava calçando botas iguais às do Artilheiro: a proteção de couro para a perna de um lado e o cordão apertado das polainas sobre a outra perna. A única diferença entre as que usava e as do Artilheiro era que as deste eram de bronze, enquanto as de George eram reais. Não só as botas.

Estava usando polainas, calça do exército feita de lã, bolsa e coldre de lona e couro pendurados, tão reais quanto a lona dura que ele usava como capa. George olhou suas mãos e viu que eram de carne humana e que continham sangue. Mas não eram mãos de menino, e sim de um homem crescido; talvez fossem suas mãos no futuro — grandes e fortes, sujas e calejadas como que acostumadas ao trabalho duro.

Em algum lugar de sua mente, a noção de que era um menino de quase treze anos foi desaparecendo lentamente, fazendo com que George percebesse algumas mudanças bem significativas em si mesmo.

Colocou as mãos no rosto, e mesmo sem um espelho, podia jurar que aquele não era o George que conhecia: o queixo estava coberto de pelos duros e estranhos, o nariz era maior, tudo no rosto estava mais amplo, mais achatado e em mau estado; a pele parecia, de alguma forma, mais grossa e mais elástica à medida que ele a massageava contra os ossos da cabeça. Na verdade, todo o seu corpo parecia mais denso e rígido. Era como se o seu centro de gravidade estivesse mais abaixo, como se a força daquela gravidade tivesse dobrado. Ele não se sentia mais leve nos pés, e a causa disso era uma reconfiguração dos músculos e um espessamento dos ossos. Tornara-se mais volumoso e forte, mas também um tanto triste e curioso, como se tivesse perdido algo irrecuperável durante aquela metamorfose repentina, algo do tipo que não se percebe até que se tenha perdido. Ele já não se sentia capaz de correr a todo vapor desde *St. Pancras* até o *Hyde Park*. Seu corpo tinha avançado rapidamente uns quinze anos, perdendo toda a leveza durante o percurso. Parecia maciço e mais material. Não que tivesse engordado, apenas ficara mais forte, como uma tímida muda de planta que se tornara um tronco sólido.

O que George sentia era o peso inevitável do envelhecimento.

Uma coceira insistente o tirou de suas observações. Nisso ele olhou para o céu de brigadeiro do inverno, para os galhos das árvores e ficou maravilhado com o esplendor. Até que ouviu uma voz grave dizendo:

— Pensei que fosse meia-noite.

Com assombro, percebeu que a voz tinha saído de sua própria boca. Nessa hora, todos os sons daquele ambiente se fizeram notar.

Ouviu-se um ruído e um disparo a distância, e um chiado de motor mais fraco por detrás. Ele escutou o barulho de chicote e de rodas, de homens em movimento, de metal batendo contra o metal, dentre muitos outros que não conseguia identificar direito.

Alguém perto dele deu uma tossida. George virou-se e deu de cara com o Oficial.

— Pensou que fosse meia-noite, Artilheiro?

George então lembrou-se das últimas horas: os voos, a correria e os duelos. Olhou atentamente ao redor até que sua ficha caiu. Como anunciado pelo Oficial, ele estava bem no meio do inferno.

Um cavalo estava pendurado de cabeça para baixo em uma árvore, tinha sido arremessado contra um tronco afiado que lhe transpassara o corpo. As patas apontavam para o céu, em uma imitação obscena dos ramos que o peso do seu corpo tinha quebrado. O animal estava congelado e imóvel.

As outras árvores ao redor pareciam ter sido picadas e rachadas por algum gigante perverso; seus troncos, despedaçados e destruídos, abriam rachaduras na terra em ângulos absurdos. Abaixo, o próprio chão estava rasgado em sulcos grosseiros e buracos feitos por bombas. Acima do solo só havia arames farpados, detritos de guerra e homens correndo.

O Oficial estava de pé na frente de George, ainda carregando seu sobretudo. Ele também se transformara em um homem de carne e osso.

— Não, senhor. Desculpe, senhor. Estava sonhando acordado.

As palavras saíram da boca de George como se ele estivesse ligado no piloto automático. Certamente, em plena consciência, não chamaria aquele homem de "senhor".

— Bem, então acorde e cubra aqueles cavalos de pau antes que o avião de reconhecimento volte.

George olhou para o horizonte e viu um pequeno biplano que se movia lentamente contra a luz. E percebeu que ele era a fonte do zumbido distante.

— Sim, senhor — ouviu a si mesmo dizer, e viu sua mão em continência junto ao capacete metálico. Mais uma vez, ele não tinha pensado em fazer isso, mas sua parte consciente parecia não ter mais controle sobre aquele corpo. Não se sentia dividido, apenas um pouco deslocado, e aquele deslocamento tornava suas ações meio confusas.

Ele viu, por cima do ombro, sua mão acariciar o focinho de um cavalo. Sua parte chamada "George" não entendeu nada. Nem sequer sabia que havia um animal atrás dele.

Então ouviu a si mesmo dizer:

— Vamos encontrar um esconderijo melhor.

Virou-se e pegou duas rédeas. À sua frente havia dois cavalos marrons. Logo atrás era possível ver um par de canhões sendo preparados por equipes de artilheiros, que trabalhavam rapidamente para movê-los até a beira de uma cadeia de montanhas baixas. Alguns vestiam sobretudos e cachecóis, enquanto outros usavam coletes ásperos de pele de carneiro, contudo, todos tinham capacetes metálicos e olhares destemidos, como se estivessem trabalhando contra o relógio.

George podia sentir seu coração batendo forte por causa da adrenalina.

Percebeu que havia um enorme sentimento de apreensão no ar, como se algo muito ruim estivesse para acontecer. Conseguia ver, nos rostos tensos ao redor dele, que todos sentiam o mesmo. Era como se alguém estivesse tocando uma interminável nota aguda em uma só corda de um violino. Uma nota sutil, quase imperceptível, porém audível e persistente o bastante para ser dolorosa.

Sua boca estava seca e ele sentiu que poderia matar alguém só para conseguir uma xícara de chá, o que era estranho, pois o George normal não gostava de chá.

Dois observadores de artilharia estavam recebendo ordens do Oficial. Um deles carregava um periscópio de trincheira amarrado às costas. Os dois concordaram com algo que o Oficial disse e seguiram para a cadeia de montanhas, mantendo-se abaixados. Levavam um rolo de cabo telefônico, que se desenrolava enquanto corriam.

Quando já tinham percorrido uma boa distância, um deles tropeçou e caiu imóvel. O outro homem continuou correndo com o rolo até desaparecer nas montanhas.

O Oficial disse um palavrão e mirou o binóculo em direção ao soldado caído.

George sentiu os cavalos puxarem contra as rédeas e se viu correndo para longe das armas, levando-os até as ruínas de uma casa ao final de um declive. Abaixou as cabeças dos animais para que passassem sob um arco baixo, e não ficou surpreso ao encontrar mais dois cavalos já mancando e esperando; os focinhos dos animais se confundiam com os embornais, cujos conteúdos eles mordiscavam com satisfação. Exceto pela falta de um teto, as paredes protetoras da ruína davam-lhes boa cobertura. Bem acima deles, George ouviu o motor distante ficando mais alto.

Havia outro soldado agachado junto a uma parede, tentando acender o fogo sob uma chaleira grande e enegrecida. Seu capacete estava no chão, ao seu lado, e ele usava um dos coletes ásperos de pele de carneiro.

Ele disse:

— O carvão já vai acender. Diga-lhes que se acalmem.

George descobriu-se amarrando os cavalos como se tivesse feito isso a vida toda. A outra parte dele, a que não correspondia ao artilheiro experiente, observava os ombros e cabelos do outro soldado, que agachado junto à pequena fogueira, fumava sem usar as mãos. George conseguiu ouvir o sugar de suas tragadas à medida que ele se abaixava diante do fogo fraco, olhando para algo que estava em sua frente.

George focou no que estava vendo, tentando não pensar no motivo pelo qual o homem que carregava uma das pontas do rolo de cabo telefônico não levantou mais depois que tinha tropeçado.

O cabelo do soldado era escuro como o de George, e curto atrás e nos lados. Quando ele passou a mão pelo cabelo, George sentiu um tranco na boca do estômago, tamanha a familiaridade do gesto. Subitamente, desejou congelar aquele momento. Sentiu um inesperado temor pelo que aconteceria a seguir.

O homem tirou o toco de cigarro do canto da boca e o jogou no fogo. Depois ficou em pé, alongou os braços e se virou.

O coração de George parou.

Qualquer coração pararia se visse o impossível acontecer.

Qualquer um se esqueceria de respirar.

Qualquer garganta engasgaria a ponto de deixar escapar uma pequena e única palavra.

Uma palavra tão pequena como:

— Pai?

E os olhos que ele conhecia tão bem, os olhos enrugados que nunca mais tinha visto, encararam os seus. Uma sobrancelha levantou mais alto do que a outra, em uma expressão que George não apenas se lembrava, mas que também havia praticado exaustivamente na frente do espelho nas semanas após o funeral, para que nunca se esquecesse. As portas do seu coração se abriram e ele sentiu o corpo leve novamente. Sem pensar, correu em direção ao soldado.

Mas este lhe deu um riso desconcertante ao ouvi-lo chamar daquele jeito.

— Quem você está chamando de pai, companheiro? Acho que sou mais novo do que você...

E George parou de repente ao perceber que, embora os olhos do soldado estivessem sorrindo, bem-humorados, não havia qualquer reconhecimento neles.

Então o chão pulou sob suas botas quando a primeira bomba explodiu.

40

A ÚLTIMA GARGALHADA DO ARTILHEIRO

O Artilheiro estava afundado até o pescoço. O buraco que começara a fazer tinha alcançado uma profundidade considerável. Removido o esqueleto que estava a bloquear o escoamento na base do tanque, o Artilheiro agora podia sentir uma pequena correnteza na altura dos tornozelos.

Ele prendeu a respiração e mergulhou. Com certeza, a água estava passando por um arco baixo que vinha até um pouco abaixo de seus joelhos. Ele tentou remover com as mãos as barras descamadas que bloqueavam a entrada, mas sem muito sucesso. Então se levantou e começou a chutar o metal antigo com as botas. Conforme fazia isso, visualizou a cara sarcástica do Caminhante sendo castigada por seus chutes. E isso permitiu que ele superasse a exaustão que tomava conta do seu corpo e abrisse um espaço pelo qual pudesse rastejar.

Com muito cuidado, alcançou a beira do buraco e puxou o pacote de pedras do coração que estava escondido em sua capa, depois acendeu o último fósforo. O esqueleto da menina emanava uma luz branca e brilhante. Ele havia distribuído os pedaços de vestido sobre ela da forma mais decente possível, e também coberto seu rosto. Ao olhar para aquele cabelo comprido, pensou em Edie. Lembrou-se da forma pálida e trêmula que ela tinha ficado ao ser separada de sua pedra do coração, de como a vida parecia ter saído dela e sido substituída por um enorme e penetrante medo. Quando o fósforo caiu na sarjeta e a escuridão voltou, ele imaginou como Edie ficaria assustada se fosse deixada em um lugar como aquele, sem o conforto de sua pedra de aviso.

Ele parou por um momento. Pegou um dos discos de vidro do mar e um pequeno pedaço do vestido que cobria o esqueleto caído. Em seguida, embrulhou a pedra do coração com o pano, para que nenhuma luz brilhasse caso o Caminhante aparecesse.

Ele se aproximou do esqueleto da menina e colocou o bem enrolado pacote de pano junto ao pequeno coraçãozinho que um dia tinha batido. Ele disse:

— Durma bem, anjinha. Ele não pode mais lhe machucar.

Feito isso, agarrou o pacote de pedras do coração e o soltou de volta ao buraco. *Splash!* Mesmo sabendo que podia mover-se debaixo d'água sem a necessidade de respirar, não sentia, lá no íntimo, que seria capaz de fazê-lo. O motivo era simples: havia uma diferença entre quem ele era — uma estátua de bronze, e quem fora feito para representar — um homem. O "lado homem", que havia sido incutido pelo fazedor, ia passar por todas as agonias de afogamento, mesmo que o "lado estátua" não fosse morrer.

Mesmo sem ter um relógio para consultar, ele sabia que já era quase meia-noite e que estava prestes a morrer como uma estátua.

Mesmo assim, decidiu continuar, pois o objetivo principal era esconder para sempre das garras do Caminhante as pedras do coração que ele tanto valorizava.

Ele proclamou na escuridão:

— Quem ri por último, companheiro... Ri muito melhor...

Ele pegou o capacete em uma das mãos, e o pacote de pedras do coração ficou na outra. Então respirou fundo, mergulhou por baixo da onda e forçou o corpo para dentro do estreito duto.

Manteve os olhos abertos, mas também poderia tê-los fechado. Os fragmentos irregulares de metal raspavam contra o cascalho no tubo. Mas à medida que avançava o corpo pela passagem, o cascalho ia diluindo e ele se viu rastejando sobre uma camada de lodo e água, em cima de algo que cedia conforme seus movimentos.

Ao avançar, sentiu a agonia pela falta de oxigênio atingindo os pulmões e apertando sua garganta e esôfago. Seus olhos se arregalaram e a boca começou a exercer uma força contra si mesma — o reflexo automático da respiração.

Enquanto lutava contra aquele reflexo, seus dentes rangeram e ele continuou avançando cegamente. A parte do seu cérebro que ainda resistia ao horror da falta de ar sabia que ele estava rastejando para a morte. O fato de estar escondendo os preciosos discos de vidro do Caminhante o motivou em sua tentativa inútil de sobrevivência, e fez com que ele se mantivesse fiel a esse objetivo mesmo quando sua força de vontade finalmente entregou os pontos ao inevitável, permitindo que a boca se abrisse e a água entrasse.

Em seguida, contorceu o corpo até ficar virado de frente para o céu invisível acima do solo, para que não morresse de bruços. Afinal de contas, já que talvez fosse sua última escolha, desejava olhar para um lugar onde talvez existissem finais mais felizes do que a morte solitária que viria buscá-lo à meia-noite.

41

O LAÇO PARTIDO

O CHÃO TREMEU COM A BOMBA. George ficou caído sobre um dos joelhos. Devido ao barulho, os cavalos se mexiam nervosamente. O soldado parecido com seu pai corria pelo local atingido e dizia palavrões em direção ao céu. Irritado, pegou a metralhadora *Lewis* que estava em uma bancada próxima ao muro baixo e preparou a mira enquanto se ajoelhava e a apontava quase que completamente na vertical.

Assim que ele abriu fogo, George percebeu que tinha agarrado as rédeas dos cavalos e que estava puxando suas cabeças, os acariciando e acalmando. Tudo automático, claro. Mas sua iniciativa foi interrompida pelo som pesado das balas que saíam da metralhadora.

George olhou para cima e viu um biplano amarelo e preto voando tão baixo, que se podia ver claramente os óculos no rosto do observador que estava sentado atrás do piloto, à medida que ele se inclinava e jogava uma bomba com a mão.

Ele teve a sensação de que o mundo passou a girar devagar enquanto a pequena bomba vinha em sua direção; mas por mais lento que aquilo estivesse acontecendo, ele não teria tempo para correr.

Ele não correu, em vez disso, um impulso inconsciente tomou o controle de seu corpo. O instinto de artilheiro passou a dirigir seus movimentos, fazendo-o virar as costas para a explosão e proteger as cabeças dos cavalos com os braços estendidos.

A bomba caiu em algum lugar além dos muros da ruína, e mesmo com a queda de alguma coisa do outro lado do muro, que fez a poeira saltar para fora das fissuras entre os tijolos, George e os cavalos não se machucaram. A metralhadora *Lewis* ficou subitamente em silêncio.

George olhou e viu com alívio que o soldado ainda estava inteiro, apenas tentando carregar um novo tambor de munição.

O soldado xingou:

— Maldito avião de reconhecimento. Vamos ficar vulneráveis agora.

O homem olhou para o avião que já estava distante e balançou a cabeça em sinal de desgosto, bravo consigo mesmo por ter errado.

— Não entendo por que me deixam desperdiçar munição com esse treco.

Ele guardou a metralhadora e se virou para George com um sorriso triste.

George então percebeu que o soldado tinha razão.

Aquele homem tinha o rosto de seu pai. Sem dúvida, era o mesmo das fotografias antigas que ele vira, fotografias estas da época em que George ainda não tinha nascido.

O soldado viu algo no chão entre eles e se curvou para pegar. Era um livro fino de bolso com uma capa de couro vermelha, do qual diversas fotografias em preto e branco tinham caído e se espalhado pelo chão. George pegou as que estavam mais próximas dele antes que os cavalos inquietos prensassem os cascos sobre elas. Em uma delas havia uma menina de olhos brilhantes, usando um chapéu largo e sorrindo timidamente, mostrando um monte de dentes e pescoço e ombros, na frente de um vaso de plantas. Em outra, a mesma menina aparecia sentada em uma poltrona em frente a um fundo pintado de rosas. Ela segurava, um pouco sem jeito, um pacote embrulhado no colo e o inclinava. A câmera capturou o olhar arregalado do pequeno bebê.

O soldado perguntou:

— Você vê o cavalo na árvore?

George sinalizou que sim com a cabeça, não confiando em si mesmo para falar.

— É uma pena. Já vi muitas coisas, mas animais? Que absurdo. Não podemos deixar que eles vençam, certo?

George concordou com a cabeça, e então percebeu que o soldado estava com a mão levantada, esperando as fotografias que tinha recuperado.

— Desculpe-me — disse e entregou as fotos.

O soldado olhou para elas com tristeza.

— Minha esposa.

— Muito bonita. — George engoliu em seco.

O homem sorriu com orgulho.

— Ela precisa ser. É uma atriz.

— Legal.

George estava, de alguma forma, se limitando a palavras curtas.

— Ela é uma garota diferente, tem um pouco de cantora e um pouco de dançarina.

O rosto que se parecia com o do seu pai fazia caretas enquanto pensava, e George viu algo cru e vulnerável nele que não costumava ver.

— Alguns dos meus amigos acham que ela é um pouco inconstante, mas não a conhecem direito. Ela só... Gosta de atenção. Não há nada de errado nisso.

George percebeu que o soldado estava buscando apoio, e sentiu-se constrangido com a vergonha e vulnerabilidade mostradas naquele rosto. A imagem que tinha do pai era de alguém seguro, nem de longe vulnerável como aquele homem que tinha diante de si.

— Não — George deu de ombros, tentando fugir do assunto. O soldado olhou para a foto com o bebê e passou o polegar sobre sua pequena face. Então olhou para o céu.

— Talvez um aperto seja o suficiente. Talvez diminua um pouco.

— Talvez não.

As palavras saíram da boca de George antes que pudesse detê-las. Soaram secas e grosseiras.

— Pois bem. Se não der certo, pouco importa. Pelo menos tentamos, certo?

Ele acenou com a foto do bebê, e então deslizou as fotos de volta para as páginas impressas do livro.

George concordou. Olhos parecidos com os do seu pai o encararam.

— Você tem um alicate, camarada?

A pergunta pegou George de surpresa.

— Claro que não...

— Peguei você de surpresa, não foi? — Ele balançou o pequenino romance antes de guardá-lo no bolso, e agachou-se para pegar a chaleira que estava fervendo. Depois continuou falando sem olhar para os lados: — É como um livro, não é? Em um minuto você é o herói de sua própria história, no outro, sua garota produz esse pequeno átomo e, apesar de ser tão pequeno, ele faz algo acontecer e você vê que estava tudo errado, que você não é, nem nunca foi, o herói da história. E aquele lugar que você achava ser o centro do seu próprio equilíbrio é apenas a extremidade de um lugar muito maior, que estava lá o tempo todo, só você que não via...

Sua voz tornou-se pensamento e, por um tempo, tudo o que George ouviu foi o som metálico dos copos, da chaleira e das panelas de estanho. Então o homem se virou e sorriu, obviamente tentando não assustar George com uma cara de desgosto.

— Mas tudo bem. Tudo fica mais fácil assim. E também mais difícil, com a preocupação e a responsabilidade. Só que no fundo você se sente feliz porque mesmo que um maldito tiro lhe derrube, você participou de algo importante, certo?

Ele ofereceu um copo fumegante para George, que o pegou e agradeceu. Tomou um gole e engasgou quando o líquido queimou sua boca. O outro soldado pareceu não notar.

— Na verdade, nunca vi o moleque, nunca o peguei no colo, mas se eu morrer e nunca voltar a *Blighty*, minha esposa vai contar para ele tudo sobre mim. Tenho certeza. E aí ele vai saber que eu... Você sabe, o que eu...

Não terminou a frase porque uma marreta gigante acertou a terra com um impacto que os derrubou, e a onda de choque fez com que os ouvidos de George ficassem temporariamente surdos. A única coisa que podia sentir era o pânico súbito do sangue pulsando na cabeça.

Suas mãos apalparam o corpo, e ele ficou chocado ao encontrar umidade sobre ele. Esperou pela dor da ferida que jorrava, mas tudo o que aconteceu foi sua audição começar a voltar lentamente, e viu o rosto de seu pai pairando sobre ele em um capacete de estanho.

— Desperdício de um bom chá, camarada — ele sorriu e estendeu a mão para baixo. George se deixou ser puxado. Então olhou para baixo e descobriu que não havia nenhum ferimento desfigurando seu tronco e pernas, apenas o conteúdo pingando de sua caneca de estanho.

Outra pancada no chão, dessa vez vindo de mais longe, do outro lado dos escombros. O soldado fez uma careta. Foi uma expressão tão dolorosamente familiar, que George não conseguiu deixar de acreditar que aquele era o seu pai. Não era apenas uma mera semelhança, era a carne reconhecendo a si mesma.

— Tiros localizados. Os malditos alemães descobriram nossa posição. As coisas vão piorar bastante antes que melhorem.

De forma surpreendente, agora que estavam em ação, George viu que a vulnerabilidade e as dúvidas tinham desaparecido dos olhos do pai. Ele estava confiante novamente, mais parecido com o homem corajoso e admirado por seu filho.

E então George voltou a ser um soldado — não um menino preso em um sonho bom prestes a virar um pesadelo — e ficou ocupado cuidando dos cavalos quando uma nova série de explosões começou.

— São os nossos inimigos atacando novamente. Vamos tentar revidar, talvez consigamos acertá-los antes que nos mandem para os ares! — seu pai gritou, abaixando-se à medida que algo passou zumbindo próximo à cabeça dele.

— Faremos duelos de artilharia, da mesma forma que cavalheiros ofendidos costumavam resolver suas diferenças no passado. Mas vou dizer uma coisa, não há nada de cavalheirismo aqui: é matar ou ser morto. Devemos lembrar que o diabo sempre leva aquele que não aguenta a pressão.

BOOM. Uma bomba caiu sobre os destroços do muro, fazendo com que os dois desviassem, no reflexo, de uma chuva de juncos secos e pó de gesso.

— E um feliz Natal para você também, Fritz. — Seu pai sorriu, uma luz ardente emanava dos olhos dele.

Os cavalos estavam resistindo e puxando o arreio em terror. Então se ouviu um estalo e um *bang*. Algo passou raspando sobre a cabeça de George, e outra coisa resvalou com força no protetor de couro em sua perna. Ele teve que se segurar no arreio de um dos cavalos para manter-se de pé e, em seguida, o cavalo começou a relinchar e tremer, tentando se soltar; e quando George olhou para baixo, viu fumaça saindo da perna do animal.

A visão do sangue, o trovão crescente do bombardeio e a proximidade das bombas começavam a aterrorizá-lo. Uma voz dentro de sua cabeça se insinuou, lembrando-o de que ele poderia sair daquele inferno, bastava que pisasse fora do pedestal.

Era uma tentação muito forte, uma passagem instantânea para casa.

Ele sentiu o vibrar assustado do nariz do cavalo, macio debaixo de sua mão. Sem pensar duas vezes, agachou-se, tateando um dos sacos pendurados em seu cinto à procura de um curativo.

    Ele gritou:

— Aqui, preciso de ajuda! Segure a cabeça dele!

    E o soldado com o rosto de seu pai agarrou a cabeça do cavalo e começou a tentar acalmá-lo. George se viu agachar para remover o fragmento vermelho e quente de metal da perna do cavalo, sem qualquer hesitação. Sentiu os dedos queimando à medida que puxava o metal do músculo trêmulo, e assim que o sangue começou a jorrar do ferimento, ele imediatamente colocou um grosso curativo e o pressionou para estancar o sangue. Com a outra mão, soltou a atadura e a passou em volta da perna, ajustando sua pressão aos poucos.

    Ignorando o fato de o chão estar cedendo ao seu redor, George pressionou o curativo com mais força, passando o rolo em ambos os lados da perna até o fim. Então se inclinou, rasgou a ponta final da atadura com os dentes e torceu as pontas que tinha feito, amarrando-as em seguida.

    A perna do cavalo continuava tremendo, mas ele parecia contente ao ver que o sangue não vazava pela gaze.

    O soldado disse:

— Bom trabalho.

    George percebeu que ele estava sorrindo satisfeito, enquanto segurava um pouco abaixo das narinas dilatadas do cavalo.

    George se levantou e colocou o braço em volta do pescoço do cavalo, acariciando-o para acalmá-lo.

Subitamente, ouviu-se um estrondo, e eles ficaram esperando imóveis, um de cada lado do pescoço do cavalo. George viu o olho do animal com extraordinária clareza, e pensou que nunca tinha visto um castanho tão profundo e bonito. Em seguida, seu olho foi distraído por algo vermelho, e seu foco mudou para uma joaninha que caminhava calmamente pelo couro do freio, indo em direção à mão de seu pai que descansava entre as orelhas do cavalo. George olhou para o céu e percebeu que este não estava opaco, como tinha pensado inicialmente, mas colorido com um azul sutil, acompanhado por um tom verde requintado. Era como se o momento de silêncio e o fato de que a morte poderia vir implacável pelo céu a qualquer momento fizessem com que George vivenciasse tudo com mais intensidade.

De repente, George soube, em uma espécie de extensão de sua conscientização, que aquele era um momento extraordinariamente precioso, que tinha de ser aproveitado antes que fosse eviscerado pelo próximo bombardeiro. Tinha algo a dizer ao soldado que era e não era seu pai. Era mais do que uma oportunidade: uma chance única de falar o que estava entalado na garganta havia anos.

Ele se virou e olhou nos olhos do pai, sua boca abrindo para dizer o que queria, mas o pescoço do cavalo obscurecia o rosto do soldado e tudo o que podia ver era o topete desarrumado e enrolando dele, para cima e para fora da cabeça; e assim que se moveu para ver melhor, ouviu-se uma nova explosão, não muito perto, mas o suficiente para que ambos abaixassem as cabeças. Em seguida, bombas começaram a cair por todos os lados.

O dia se dividiu em inúmeros estrondos que tremeram a terra e sugaram o ar dos seus pulmões. Eles puxaram os pescoços dos cavalos para baixo, tentando desviar dos estilhaços, da terra e das pedras que passavam voando.

Não havia mais silêncio, apenas o barulho incessante e incansável das bombas que faziam a terra dura sob seus pés tremer e inclinar como o convés de um navio em alto-mar.

George não via as bombas caindo. Cada vez que acontecia uma explosão, sua cabeça estava abaixada, e quando abria os olhos, conseguia apenas ver o ar cheio de sujeira.

Tudo o que podia fazer era enterrar o rosto no pescoço dos cavalos, com ambas as mãos ritmicamente acariciando os dois animais, e dizer:

— Calma, calma.

O bombardeio não estava abalando apenas a terra em que pisava. Estava mexendo também com a percepção de George. Toda vez que ouvia uma explosão, estremecia e sabia que a próxima poderia matá-lo.

A memória distante de um pedestal, o fato de que seria necessário apenas um passo para libertá-lo daquele inferno, tentou-se fazer ouvir no fundo de sua mente à medida que o horror tomava conta de suas pernas, mas ele tapou os ouvidos e resistiu.

George percebeu que era o braço do outro soldado que segurava o seu por sobre o pescoço ferido do cavalo e que mantinha seu corpo em pé. Ele tentou cravar as botas e firmar as pernas, mas era como tentar empilhar geleia. Rangeu os dentes e, em seguida, ouviu a voz de seu pai, dizendo:

— Bom menino, bom menino, você vai ficar bem.

E embora o soldado tenha dito isso para acalmar o cavalo, o coração de George se abriu novamente. E apesar de o mundo parecer ter chegado ao fim a seu redor, ele encontrou forças na alma e fez suas pernas trêmulas se firmarem.

Quando olhou para baixo, percebeu uma coisa: as botas de seu pai eram iguais às suas. A única diferença era que ele tinha partido um laço e amarrado às suas extremidades.

George já sabia o que ia acontecer, e enquanto se segurava nas mangas de seu pai, gritou:

— Não! Papai! Ouça, por favor, eu não...

Os olhos do soldado buscaram os dele sobre o pescoço do cavalo. Um sorriso estampava seu rosto.

— Está tudo bem...

Subitamente, o muro veio abaixo como se um gigante o tivesse derrubado com um chute. Os cavalos ficaram agitados, e George sentiu a mão que o segurava amolecer. Foi a sua vez de segurar todo o peso do homem que estava do outro lado. Em seguida, os dois cavalos tombaram por causa de uma bola de fogo que rolou sobre eles.

George não soltou o braço do pai, nem mesmo quando foram envoltos por uma nuvem de poeira e fumaça que impedia sua visão. Ele ouviu os cascos dos cavalos batendo em pânico e seus fortes relinchos. Com a mão livre, encontrou as amarras e as soltou, e os cavalos foram embora. Depois colocou o corpo inerte e pesado do pai sobre os ombros e cambaleou para longe dos destroços que queimavam.

Ele gritou por socorro, mas o socorro não veio. Cambaleou para a frente, em direção ao morro, sentindo o peso em suas costas a cada passo. Ouviu a si mesmo soluçar, enquanto o vento soprava a fumaça para longe e o bombardeio terminava.

Quando alcançou o morro, ele caiu sobre um dos joelhos diante do horror revelado.

O lugar estava destruído. No lugar dos canhões, havia somente uma cratera, com a equipe de tiro espalhada como pétalas ao redor. Corpos tinham sido lançados sobre o arame farpado, e alguns não se moviam. Algo tentava rastejar para fora de um buraco.

Seu pedido de ajuda se transformou em pergunta, e ouviu a palavra "Por quê?" convulsionar repetidamente em sua garganta. O tempo todo se manteve agarrado ao braço inerte do pai, sentindo o peso do corpo dele entortar suas pernas e começar a levá-lo para o chão.

E então algo caiu a seus pés: era uma maca. Olhou para cima e viu o Oficial e o Bombardeiro olhando para ele com infinita tristeza, e ouviu o Oficial dizer:

— Coloque o soldado na maca, Artilheiro.

Ele balançou a cabeça e tentou endireitar as pernas, apesar da força sobre os ombros que o puxava para baixo.

— Não conseguirá carregá-lo para sempre. Coloque-o na maca.

Novamente, George sacudiu a cabeça em negativa e segurou o braço do soldado com mais força.

Ouviu-se dizer:

— É o meu pai.

Uma de suas mãos entrelaçou os dedos nos dedos da mão do pai, e ele segurou com toda sua força, mas não houve qualquer resposta de vida. Já ia retirar a mão quando sentiu os dedos do pai se moverem lentamente.

De repente ouviu o rápido uáuá de um carro de polícia passando, o barulho do tráfego de Londres voltava ao normal com a noite chegando. Os joelhos de George cederam, e ao cair do pedestal, ele foi apanhado por dois braços de bronze. Ficou pendurado, olhando para as botas do Oficial, e então a luz continuou diminuindo até dar lugar à noite.

42

A MORTE DO ARTILHEIRO

O Artilheiro aguardava pela morte certa. Sua parte humana permanecia entorpecida com o horror iminente do afogamento. A claustrofobia do tubo castigava. A terrível impossibilidade de um último suspiro...
Sua parte estátua sabia que o dia estava terminando, e que sua morte como um cuspido estava por vir. Ele tinha passado toda a sua existência atento à meia-noite, e como qualquer hábito, o ritmo e a hora estavam impressos em seu relógio biológico.
Ele deixaria de andar e falar, tornando-se um pedaço inanimado de metal. De alguma forma, a madrugada o transformaria em pó e o reconstituiria em seu pedestal, do qual nunca mais sairia.
Muitas vezes ele pensara se os cuspidos mortos também morriam por dentro, ou simplesmente ficavam incapazes de se mover ou se expressar. No fundo, esperava que a primeira hipótese fosse a correta. Caso contrário, seria como ser enterrado vivo para sempre, com uma pequena janela para ver o mundo passar; mas sem uma maneira de se comunicar com ele, exceto por um grito interminável que só soaria dentro da própria cabeça.

Ele esperava que a morte fosse algo simples. Um imenso nada, um vazio onde a ausência de vida e esperança era compensada pela ausência de dor e desespero. Uma equação final onde nada se igualava a nada e todo cálculo cessava.

O Artilheiro espremeu os braços até que suas mãos caíram sobre o peito calmamente, depois fechou os olhos enquanto esperava pelo fim.

O problema era que ele não se sentia calmo por dentro, e com a passagem dos segundos, não conseguia deixar de pensar que o fim era a saída mais fácil. George e Edie continuariam em perigo, não faria diferença se ele estivesse ou não consciente, e sentiu-se mal por isso. Fez uma careta quando percebeu que nunca iria descansar tranquilo, pois ao permitir-se aquele fim, era como estar traindo seus amigos.

Seus olhos se abriram na escuridão.

Ele disse a si mesmo:

— Bem, esqueça essa bobagem de serenidade. Morra lutando.

Então impulsionou os calcanhares para trás e continuou rastejando pelo tubo. Seus lábios foram tomados por um sorriso selvagem. Estava sorrindo porque sabia que sua tentativa era duplamente fútil. Primeiro, porque logo estaria morto, e segundo, porque ninguém jamais saberia que tinha tentado. Estava sorrindo para satisfazer o próprio ego. Iria viver seu último suspiro sendo exatamente quem era, nem mais nem menos.

Era a coisa certa a fazer. Seria difícil, e como toda boa intenção, poderia estar fadada ao fracasso. Mas não importava. Ele iria morrer lutando.

Porém, ele não cumpriu sua última promessa.
Ele não morreu lutando.
Não morreu sendo quem estava destinado a ser.
Simplesmente não morreu.

Em meio à luta para atravessar o tubo estreito, e com o embrulho de pedras do coração à frente, ele percebeu que a virada do dia já tinha acontecido, a meia-noite passara e ele ainda estava, de forma inesperada e surpreendente, vivo.

Ele não tinha como saber que George tinha ocupado seu lugar no pedestal. Sabia apenas que além de não estar morto, sentia-se cada vez mais forte à medida que seguia pelo tubo.

O tubo era bem estreito, e foi ficando cada vez mais apertado por causa dos grossos detritos espalhados pelo chão. O nariz do Artilheiro começou a raspar no concreto.

Ele continuou avançando com o embrulho à frente, quando encontrou uma obstrução e parou.

O tubo tinha chegado a um fim.

O fato de seu vigor e força estarem retornando de forma inexplicável causou um efeito contrário ao esperado. Enquanto caminhava para o que pensava ser uma morte inevitável, sua fraqueza tinha lhe permitido ignorar a claustrofobia. Mas agora que estava se fortalecendo, o fato de toda a sua energia estar sendo canalizada dentro de um tubo debaixo da terra era algo insuportável. A pressão que aumentava na cabeça e no corpo fez com que ele quisesse gritar e chutar, mas não havia como gritar debaixo d'água e nem espaço para chutes. Então, em vez disso, ele ignorou o fato de ter rastejado tanto apenas para cavar a própria cova, e tentou pensar com clareza. Só tinha entrado naquele tubo porque ouvira uma pequena corrente passando por ele. E se havia uma corrente, o tubo não era um beco sem saída. Em seguida, levantou as mãos à frente do corpo e tocou no teto. A única coisa que sentiu foi pedra. Moveu o embrulho e suas mãos sentiram as paredes laterais. E lá estava — um vazio. Não era um beco sem saída, havia um buraco que talvez conduzisse a algum lugar. Contorceu o corpo até levar o braço para dentro do buraco, e ficou surpreso ao descobrir que lá não havia paredes laterais, apenas água.

Ele percebeu que o duto estreito em que se encontrava devia estar ligado a um fluxo subterrâneo maior, e nisso estava certo. O tanque d'água submerso era uma antiga ramificação do *Tyburn*, desviado com o propósito de fornecer um reservatório subterrâneo. A água que sentia mover por seus dedos era o fluxo do canal principal do próprio rio.

Ele empurrou o embrulho de discos de vidro do mar à frente e contorceu o corpo para o lado. Estava com dificuldade de contornar o corpo e enfiar-se no buraco, mas porque vinha ganhando força e vontade de viver, ele usou de todas as suas forças e seguiu aquele fluxo oculto e estreito.

Ele sentiu a força da água. Poderia ter facilmente ido com ela e visto para onde o levaria. Mas alguma coisa o puxou para o outro lado. Então segurou o embrulho com força, e seguiu contra a suave corrente. Não era a coisa certa a ser feita, mas se alguém pudesse ver seu sorriso no túnel escuro, veria que não era apenas uma coisa contrária, mas obstinada e feroz, e de certa forma exultante.

Já que não iria morrer, viveria da sua maneira — e não faria isso aceitando tudo calmamente.

43

MORTE AGITADA EM GHASTLY GRIM

EDIE CAIU DE UM ANDAR baixo e foi salva por uma feliz combinação de neve espessa e um galinheiro.

Pelo menos imaginou que fosse um galinheiro, porque ouviu intermináveis cacarejos, altos e agudos, ao se levantar e sair correndo pela rua estreita. Podia-se ainda ouvir os indignados cacarejos, mesmo quando ela ignorou o fato de que estava sem fôlego e que havia deslocado o ombro, e fugiu pela neve que continuava a cair. De algum lugar distante, conseguiu reconhecer os sons de um realejo tocando e do sino de uma igreja alegremente anunciando as horas. À medida que corria pela neve, tentando se distanciar o máximo possível da Casa dos Perdidos, a jaqueta de George tremulava atrás dela.

A rua estava iluminada por alguns lampiões, e Edie correu de luz em luz, olhando para trás a todo momento. As casas se debruçavam sobre as ruas com as calhas inclinadas e os pisos superiores.

Edie estava bem consciente de que seus passos eram os únicos na neve branquíssima. Não seria difícil encontrá-la. Então correu para uma rua mais larga, cuja superfície estava marcada pela passagem de carros e táxis, e seguiu pelo meio, esperando que suas pegadas fossem apagadas na confusão geral.

No entanto, ela não queria correr pelo meio da rua por muito tempo, pois ficaria em evidência. Também tinha um forte sentimento de que estava sendo observada, mas quando se virou para olhar para trás, não viu ninguém na avenida; havia apenas a escuridão pontilhada pela neve que caía. A sensação de estar sendo observada tornou-se algo semelhante a uma coceira insuportável que precisava ser arranhada com as unhas. Assim sendo, logo que viu uma chance, pulou para o outro lado da faixa de neve e correu para um beco estreito, na esperança de não ter deixado pistas.

Depois olhou para trás e notou, com satisfação, que realmente não tinha deixado vestígios. Correu ao longo de um dos lados do beco, mantendo-se nas sombras, mas quando virou em uma curva fechada, chegou a um impasse ainda maior.

Do outro lado da rua havia uma igreja e um cemitério, cujo muro alto era protegido por pontas de lança que furavam a neve. Havia um pórtico de pedra em forma de arco com um portão de ferro preto entreaberto, também protegido por pontas de lança.

Normalmente, Edie ficava bem longe de cemitérios, mas duas razões a obrigavam a atravessar a rua em direção ao portão. A primeira era que, naquela direção, havia uma verdadeira mistura de pegadas e sulcos abertos por rodas, e, portanto, ninguém conseguiria seguir suas pegadas. A segunda era que podia ouvir a aproximação de cães latindo atrás dela, chegando cada vez mais perto. Seu plano era passar os portões de ferro, fechá-los, e esperar escondida até que seus perseguidores passassem. Sabia, sem dúvida alguma, que o latido vinha dos mastins da Casa dos Perdidos.

Conforme se aproximou do portão, ela olhou para cima e viu que a decoração incluía crânios de pedra. Havia dois de cada lado, cobertos por neve e espetados nas lanças; e três no centro do arco, apoiados sobre alguns ossos. O crânio central tinha uma coroa de louros, como aqueles do Império Romano, o que lhe dava uma aparência ainda mais sinistra, parecia o Imperador da Morte.

Era tarde demais para retroceder. Os latidos estavam cada vez mais próximos e não havia nenhum outro lugar para se esconder. Então Edie se abaixou junto ao portão e o fechou. O ferrolho funcionou, porém não havia como trancá-lo. Assim, agarrou a lâmina de obsidiana e ficou pronta para lutar. Mas os cães silenciaram subitamente. E a esperança de Edie era a de que eles tivessem seguido pelo caminho errado.

Usando as sombras da parede como proteção, olhou para dentro do cemitério. Era um espaço apertado, cercado por paredes de casas em dois lados, e pela torre quadrada e a parede lateral da igreja em outro. No mínimo, era um lugar sinistro: as lápides ficavam muito próximas umas das outras, tornando o lugar um verdadeiro emaranhado.

Não havia luzes nos túmulos, mas ela pôde ver um lampejo turvo que vinha do interior da igreja. Edie viu uma porta estreita na base da torre. Sem pensar, escorregou pelo amontoado de lápides.

E então ouviu uma voz e congelou.

— Que noite!

— Uma noite realmente movimentada, Majestade!

As vozes tinham um tom vazio e nefasto. Soavam secas, e eram acompanhadas por um estalido ósseo.

— Um sai, um entra.

— Nada de descanso para os maus, Majestade.

— Nem para os bons. Não com os homens da ressurreição andando à vontade durante a noite.

Edie percebeu, com assustadora certeza, que estava ouvindo os crânios conversando entre si, aqueles que tinha avistado na entrada. Os três crânios centrais, sobre a face externa da pedra, estavam naturalmente invisíveis, mas os dois em cima do muro se encontravam delineados contra o céu noturno.

Edie sabia o que significava "homens da ressurreição". Ela sempre tinha ouvido a respeito na escola, mesmo quando fingia não prestar atenção. Os homens da ressurreição costumavam desenterrar corpos e vendê-los aos cirurgiões.

Ela olhou para baixo e percebeu que as pegadas lamacentas e os sulcos abertos pelas rodas na neve tinham sido feitas por escavações e transporte de algo em um carrinho de mão. Isso explicava por que havia tantas pegadas e marcas de rodas no caminho do cemitério.

Um dos crânios laterais girou na ponta da lança onde estava espetado e olhou para Edie.

— Ela está ouvindo, Majestade.

— Impossível. A menos que...

— Exatamente.

— Pergunte a ela.

— Você é uma fagulha, menina? — indagou o crânio que ela conseguia ver.

Edie assentiu com a cabeça.

— Ela diz que sim, Majestade.

— Eu não a ouvi.

— Ela só balançou a cabeça. Está se escondendo.

— Diga-lhe que há muitas coisas escondidas em *Ghastly Grim*, tanto na igreja como no cemitério, mas que nenhuma delas está viva. Diga-lhe que vá embora.

E o crânio disse:

— Você tem que ir.

— Por favor, parem de falar! — ela disse com veemência, esticando as orelhas para tentar ouvir se ainda havia o barulho dos cães ou de passos além da tagarelice dos crânios.

— O que ela disse?

— Ela está discutindo, Majestade.

— Ela não pode discutir comigo.

— Você não pode discutir com sua Majestade.

— Não estou discutindo. Estou pedindo.

Aquele era o mais barulhento de todos os cemitérios de igreja que Edie já tinha conhecido. Ela recuou até a porta estreita e tentou abri-la, mas estava trancada.

— Ela está tentando entrar na igreja.

— Por favor, façam silêncio! — ela sussurrou novamente, caminhando em volta de uma sepultura recém-aberta. Agachou-se atrás de uma lápide e observou o nome nela esculpido: Aemilia Bowles. — Por favor, parem de falar.

— Não. Temos sempre a última palavra.

Edie estava realmente arrependida por ter ido buscar refúgio naquele cemitério inquieto.
Ela disse:
— Tudo bem. Compreendo vocês. Só peço que façam silêncio.
— Ela diz que nos compreende, Majestade.
— Diga-lhe que não precisamos de sua compreensão. Estamos aqui por direito, pois somos a Morte!
O sangue de Edie ferveu, e ela disse:
— Vocês não são a Morte. Vocês não passam de um monte de crânios de pedra que não conseguem calar a boca!
— Ela diz...
— CHEGA! CALEM A BOCA! Vocês não são a Morte...
Houve um silêncio momentâneo. Em seguida, outra voz disse baixinho:
— Eles não são a Morte, mas eu sou.
Era o Caminhante.
Edie conseguiu ver os dois cães silenciosamente arranhando, com as patas, o lado externo do portão.
Só agora ela se lembrou de olhar para a mão que segurava a pedra do coração. Tinha segurado a pedra com tanta força, que nem percebera a luz de aviso que ela estava a emitir.
Os cães estavam parados e ofegantes. E então algo grande pulou para o topo do muro e se agachou ali. A coisa bateu suas asas curtas em agitação sobre a massa arqueada de seu corpo atormentado e enclausurado.
Era o Ícaro.
Toda a energia de Edie pareceu ser drenada de seu corpo.

Ela deslizou para trás de uma lápide e percebeu que agora o Caminhante a tinha, que não ele não demoraria a capturar George, e que o Artilheiro estava provavelmente morto. Tudo estava acabado.

E apesar de saber que o fim estava próximo, usou seu último sopro de energia para raspar a neve e a lama em frente da lápide de pedra na qual se escondia, e lá enterrou sua pedra do coração.

Em seguida, ela se levantou e usou os pés para empurrar terra sobre o local onde tinha colocado a pedra, torcendo para que suas pernas permanecessem escondidas.

Ela viu o Caminhante atravessar o portão, carregando uma faca em uma das mãos, e cobrindo um de seus olhos com a outra.

Edie abaixou a cabeça e fechou os olhos.

44

COMO CAIR DE UM RIO

Conforme o Artilheiro engatinhava contra a corrente, sentia a vida voltar ao corpo. As mãos voltavam a ser mãos novamente, e não obstáculos pesados na parte final de seus braços. Conseguia pensar melhor também, como se camadas de tecido grosso tivessem sido removidas de seu cérebro.

Perguntou a si mesmo se aquele milagroso bem-estar significava o enfraquecimento do poder que o Caminhante exerce sobre ele, aumentando sua capacidade de cavar o caminho para o ar da atmosfera. Flexionou os músculos e tentou alcançar o teto do tubo. Mas de alguma forma, seus comandos estavam bloqueados entre a cabeça e os braços, que apenas ficavam onde estavam, e não atacavam a parte alta do tubo como ele queria.

Ignorou a decepção e continuou avançando.

O tubo cheio de água escura parecia continuar para sempre, e a ausência de pistas visuais tornou tudo ainda mais difícil de suportar. Em boa parte do tempo, o Artilheiro teve alucinações de que havia ficado sem peso e que estava engatinhando no teto do tubo; em outros momentos, sentia que o tubo se movia enquanto ele permanecia parado.

Então percebeu que era capaz de lutar contra esses sentimentos de desorientação. Precisava apenas se concentrar no que suas mãos estavam tocando conforme avançava, pois a textura das paredes do tubo era a única coisa que não se alterava. Parte do tempo era de tijolos, depois se transformava em curvas longas de pedra ou concreto. Em um certo estágio, a textura pareceu ser apenas de barro, e ele sentiu as pontas dos dedos deixando um sulco conforme seu corpo se contorcia para a frente. Imaginou a trilha que sua mão devia estar deixando na estrutura.

Durante muito tempo, sentiu que uma das paredes era de tijolos, e se perguntou se conseguiria calcular a distância percorrida pela contagem dos tijolos, já que seus dedos percebiam o espaço entre cada um, até que sentiu uma nova textura.

Essa nova textura era ininterrupta, sem nenhum tipo de relevo. Primeiro, ele pensou que fosse de concreto, mas rapidamente percebeu que era diferente. Era metálica.

O Artilheiro bateu as dobras dos dedos contra a parede, e a resposta em forma de vibração confirmou sua primeira impressão. Mas após avançar mais alguns passos, lembrou que o som de um tubo de metal, colocado na argila de Londres, seria abafado pela terra do entorno.

E foi então que concluiu que aquela resposta em forma de vibração seria apenas possível se não houvesse ar ou argila do lado externo do tubo. Seu primeiro instinto foi o de socar o teto, mas suas mãos não obedeciam aos seus comandos. Frustrado, chutou o chão do tubo.

Suas botas definitivamente desencadearam uma vibração bem maior. Ele repetiu, mais forte. E então sorriu.

— Ele não disse nada sobre cavar, disse?

Depois virou de costas e, usando os saltos com reforço metálico de suas botas militares, atacou o chão do tubo. Bateu os saltos repetidamente e com toda a força, sentindo nas pontas dos dedos, a resposta em forma de vibração. Cada pancada de suas botas causava o mesmo resultado, até que a vibração cessou. Houve um choque único e agudo, que fez a tubulação estremecer, mas ele não tinha ideia do que isso significava. Assim, pisou com toda a força de seu corpo uma última vez. Em vez do enorme impacto das botas, houve uma ligeira resistência e seus pés foram para baixo, talvez em direção ao fundo do tubo, e subitamente ele começou a cair...

Apesar de o *Tyburn* ser um dos rios escondidos de Londres, fica visível em um trecho. E era exatamente nesse trecho que o Artilheiro se encontrava: no lugar onde o rio cruza o *Regent's Canal* em um aqueduto disfarçado de passarela, perto do Zoológico de Londres. E foi do fundo do aqueduto que o Artilheiro caiu, levado por sua cachoeira pessoal.

Ele experimentou um momento de euforia quando sentiu o ar, e depois foi surpreendido pela própria queda profunda dentro da água do canal. Diante das circunstâncias, a surpresa foi compreensível: não são muitas as pessoas que caem de um rio, e menos ainda as que caem de um rio para outro.

O Artilheiro emergiu do fundo lamacento do canal e respirou o ar da noite. Olhou de volta para a ponte da qual tinha acabado de cair e para o *Tyburn*, que derramava na água abaixo. Percebeu o que tinha acontecido, e sorriu. Então arremessou o pacote com as pedras do coração para fora do canal e saiu em seguida. Fez uma pausa apenas para colocar o capacete. Pegou o pacote, saltou por sobre uma cerca para dentro do *Regent's Park* e começou a correr para sudeste. O Artilheiro sabia que o dia já tinha virado e que ele já deveria ter morrido. Como isso não aconteceu, concluiu que alguém tinha ocupado seu lugar, e então decidiu que não perderia mais nem um minuto na volta para *Hyde Park Corner*. Ele sorria enquanto corria.

Porque, é claro, seus instintos diziam-lhe exatamente que esse alguém era George, e onde ele estivesse também seria sua melhor chance de achar Edie antes que o Caminhante a alcançasse.

Os discos de vidro que tiniam no pacote serviam como um sinistro aviso: uma vez que uma fagulha ficasse no alcance do Caminhante, não havia escapatória.

45

AO ALCANCE DO CAMINHANTE

O Ícaro permanecia no meio da biblioteca empoeirada — com suas asas cortadas escovando o teto — emitindo gritos curtos e furiosos pela cobertura encurvada que escondia seu torço e cabeça.

Edie virou o rosto para o outro lado. Depois olhou para o rosto do Caminhante.

Não havia sangue onde ela o tinha cortado, apenas uma leve cicatriz abaixo de um dos olhos, que passava pela parte superior do nariz e terminava no outro olho. Agora, aquele olho estava morto, apresentando um branco rosado, sem íris ou pupila.

— Se você não queria sentir a sua fúria, nunca deveria ter matado seu irmão — ele disse apontando para o Ícaro.

Edie disse com calma:

— Mas não matei o irmão dele.

— O Minotauro era seu irmão. Não um irmão de verdade, mas no sentido de serem criações do mesmo Fazedor, do mesmo escultor. Como resultado, eles tinham muito em comum.

Edie nem precisou olhar para confirmar a verdade do que lhe foi dito. O Ícaro tinha as mesmas pernas e corpo poderosos, o mesmo senso de energia escura agrupada e pronta para entrar em erupção.

O Caminhante levantou-se e a encarou.

Edie conseguia ouvir os soluços desesperados da Mulher Cega que vinham de outra parte da casa. O Caminhante notou que ela escutava. Sorriu e estalou os dedos. O Corvo entrou voando pela janela e pousou em seu ombro.

— Você deve estar se perguntando por que ela está chorando de maneira tão sofrida.

Edie não disse nada. A mão do Caminhante traçou a cicatriz em seu rosto.

— E você também está se perguntando qual será o seu castigo por ter me machucado.

Ele estava certo. Mas Edie não lhe daria a satisfação de saber o que se passava em sua cabeça. Ela estava surpresa com a calma que ele estava apresentando desde que a encontrara no cemitério da igreja. Ele quase chegou a ser educado, quando o Ícaro a prendeu e eles a trouxeram de volta.

Ele sorriu, sem um pingo de humor, e começou a escrever em uma folha de papel. Sua voz era tranquila, quase cordial, e em tom de conversa.

— Estou condenado a andar pela cidade até que a Pedra me liberte, portanto, não posso morrer. Meu processo de cura, como você pode ver, é espantosamente bom. Mas, em 400 anos, ninguém nunca me feriu como você...

O Caminhante olhou por sobre o bilhete que escrevia e fixou o olho bom sobre ela. Depois apontou para o olho cego, que exibia um tom branco rosado, e reclamou:

— Agora, por sua causa, tenho que andar pelo mundo com um olho só. Pode ter certeza de que essa ferida é uma afronta que requer a mais elaborada das punições. Não vou me negar o prazer de planejar minuciosamente o seu fim; porém, não vou me precipitar, matando-a agora com raiva. Não acredito naquele ditado dos homens, de que a vingança é um prato que se come frio. Para o meu gosto, a vingança é um prato que se cozinha após um preparo primoroso e detalhado, para ser degustado na temperatura do sangue.

Ele terminou o bilhete que estava escrevendo. Edie descobriu que quanto mais ele tentava assustá-la, mais irritada ela ficava. E quanto mais irritada, mais forte se sentia. Infelizmente, também era verdade que quanto mais ele tentava assustá-la, mais ela ficava de fato assustada.

Ela tentou reprimir o medo na mente enquanto observava o Caminhante dobrar o bilhete que tinha escrito e tirar os dois espelhos circulares e unidos do bolso. Observou ainda quando ele separou ambos, segurou um em cada mão, e depois os dividiu novamente, revelando um segundo conjunto de espelhos dentro dos primeiros. Finalmente, o Caminhante pegou um dos jogos e cuidadosamente ajustou os minúsculos biséis de suas extremidades.

— Isso vai trazê-los direto para onde eu estiver — disse a si mesmo, só depois percebendo que ela o escutava. — Vamos nos confrontar em um espaço aberto. Dessa forma, se ele trouxer ajuda, vou vê-los e você vai sofrer as consequências...

Ele estendeu a mão em direção à mesa. Edie viu que ele tinha prensado o Espelho Negro entre os dois discos de cera e depois os amarrado, e que também tinha passado uma tira de couro pelo buraco da alça do espelho. Então ele colocou a tira em volta do pescoço, de forma que o pacote pesado ficasse pendurado como um medalhão gigante. Depois empurrou o pacote para dentro do casaco e o abotoou.

O Caminhante puxou a adaga de trás de si e se voltou para a menina. Ao mover-se, revelou um manto de mulher e um gorro na mesa atrás dele. Edie já havia visto aquele gorro. Ele tinha sido enrolado no rosto dela quando o Caminhante tentou afogá-la nos buracos de gelo do Tâmisa, durante o Carnaval do Gelo.

Edie se encolheu na cadeira. Ele acenou com a faca, imaginando que fosse ela a responsável pela reação da menina.

— Agora. Grite se quiser. O Ícaro vai se divertir. Mas eu preciso de uma única coisa de você antes de irmos.

46

☉ DESAFIO ☉

— Ele está acordando — disse a voz do Oficial.
George emergia lentamente da realidade como artilheiro para voltar a ser quem era. A volta era difícil e mesmo dolorosa. Ele usou de toda sua força para abrir os olhos.
Quando o fez, havia dois pares de botas de bronze bem na frente de seu nariz. Ele estava debaixo de um casaco pesado que, de alguma forma, era quente e suave como lã, ainda que feito do mesmo bronze que as botas.
Um par de botas de montaria pertencia ao Oficial. O outro par era mais pesado e mais artesanal, seus cadarços não combinavam com as polainas.
George conhecia aquelas botas.
Ele se arrastou até poder ficar sentado e olhou para cima. O Artilheiro sorriu e disse:
— Olá!
George respondeu:
— Oi!
— Você está bem?
George pensou por um instante.
— Não muito.

— Bom o suficiente — resmungou o Artilheiro, agachando-se na frente do menino, olhos nos olhos. — Haveria algo de muito errado com você se estivesse se sentindo novo em folha depois de tudo o que fez.

Subitamente, George precisou soltar algo que crescia cada vez mais na garganta antes que morresse sufocado:

— Vi o meu pai.

O Artilheiro disse:

— É mesmo?

Depois de um momento, George apontou por cima do ombro para o corpo deitado na extremidade norte do monumento.

— É ele, não é? O Soldado Desconhecido. É por isso que seu rosto foi coberto, para que ele representasse o ser querido que cada pessoa perdeu. Então, você fez dele o seu pai...

George assentiu e forçou um sorriso. Não queria que os demais soubessem que a tristeza tinha tomado conta do seu coração. Ele não se sentia confortável para falar a respeito.

O Artilheiro continuou:

— Deve ter sido difícil.

Depois colocou a mão no ombro de George e desviou o olhar.

George respirou profundamente várias vezes, tentando banir a tristeza.

— Você precisa desabafar, filho. Ninguém aqui vai pensar mal de você.

Prestando muita atenção em George, o Oficial disse:

— O Artilheiro tem razão. Na verdade, nós aqui o respeitamos muito.

O Oficial tossiu envergonhado e baixou um pouco a voz:

— E por mais insignificante que pareça, chorei como um bebê o tempo todo durante o meu primeiro bombardeio...

Talvez porque lhe deram permissão, ou talvez porque o compreendiam, George não precisou desabafar. Engoliu o que tinha para falar. Não parecia mais ser algo tão terrível.

— Eu estou bem...

O Artilheiro virou-se e olhou para ele com uma sobrancelha levantada.

— Mas não inteiramente bem — George concluiu.

O Oficial disse:

— Olhe para o seu braço.

George tinha se esquecido do sulco que o mármore vinha abrindo em seu braço, em direção à axila e ao coração. Então rasgou sua camisa e olhou.

A deformação no braço tinha desaparecido, deixando apenas uma marca vermelha, bem fraca, como uma cicatriz a caminho da cura. Ele exclamou:

— Ela se foi!

O Oficial comentou sorrindo:

— Um duelo é um duelo, é o que sempre digo. Não importa quais sejam as armas: pistolas de duelo, floretes ou peças de artilharia grandes e pesadas como essa aqui...

Ele acenou para o enorme canhão de pedra no topo do monumento.

— E você foi muito bem, ficou firme e venceu. Agora restam dois.

George sorriu e sentiu as outras duas deformações ainda se retorcendo abaixo do antebraço: a pedra arenosa e o bronze liso.

— É isso aí — o Artilheiro sorriu e agarrou o ombro do menino. — Oh, e a propósito, obrigado!

Ele estendeu sua mão grande. E George estendeu a sua. O Artilheiro o cumprimentou com força.

— Salvou a minha pele, sem dúvida. E se você não se importa que eu diga, acho que o seu pai teria ficado orgulhoso de você.

— Com certeza — disse George.

E a verdade toda veio à tona, como se estivesse lá havia muito tempo. Nunca tinha sido notada provavelmente porque ele sempre tinha olhado na direção errada — por dar mais importância à tristeza. Talvez fosse da forma como o soldado que havia usado o rosto de seu pai dissera; talvez fosse como imaginar-se no centro de um palco, e em seguida perceber que, na verdade, estava à beira de algo muito maior. Fosse o que fosse, ele percebeu que uma dor muito grande tinha saído de seu coração, simplesmente porque ele tinha parado de se concentrar nela.

— Sim. Acho que teria ficado orgulhoso. Muito orgulhoso.

Era como se, por não chorar para fora, todas as lágrimas tivessem caído para dentro, lavando-o e limpando-o por completo. Sentia-se tranquilo.

Ágil, levantou-se em um único movimento.

Ele disse, resoluto:

— Edie. Precisamos encontrá-la.

O Artilheiro disse:

— Sem dúvida. O Caminhante está atrás dela e de você.

Então ele contou a George o que o Caminhante havia dito a ele sobre o Espelho Negro. George retribuiu contando tudo o que tinha acontecido com ele. E quando começou a falar sobre a Máfia de *Euston*, o Oficial bateu no ombro do Artilheiro e apontou para uma forma escura que deslizava a leste.

Os dois soldados pegaram suas armas e miraram o Corvo que se aproximava. George pegou seu martelo.

O Oficial disse:

— Tem algo no bico dele.

Calmo, o Corvo pousou na pedra branca bem à frente deles e gentilmente colocou os dois espelhos no chão. Em seguida, recuou. Não ousaria fazer movimentos rápidos, com dois revólveres apontados para ele.

O Oficial alertou:

— Há um bilhete amarrado nele.

O Artilheiro disse:

— O último par de espelhos como este que eu vi foi nas mãos do Caminhante.

George correu para pegar a mensagem. Era algo simples. Dizia:

"*Entre nos espelhos e venha ao meu encontro. Sob a bandeira principal durante o Carnaval no Gelo. Venha agora, ou a menina morre.*"

O Artilheiro e o Oficial também leram a mensagem por sobre o ombro de George.

— Ele pode estar blefando.

O Oficial disse:
— Ele mente da mesma forma como nós respiramos.
George retrucou:
— Não. Ele não está mentindo.

Cuidadosamente, levantou o cordão que tinha sido usado para anexar a mensagem aos espelhos. O cordão não chegava a ser preto. Era uma cor escura, quase berinjela.
— É o cabelo de Edie.

O Artilheiro falou um palavrão em voz baixa. E depois apontou a arma para o Corvo.

O Corvo não se surpreendeu. Já sabia o que ia acontecer — as pessoas sempre atiravam nos mensageiros que lhes traziam más notícias.

O que o surpreendeu, no entanto, é que não foi uma bala no peito que o enviou para o inferno novamente. E sim uma lança, atirada com muita força e precisão em sua direção.

George, o Artilheiro e o Oficial viram a súbita explosão de penas pretas, e depois se viraram para a grama de onde a lança tinha vindo.

Havia uma carruagem estacionada, e uma Rainha impetuosa caminhando pelo gramado para resgatar sua arma.

Ela indagou:
— O que vocês estão olhando? Parece que temos uma garota para resgatar.
— Acho que damos conta dessa missão. Obrigado, senhora — disse o Oficial com firmeza.

George disse prontamente:
— Não, talvez não. Vamos levar toda a ajuda possível.

Ele retirou a lança da pilha de penas, que já estavam sendo espalhadas pelo ar da noite, e entregou-a para a Rainha.

— Obrigada, rapazinho. Agora, o que sugiro é que...

George a interrompeu sem hesitar:

— Você não sugere nada. Se quiser ajudar, escute bem, porque Edie me contou tudo o que precisamos saber. Ela reluziu uma mensagem antes que tudo terminasse mal...

A inconfundível autoridade de sua voz fez os cuspidos olharem para ele com espanto. A Rainha ficou inchada de tanta indignação.

— Ora, eu não vou...

— Oh, sim, você vai — interrompeu o Artilheiro. — Se você quer mesmo ajudar a menina, somente ouça. O menino sabe o que está falando.

A Rainha mordeu o lábio e ficou quieta. George rapidamente explicou a todos como Edie tinha feito o Carnaval no Gelo reluzir e visto a si mesma perseguida pelo Caminhante e afogada em um buraco no gelo. Ele contou-lhes todos os detalhes que se lembrava sobre o que Edie contara.

— E eu não tenho certeza se quem ela viu se afogando era ela mesma, e se era, não sei se conseguiremos mudar o passado. Tudo o que sei é o que ela viu. Vou entrar nesses espelhos e fazer tudo o que puder para impedir que aquele maluco faça algum mal a ela.

Houve um momento de silêncio.

— Qualquer ajuda é bem-vinda. Mas irei sozinho, se for preciso.

Virou-se e pegou o martelo de onde tinha deixado.

Os cuspidos olharam um para o outro. A rainha virou-se e estalou os dedos para as suas filhas, que estavam atrás dela.

Ela disse:

— Meninas, venham e segurem os espelhos. Teremos que tomar muito cuidado para fazer com que a carruagem passe ilesa.

47

CARNAVAL NO GELO

"Não se pode mudar o passado. Mesmo que ele ainda não tenha acontecido."

Aquele era o pensamento recorrente na cabeça de Edie quando o Caminhante a levou da Casa dos Perdidos para o Tâmisa congelado. Ela não sentia quase nada, exceto a neve e a corda prendendo seus pulsos. Sua visão lateral estava restrita devido às pontas do gorro que o Caminhante tinha amarrado em volta de sua cabeça. As mãos atadas estavam escondidas por um agasalho.

Ela sabia como seria o Carnaval no Gelo quando eles escaparam do aglomerado estreito de ruas cobertas de neve que conduziam à margem do rio. Edie já o havia visto antes, quando reluziu e causou sua própria morte.

"Não se pode mudar o passado. Mesmo que ele ainda não tenha acontecido."

Esse pensamento não lhe saía da cabeça.

Se tivesse conseguido escapar, então não teria visto a si mesma no buraco de gelo. E se não fosse capaz de impedir sua morte, por que tentar escapar? Mas se não tentasse escapar, como impediria sua morte?

Edie era uma guerreira. Ela sabia que uma das razões pelas quais estava perdendo o controle de sua mente era por não ter mais a sua pedra do coração. Mas o Caminhante também não a tinha. Isso já era alguma coisa. Provavelmente, a pedra, em si, não era suficiente para mantê-la viva, mas era uma centelha para mantê-la tentando achar uma saída.

— Anime-se, garota. Essa é uma beleza raramente vista...

O Caminhante a conduzia por sobre uma tábua entre um estreito canal aberto que se estendia até a superfície congelada do rio. Se ela já não tivesse reluzido, a beleza que se mostraria aos seus olhos certamente teria mexido com ela. Afinal, contemplar o cenário de seu próprio assassinato a privaria de suas forças.

A despeito de sua má sorte, aquela era uma visão extraordinária.

Abaixo da enorme envergadura da ponte *Blackfriars*, a largura inteira do rio Tâmisa estava congelada e coberta de neve. Nem se via o escuro da noite devido à luz de centenas de lanternas típicas e de tochas acesas, que iluminavam ruas cheias de tendas temporárias e de abrigos que iam até o centro do rio. Havia música, risadas e os sons da multidão que curtia o feriado. O barulho mesclava-se ao cheiro de carne assada e fumaça de lenha. Proprietários de tabernas e estalagens de Londres, e também vários cozinheiros, expunham seus produtos em locais improvisados, decorados com placas espalhafatosas e cartazes. E não havia só comida e bebida à venda.

Havia barraquinhas para a venda de *souvenirs* e retratistas, além de malabaristas e acrobatas, jogos e um enorme balanço em forma de barco, cheio de homens e mulheres de todas as

idades. Havia até uma gráfica manual que funcionava com o uso de uma manivela, perto de um homem com um macaquinho e um realejo. Uma enorme faixa pintada estendia-se ao longo da rua. Lia-se o seguinte:
"CARNAVAL NO GELO — VENHA UM, VENHAM TODOS!"

E a julgar pela multidão presente, parecia que toda Londres havia respondido ao convite.

Novamente, se Edie já não tivesse visto tudo aquilo antes, teria ficado deslumbrada com a magia do lugar. Ver tudo novamente era algo que a aterrorizava. Lembrava-se de tudo, mas o macaco e o realejo formavam uma parte muito específica do que ela havia reluzido. Ela os tinha visto e ouvido e, em seguida, percebido como a música deles tinha sido afogada por um som de gaitas de foles, conforme um desfile que vinha da rua de gelo se aproximava, levando um elefante branco à frente, que tinha roubado a atenção de todos.

E conforme a banda de gaitas se afastava, Edie ouviu o som agitado de tambores.

O Caminhante estava empurrando-a à frente dele, segurando firme em seu ombro com uma das mãos.

A mente da menina tinha que parar com as memórias, pois precisava pensar rápido e se mexer antes que tudo se fechasse para ela e que suas opções diminuíssem tanto a ponto de zerarem, deixando-a sem nada. Precisava fazer algo, e tinha que ser logo. Mesmo que não funcionasse, ela morreria lutando.

O brilho da lâmina de uma faca chamou-lhe a atenção. Ela tinha no que focar agora. Um cozinheiro estava servindo fatias de carne bovina de um espeto na entrada de uma barraca próxima. Ele tinha espetado a lâmina no bloco de madeira enquanto pegava o dinheiro de um cliente.

Na ausência de outras opções, a lâmina de aço afiada era sua única chance de escapar.

Ela empurrou o agasalho de pele de qualquer jeito sobre um braço, compelindo-o contra a barriga. Começou a tossir discretamente para disfarçar seus movimentos. O Caminhante empurrou-a mais para frente, sem perceber que os pulsos da menina estavam expostos ao ar frio da noite e que a lâmina cruel acenava para ela a uns poucos passos de distância.

Ela prendeu a respiração e então, quando a faca estava perigosamente perto, ela se jogou para frente. As mãos cortaram o ar em cada lado da lâmina e bateram nos molhos que estavam sobre a superfície do pequeno balcão. A lâmina não era tão afiada quanto a navalha de obsidiana que ela tinha usado para machucar o Caminhante, mas estava afiada o suficiente para abrir o caminho de fuga que ela tanto queria.

A lâmina cortou a corda que prendia seus pulsos, e assim que ela se sentiu livre, agarrou o cabo da faca e puxou-a com toda a força.

Quando o Caminhante tentou segurá-la, ela se abaixou e girou. O braço dele passou perto da cabeça de Edie, mas ele, desajeitado, só conseguiu bater no gorro. Ela continuou girando até conseguir cravar a faca na perna dele, acertando-o atrás do joelho.

Ouviu-se um grito de dor e fúria e ela soltou o cabo da faca. Quando ele pendeu para frente, segurando a perna, Edie viu a chama radiante do coração de pedra da Mulher Cega no bolso junto ao peito do casaco dele. Sem pensar duas vezes, a menina pôs a mão no bolso, agarrou a pedra e disparou a correr, colidindo com as pessoas, dirigindo-se para o gelo aberto.

Enquanto corria, lembrou-se de quando reluzira a cena: o gorro tinha caído na frente do rosto durante sua tentativa de fuga; e foi o gorro que fez com que ela corresse sem poder ver e caísse no buraco de gelo, onde o Caminhante a alcançou. Agora, quando se pôs a correr, o primeiro pensamento que lhe veio à mente foi livrar-se daquele gorro ridículo antes que ele a matasse.

Com os dedos, conseguiu tatear o gorro e achar os laços. Foi uma boa ideia, mas um erro terrível: ao tentar removê-lo, o gorro acabou caindo na frente de seu rosto e bloqueou sua visão.

"Não se pode mudar o passado. Mesmo que ele ainda não tenha acontecido."

48

O ÚLTIMO REFÚGIO

GEORGE DISSE:
— Como é que isso vai funcionar?

A cena era, no mínimo, curiosa: uma carruagem conduzida pela Rainha dos Britânicos Antigos, ao lado de um Artilheiro da Primeira Guerra Mundial, galopando em direção a dois espelhos pequenos que estavam sendo segurados, em paralelo, pelas filhas da Rainha.

— Quando eu tocar os espelhos, iremos atravessá-los — disse a Rainha, baixando a lança.

Os espelhos eram incrivelmente pequenos, e quando eles se aproximaram, a rainha tentou espetá-los com a ponta da lança... Mas errou.

Olhando para o Artilheiro e o Oficial, George disse:
— Não temos tempo para praticar tiro ao alvo.

A Rainha fez o retorno com tanta velocidade, que a carruagem virou em uma só roda. George e o artilheiro só tiveram tempo de se segurar, para evitar que fossem arremessados na grama. Então a roda voltou para o chão com violência, e a Rainha seguiu para os espelhos novamente.

O Artilheiro disse:

— Agora vai.

Os espelhos se aproximaram novamente, e as filhas nem piscaram quando as lâminas das rodas passaram centímetros de seus joelhos, e a Rainha cravou a lança — errando outra vez.

— A terceira tentativa é a que vale — disse ela, controlando os cavalos em outra curva fechada.

— Não temos mais tempo a perder! — disse George, ao pular da carruagem. E ouviu o grito do Artilheiro chamando por ele, mas ignorou e continuou correndo em direção às filhas da Rainha.

Elas olharam para ele em choque.

— Como isso funciona? — disse ele, segurando o martelo com força.

A filha à sua direita disse:

— Apenas se aproxime de qualquer um dos espelhos. Estão posicionados para levá-lo diretamente ao Caminhante.

George não parecia acreditar que aquilo funcionaria, mas se lembrou de como tinha visto o Caminhante entrar nos espelhos e puxar o Artilheiro com ele; e então pensou em Edie, e a urgência desse pensamento fez com que ele se aproximasse e entrasse no espelho.

Ele sentiu sua tensão superficial desaparecer e começou a cair por diversas camadas de escuridão, que o fizeram sentir enjoo e vertigem. Sua descida terminou abruptamente, por fim caiu de bruços no gelo, com a boca cheia de neve.

George olhou para cima e viu a parede escura de um barco que tinha congelado no gelo. Depois se virou e enxergou, a uns cem metros de distância, as luzes do Carnaval no Gelo, e

um desfile com um elefante branco no centro, passando pela rua repleta de tendas.
Ele tinha deixado cair o martelo, então começou a tatear a neve à procura dele. Ao descobrir seu paradeiro, percebeu um estalo vindo de trás, e o artilheiro apareceu do nada, olhando para George com um breve sorriso.

— Ela vai levar um século para passar.

— Não podemos esperar para sempre — disse George, pondo-se de pé e apontando na direção do Carnaval. — O elefante já está lá.

E começou a mover-se para frente. Mas a mão do artilheiro o deteve.

— George. Eu quebrei meu juramento. O Caminhante tem controle sobre mim. Ele usou seus poderes e eu não consegui controlar meus braços.

— O quê? — disse George, com os olhos vasculhando entre a multidão distante, procurando por Edie.

— Tenho medo que ele me obrigue a fazer algo ruim...

O Artilheiro parecia envergonhado.

— Deveria ter deixado que o Oficial viesse em meu lugar.

George disse prontamente:

— Não. Alguém precisava ficar e proteger nossa retaguarda. Alguém tem que estar pronto para eliminar o Caminhante.

— Sim, mas...

— Chega disso — retrucou George, apressando o passo. Ele tinha visto Edie. — Só não deixe que ele veja você primeiro.

E então começou a atravessar a extensão do gelo coberto de neve em direção a Edie, que estava se distanciando da multidão. Ele gritou enquanto corria, tentando chamar sua atenção.

— Edie! Aqui!

Ela não conseguiu ouvir o chamado. Talvez porque estivesse atrapalhada com um gorro que alguém a tinha feito usar.

O Artilheiro também começou a correr. Ele viu quando o Caminhante irrompeu da multidão a passos largos. Viu quando ele se virou e gritou com algo na escuridão do outro lado do rio. Ouviu as palavras:

— Pegue a garota, Ícaro! Onde está o Touro? Peguem a maldita garota!

O Artilheiro viu o que ia acontecer antes que George percebesse. E seguiu para o lado do rio, onde os barqueiros do Tâmisa tinham aberto um largo canal entre a costa e o gelo, para que pudessem continuar cobrando pela travessia. Lá, ele viu um pai corpulento reclamando sobre o preço da passagem, enquanto sua filha, repleta de fitas e laços, pulava animadamente e apontava para o gelo do outro lado. Sua voz era afiada o suficiente para superar o som de gaitas de fole e tambores e chegar aos ouvidos do Artilheiro:

— Papai, papai, por favor, pague logo pra ele! Vamos, antes que vá embora! O elefante...

Quando George ouviu aquela voz, lembrou-se de Edie dizendo que tinha deixado de ver algo por causa do elefante, e levantou as mãos como um megafone e gritou:

— Edie, não olhe para o elefante!

Então tropeçou em uma pequena montanha de gelo, mas antes que caísse foi visto por Edie. E quando ela estava prestes a gritar de volta, o Caminhante a pegou por trás e ambos caíram no gelo. Edie chutou, bateu e mordeu como um gato selvagem, sem hesitação, como qualquer animal selvagem lutando por sua vida. Ela desferiu a pedra do coração da Mulher Cega no olho bom do Caminhante. Ele conseguiu fechar os olhos e baixar a cabeça bem a tempo, mas a luz da pedra fez com que ficasse temporariamente cego.

Ele gritou:

— Agora você vai morrer, menina!

Ela chutou o queixo dele, que caiu para trás. Depois ela se levantou e saiu correndo, enquanto ele a fulminava com seu olhar frio e vingativo.

O Caminhante puxou a longa adaga do bolso do casaco e correu atrás dela.

Edie estava atrapalhada com o gorro que tinha sido pressionado contra o seu rosto durante a luta.

Ela estava tão bombeada pela adrenalina da luta, que não percebeu o enorme buraco cheio de água gelada bem à sua frente.

Seu pé pisou na água em vez do gelo duro e ela foi lançada para a frente, direto para o buraco. O choque do frio e da água na boca foi imediato. Ela lutou contra a água gelada do Tâmisa e seus dedos agarraram a borda do gelo à medida que tentava sair do buraco. Seu rosto encontrou o ar, mesmo coberto por cabelos espessos, e ela acabou se lembrando de que deveria estar vendo tudo isso de um futuro distante. Ela gritou um aviso para si mesma, enquanto tentava escapar do alcance gelado da água.

— Edie. O Frade está bem! Não confie em Pequena Tragédia! Ele não é o que parece! Diga a George que o Caminhante está tentando libertar o mal...

E então uma mão se estendeu e agarrou seu cabelo. Só que não era para salvá-la, mas para afogá-la. Tudo que se via eram bolhas, respingos e água preta. Então ela se soltou por um instante e buscou o ar; e usou suas últimas palavras para tentar completar seu aviso.

— ... Portões nos espelhos...

A mão do Caminhante empurrou o gorro contra o rosto dela novamente e mergulhou sua cabeça para dentro da água pela última vez. Edie continuou gritando enquanto seus pulmões enchiam de água, e a última coisa que viu, à medida que afundava na escuridão, foi o rosto do Caminhante, iluminado pela distante luz vermelha que caía sobre ela pelo emaranhado flutuante de seu próprio cabelo.

E nesse último momento terrível, ela sentiu falta de tudo.

Tudo passou rápido em sua mente, como um *flash*. Sua infância triste, os conhecimentos que tinha adquirido sozinha e que a ajudaram a sobreviver em um mundo hostil. A fragilidade. A impotência. A cada segundo sua indignação aumentava. Ela queria uma chance para recomeçar. Queria sua mãe de antes, antes de ficar estranha, antes de enlouquecer, antes de ir embora e nunca mais voltar... Mais do que qualquer coisa, Edie queria o primeiro e único santuário de uma criança, o verdadeiro refúgio do coração — o abraço de sua mãe, cujo calor a confortaria e lhe diria sem palavras que tudo ficaria bem, que a dor de hoje desapareceria e que amanhã o sol voltaria a brilhar.

Porém, à medida que seus olhos fechavam e a escuridão congelante caía sobre ela, seu último e desesperado pensamento foi saber que nunca teria nada disso.

E então, Edie morreu.

49

MÃO DE FERRO

George acertou o Caminhante com toda a energia e raiva concentradas em seu corpo, como se fosse um trem desgovernado.

Mas ele sabia que era tarde demais. Que Edie estava morta, e que a culpa era dele.

O impacto levou ambos de volta a um amontoado de neve.

George desferiu o martelo pesado que levava em seu punho, em direção ao corpo do Caminhante, como se pudesse parar seu coração negro com um golpe potente.

O martelo bateu em algo que o Caminhante usava por baixo da camiseta, algo espesso que cedeu e rachou ao mesmo tempo.

O Caminhante ficou ofegante enquanto se recuperava da batida, mas sua mão esquerda agarrou George pelo cabelo e pela orelha. Os dois caíram de joelhos. Olho no olho. O Caminhante tomou fôlego e rosnou para George, seu olho bom em chamas:

— Você vai tentar lutar contra mim, rapaz?

George rangeu os dentes:

— Não. Vou matar você!

Era mais um desafio. Sentiu uma dor rasgando seu braço, subindo para sua axila, e então soube, sem poder ou precisar olhar, que a veia incomum de bronze em seu braço tinha avançado em direção ao seu coração.

Ele entendeu que a luta seria o segundo desafio, um duelo brutal na neve e no gelo. Uma decisão entre a vida e a morte. Ele não sentiu medo. Pois não havia nada no mundo que pudesse comprometer sua vitória.

O Caminhante era um homem morto.

— É um desperdício, rapaz. Mas eu tenho todo o tempo do mundo...

O tempo passou em câmera lenta, e George viu o brilho da faca quando o Caminhante a puxou para trás e a conduziu com crueldade em direção à sua barriga.

E a mão de George moveu-se instintivamente antes que o pensamento consciente se manifestasse, fechando em volta da lâmina afiada e a segurando firme a um dedo de sua barriga.

O olho do Caminhante se arregalou, chocado com a força do menino. E quando viu que os olhos dele estavam duros e implacáveis como pedra, recuou meio passo.

George retrucou:

— Eu não acho.

De forma brusca, dobrou a mão e quebrou a lâmina da faca. Depois puxou a lâmina quebrada para trás do ombro, e quando o Caminhante soltou seu cabelo e tentou fugir, ele agarrou a mão do Caminhante e golpeou seu coração.

A lâmina bateu em algo duro e deslizou para o lado. Mas o golpe foi empregado com tanta raiva, que a lâmina acabou enterrada no ombro do Caminhante, tão profundamente que George não conseguiu puxá-la de volta.

Ao soltar a lâmina, ele percebeu que sua mão não tinha sofrido um corte sequer.

O Caminhante olhou para a lâmina quebrada e enterrada em seu ombro, e depois gritou enfurecido.

George teve tempo de olhar dentro do buraco negro no gelo. Edie estava morta.

Ele rapidamente se abaixou e pegou o reluzente disco de vidro do mar que ela tinha deixado cair durante a luta. Percebeu pelo formato e cor que não era dela, mas conhecendo o poder daquelas pedras, não pensou duas vezes antes de jogá--lo na água. Se ela estava sozinha e morta na escuridão, o mínimo que ele podia fazer era deixar a luz acesa.

Em seguida, virou-se para o Caminhante, que ainda gritava, diminuiu a distância entre eles e deu-lhe um soco no rosto. O Caminhante foi silenciado com a força do golpe.

Ao longe, podia-se ouvir o som estridente de algo se aproximando. Mas George ignorou todo o resto e continuou golpeando o Caminhante até que ele caísse de costas no chão. Só então deu um passo para trás e pegou seu martelo.

Houve um bater de cascos, e os olhos do Caminhante giraram para esquerda. Ele olhou para George com desprezo, sua boca cheia de sangue.

— Agora você vai morrer, menino!

Ele virou a cabeça e viu o Touro disparar furioso pelo gelo em sua direção.

George disse:

— Pode até ser, mas você vai morrer primeiro — ele levantou o martelo —, e depois vou matar o seu touro.

— Não é o touro — sorriu o Caminhante, com os olhos girando para cima.

E o Ícaro atingiu George como uma marreta aérea.

50

DEBAIXO DO GELO

O Artilheiro se atirou no estreito canal de água entre o gelo e a margem do rio. Ele tinha visto Edie afundar pela última vez, e vira também que nem ele nem George chegariam a tempo de salvá-la. Então fez a única coisa que restava, que era ir para baixo do gelo.

Toneladas de bronze não nadam bem, então ele bateu no fundo do Tâmisa e fez o melhor possível para avançar em meio à escuridão, ainda que com dificuldade, em direção ao local onde calculava que estivesse o buraco no gelo. Sua parte humana passou pela dolorosa sensação de afogamento pela falta de oxigênio, mas ele estava tão determinado que nem se incomodou em tentar prender a respiração, apenas engoliu água e continuou em frente.

O Artilheiro não conseguia ver nada e avançava somente por instinto. O gelo coberto de neve fazia um telhado perfeito sobre o rio, bloqueando toda a luz. E conforme caminhava, percebia que também não conseguiria ver o buraco, pois olhar para cima só trazia uma visão escura do céu noturno, o que seria indistinguível da escuridão impenetrável que o rodeava.

Ele batia com os braços à sua volta conforme avançava, na esperança de que, se não pudesse ver o corpo de Edie, poderia, pelo menos, tocá-lo por acaso. Mas em meio à escuridão, percebeu que sua chance de encontrá-la com vida era mínima.

Então uma luz laranja refletiu por sobre o telhado de gelo. Ele olhou para cima e teve uma breve visão do mundo acima do buraco. Viu George olhando para baixo sem conseguir ver nada, com o rosto momentaneamente iluminado pela queda da pedra do coração, antes que ele se afastasse do buraco.

O Artilheiro estendeu a mão e pegou a pedra em sua correntinha, segurando-a alto, como uma lanterna na tempestade. E a luz laranja brilhou de forma tão intensa, que o rio de água turva ficou menos opaco, e foi aí que o Artilheiro viu o corpo de Edie. Seu pé estava preso em uma roda quebrada, provavelmente de uma carruagem, enterrada pela metade na lama do fundo, seus cabelos sem vida se mexiam com a corrente.

Ele se aproximou e soltou o pé de Edie, segurou firme o corpo dela e começou a subir. Enquanto se esforçava para ir em frente, olhou para aquele rosto pálido, sem vida, e colocou a correntinha em torno do pescoço dela, para que pudesse segurá-la melhor. Depois a abraçou com força, como se pudesse colocar um pouco da vida naquele corpo morto.

Como não se pode chorar debaixo d'água, o ardor que ele sentia nos olhos devia ser causado pelo Tâmisa, que resistia a tentativa dele de se deslocar pelas águas.

O Artilheiro subiu a encosta em direção às tochas acesas e emergiu da água. Ao sair do buraco, e enquanto tossia, percebeu surpreso que ainda havia vida no corpo de Edie. Estava prestes a tentar tirar a água que ela havia ingerido, quando ouviu barulhos no gelo e o bufar furioso de um Touro que se aproximava. Ele a pegou no colo e saiu correndo.

Com o canto do olho, George viu o Artilheiro sair do gelo, antes que o Ícaro o levasse para longe do Caminhante, que estava de barriga para cima, tentando desesperadamente tirar algo do moletom.

O Ícaro gritou para George, que, em reação, olhou para a curvatura escura do peitoral da criatura: de alguma parte interna de sua estrutura complexa, uma boca estava emitindo um som agudo e raivoso para ele.

O Ícaro voava pior do que a Bica. George estava apenas cerca de cinco metros acima do gelo, sendo levado aos trancos e barrancos para longe do Artilheiro e do corpo de Edie, e incapaz de ver o que o Caminhante estava fazendo. De repente, viu uma coisa ganhar vida e galopar pelo gelo do outro lado, em direção ao Artilheiro. As lâminas giratórias nas rodas da carruagem espalhavam cristais de gelo pela neve.

George ainda segurava o martelo na mão.

— Basta uma oportunidade, uma só — ele disse para o ser alado que o levava. — Coloque-me no chão.

O Ícaro uivava e o sacudia com raiva. George percebeu que a criatura tinha pés humanos — seus dedos dos pés o esmagavam como garras firmes.

Por fim, disse:

— Você pediu por isso.

E deu uma martelada no casco do Ícaro. Bateu várias vezes seguidas, e conforme batia, a criatura gritava e se lançava ainda mais para o céu. Após uma série de batidas, uma fenda se abriu no peitoral dele. Foi quando George pôde enxergá-lo completamente. O Ícaro era um homem todo contorcido. Seus braços e mãos eram dobrados sobre si mesmos, e sua boca e a parte inferior do rosto estavam de alguma forma atados a uma espécie de teia, mas não tão escurecidos a ponto de impedir que George visse a insanidade hostil rosnando para fora daquele rosto.

George ordenou:

— Coloque-me no chão.

Os pés apertavam-no com raiva, e dos olhos saíam fagulhas cheias de ódio. A cabeça balançou violentamente para frente e para trás em um inconfundível "Não".

— Desculpe-me então — disse o menino e, com o martelo, deu uma pancada forte no centro da testa deformada. Os olhos loucos giraram para trás e o Ícaro despencou, inconsciente e, pela primeira vez, em silêncio.

George teve tempo de ver que iriam cair em águas abertas, pouco além do ponto onde o gelo começava. Chutando, ele se livrou dos pés agora fracos do Ícaro no último instante antes que batessem no rio.

O Ícaro caiu na água e começou a afundar. George subiu à superfície e respirou, ofegante. Depois se virou a tempo de ver a beira do gelo aproximar-se conforme a corrente o puxava em sua direção. A beira do gelo era uma mescla de troncos e galhos presos. Ele teve uma premonição pavorosa: a de que estava prestes a ser sugado para baixo do gelo. Ao alcançá-la, agarrou-se na borda, porém seus dedos deslizaram. Depois ele afundou.

Na superfície do gelo, o Artilheiro tinha visto o Touro na hora certa. Ele agarrou o corpo de Edie e deu um salto longo, desviando dos chifres que se aproximaram. O Touro tentou atropelá-lo, mas acabou ultrapassando o alvo e colidindo com a neve empilhada na margem do rio.

O Artilheiro ouviu seu nome sendo chamado. Virou-se e viu a Rainha se aproximando pelo gelo liso. Os cavalos lutavam contra os arreios, e suas patas chutavam grandes blocos de neve, conforme venciam a distância para o resgate. Havia outra figura na carruagem, mas como ela estava sem chapéu, o Artilheiro demorou um pouco para perceber que era o Oficial.

Ele correu em direção à carruagem, embalando o corpo de Edie enquanto corria. Ouviu um ronco e o barulho de cascos atrás dele. Sabia que o Touro tinha virado e que agora vinha disparado atrás dele.

A carruagem se aproximava sem diminuir a velocidade, e a distância entre ele e o bicho diminuía.

Ele viu o Oficial apontar com insistência para baixo e gritar:

— Cuidado com as rodas!

Em seguida, o Oficial estendeu o braço para fora e se inclinou tanto, que a Rainha teve de fazer o mesmo para o lado oposto para impedir que a carruagem tombasse. Foram frações de segundos até que alcançassem o Artilheiro em uma velocidade de tirar o fôlego. O soldado sentiu o hálito do Touro em suas costas, além de um leve puxão quando o bicho tentou pegá-lo novamente. Ele nem teve tempo para pensar na proximidade da criatura, porque precisava se concentrar nas pás que giravam em direção a seus joelhos. Esticou o braço, como se estivesse sinalizando uma curva, ao mesmo tempo em que o Oficial agarrou seu braço.

E então o impulso o levou para cima à medida que o Oficial se segurava à grade da carruagem, e finalmente ele estava a bordo.

O Touro não teve tempo de desacelerar sua perseguição impetuosa, e as lâminas das rodas abriram-no ao meio como se fossem um gigante abridor de latas, espalhando ondas espiraladas de bronze brilhante por todos os lados. O Touro balançou para frente e seus chifres cravaram no gelo. Ele foi jogado para longe em uma cambalhota, onde permaneceu quieto, em pé, e envolto em suas entranhas de bronze.

A Rainha olhou para trás:

— Ele não vai matar nenhuma outra mulher.

O Artilheiro colocou Edie no chão da carruagem e começou a tentar tirar a água que ela havia engolido. Era como tentar trabalhar no convés inclinado de um navio.

Ele rogou:

— Ajudem-me!

O Oficial o segurou firme.

A Rainha estava virando a carruagem.

Ela gritou:

— Segurem-se!

O Oficial olhou para cima e viu que ela galopava na direção de suas duas filhas, que seguravam os espelhos em pé.

— George! — gritou o Artilheiro, que inutilmente tentava fazer com que a garota expelisse a água engolida.

O Oficial gritou:

— Segurem-se!

E quando a Rainha acertou os espelhos pela primeira vez com a ponta de sua lança, o Oficial soltou o Artilheiro e saltou por trás da carruagem.

Então houve um estouro e a carruagem desapareceu.

— Fiquem aí — disse ele para as moças, e correu para longe das luzes do Carnaval em direção ao final escuro do gelo.

51

A PEDRA DO CORAÇÃO

— ELA ESTÁ MORTA — disse o Artilheiro enquanto a Rainha puxava as rédeas para parar os cavalos bem na frente do Memorial da Artilharia Real. A Rainha caiu de joelhos junto ao local onde ele batia no peito da menina com a palma da mão, na esperança de reanimá-la.

— Por que você ainda está fazendo isso? — ela perguntou enquanto se arrastava até a cabeça de Edie.

Ele respondeu:

— Porque não sei mais o que fazer.

A Rainha olhou para ele e viu as lágrimas em seus olhos e rosto.

Ela debruçou-se sobre a boca aberta de Edie, inclinou a cabeça para trás e tapou o nariz. E então tomou fôlego e soprou para os pulmões cheios de água da menina, repetindo o procedimento em seguida.

Depois tentou ouvir. Mas como não havia respiração alguma, fez tudo novamente. E durante certo tempo os dois tentaram reanimar o pequeno corpo, recusando-se a aceitar que Edie estivesse morta.

Finalmente, o Artilheiro olhou para a Rainha. Seus olhos pareciam desertos feitos do mais seco desespero.

— Por que a senhora está fazendo isso?

A Rainha limpou os olhos e o Artilheiro sentiu o queixo da menina morta vir teimosamente para frente debaixo de suas mãos.

— Porque eu também não sei mais o que fazer. Exceto continuar lutando.

— Tudo bem.

Ele bateu novamente no peito de Edie e disse:

— Foi exatamente isso que ela fez. Continuou lutando.

Frustrado e triste, ele deu um soco bem no meio do peito da menina, e Edie lançou uma golfada grande da água, contorcendo-se toda, tossindo muito.

Os olhos dela se abriram, e depois se fecharam novamente, pois acabou desmaiando. O Artilheiro ouviu seu coração, que batia bem fraquinho. E olhou para ela sem esperança. Depois olhou para a Rainha. Ele nunca a tinha visto sorrir antes, mas agora seu rosto estava radiante.

A Rainha disse:

— Na verdade, ela continua lutando.

Eles sorriram de alegria.

— Se a senhora não fosse uma Rainha de verdade, ah, eu lhe tascaria um beijo!

— E se eu não fosse uma Rainha de verdade, eu permitiria.

Então seu rosto reassumiu o comportamento sério esperado de uma monarca de tão alto escalão.

— Mas ela ainda não está fora de perigo. Ainda pode morrer de frio. Precisamos fazer uma fogueira.

— Mas como?
A Rainha estava desabotoando seu manto.
— Pegue um casaco ou algo parecido. Precisamos aquecê-la. Ele segurou o pulso de Edie.
— O pulso está fraco.
— Mexa-se então! — ela ordenou e começou a tirar as roupas molhadas do corpo de Edie.
O Artilheiro correu para o monumento, onde viu o sobretudo e o capacete do Oficial ao lado do pacote molhado contendo as pedras do coração que ele havia trazido do tanque subterrâneo. Ao pegar o sobretudo, notou que o pacote estava liberando vapor.
A Rainha gritou:
— Depressa! Temos que envolvê-la em algo quente. A vida dela está por um fio.
— Segure as pontas! — ele retrucou, jogando o casaco no ombro. Depois abriu o pacote, e olhou para as luzes que reluziam das pedras. Rapidamente olhou em volta para ver se o Caminhante ou algum estigma se aproximava. Ao voltar os olhos para o pacote, percebeu algo sobre as luzes. Quando ele as reunira, elas tinham as mais diversas cores, mas agora brilhavam com a mesma tonalidade quente, como o laranja no centro de uma fogueira bem grande.
A Rainha gritou:
— Artilheiro! Nós a estamos perdendo!
Ela olhou surpresa quando o Artilheiro jogou as pedras do coração ao seu lado.
— Pedras do coração. O bandido do Caminhante as mantinha como troféus de todas as fagulhas que ele abateu.

Assim como o Artilheiro, a Rainha olhou em volta, vendo se havia algum perigo.
— Não! — ele exclamou e começou a colocar as pedras em volta de Edie. — Elas não estão brilhando para nós. Mas acho que conseguem sentir Edie. Acho que é a centelha de todas as meninas mortas queimando uma última vez. Acho que estão rindo do Caminhante uma última vez.
Inicialmente a Rainha o observou colocar cuidadosamente uma pedra sobre o coração de Edie, e então cravou suas mãos na pilha de pedras que reluziam e o ajudou a cercá-la com o calor. Em seguida, envolveu o corpo da menina com o seu manto e o sobretudo do Oficial.
Ao final, não foram apenas o Artilheiro e a Rainha que não a deixaram morrer. Foi como o Artilheiro tinha imaginado: o calor que aquecia Edie vinha das meninas perdidas e solitárias, de todas as mulheres incomuns que um dia pensaram ser um pouco loucas porque não entendiam que seu brilho pudesse ser um dom, e não uma maldição; foram todas elas que cercaram aquela última garota perdida e solitária, que lhe deram as últimas fagulhas que suas vidas tinham armazenado em suas pedras, para que ela pudesse prosseguir e viver por elas.
E como a Rainha também sabia que essa era a história, ela chorou quando viu a cor voltar ao rosto de Edie e seus olhos se abrirem e piscarem novamente.
Sua mão pequena se contraiu na palma grande da mão de bronze do Artilheiro. Ele suavemente fechou sua mão sobre a dela. E então, os olhos da menina se voltaram para ele, e quando ela o reconheceu, agarrou-se a ele com força.

Novamente ele via o raro e pequeno milagre do sorriso iluminar o rosto de Edie, como se fosse o próprio sol.

Ele disse com a voz rouca:

— Está tudo bem. Você está comigo agora. Você provou ser uma guerreira. O Caminhante não conseguiu matar você. E o rio também não conseguiu. Você está segura.

Edie assentiu com a cabeça, tossiu forte e perguntou:

— Onde está George?

52

O DEMÔNIO DO GELO

O Oficial não encontrou George na borda do gelo. Achou apenas o seu martelo, preso em um galho. E quando foi pegá-lo, percebeu que havia uma mão presa a ele pelo pedaço de corda. Então puxou a mão e encontrou George, e foi puxando até arrastá-lo para fora do rio e colocá-lo sobre o gelo.

— O-onde está Edie? — foi a primeira coisa que George disse. Ele tinha visto o Artilheiro arrastando algo inerte para fora do rio, e doeu-lhe muito, mais do que o frio, pensar que tinha sido ela.

O Oficial disse:

— Sinto muito, mas ela morreu, meu amigo. Eles a levaram embora pelos espelhos. Você consegue correr?

George parecia acabado. O corpo tremia, os dentes batiam, mas o punho continuava cerrado no martelo.

Olhando para o outro lado do gelo, disse:

— Sim.

Na verdade, ele estava sedento por vingança. Olhou diretamente para a figura curvada do Caminhante, que se encontrava inclinado sobre algo no gelo, arranhando o próprio corpo na neve.

Colocando a mão no ombro de George, o Oficial disse:

— Bem, o verdadeiro desafio vai ser chegar até aquelas meninas do outro lado, aquelas com os espelhos, sem que ele nos veja.

Levantando o martelo, George tirou a mão do Oficial do ombro e disse:

— Não. Não será um maldito desafio.

E começou a andar confiante em direção ao Caminhante.

O Caminhante estava distraído. Tão empolgado, que mal podia respirar, e a razão disso eram os dois discos sobre a neve à sua frente.

Quando George o atingira no peito, o golpe não parou seu coração. Ele foi protegido pelos dois discos de cera que cercavam o Espelho. Os discos estavam lá para protegê-lo de um contato involuntário com o Espelho, mas falharam em proteger o próprio artefato precioso.

George tinha quebrado o Espelho Negro em dois.

O Caminhante estava animado porque tinha encontrado a solução de como usar apenas um Espelho Negro. Nunca lhe havia ocorrido, em todos os séculos de busca pelo segundo espelho perdido, que ele poderia simplesmente dividir o primeiro em dois.

As marcas que ele estava arranhando na neve eram um pentagrama de proteção.

George tinha apenas começado a correr, com o Oficial em seus calcanhares, quando houve um estouro atrás dele e uma carruagem apareceu.

A Rainha gritou:

— Garoto! Venha aqui!

Mas George continuou correndo em direção ao Caminhante, e gritou:
— Eu vou acabar com ele.
Ela o repreendeu:
— Não, George. A menina está viva!
George parou bruscamente.
— O quê?
Ela freou ao lado dele.
— Suba. Ela está muito abalada e triste, mas vai ficar bem, e está chamando por você. Venha, rápido, vamos sair logo daqui.
O Oficial agarrou George e o jogou na carruagem, seguindo-o logo em seguida.
Ele sorriu:
— Direto para casa, James. E não poupe os cavalos.
George e a Rainha estavam olhando para o Caminhante e para a intensidade de sua atividade na neve. Depois, olharam um para o outro.
O Oficial disse:
— O quê?
— Por outro lado, por que não? — disse a Rainha, e George sorriu por entre os dentes que tremiam à medida que ela estalava a língua e investia os cavalos para frente em galope.
O Oficial desabotoou o coldre e disse:
— Com todos os diabos! Vocês sabem que ele não vai ficar morto por muito tempo...
— O pouco que for já estará bom — disse a Rainha, forçando as rédeas e sorrindo como louca enquanto o cabelo voava para trás com o vento.

O Caminhante estava tão empenhado em alinhar as duas metades quebradas do Espelho Negro na neve, que só percebeu o que estava acontecendo quando o primeiro tiro levou gelo ao seu rosto.

O que ele viu foram cavalos galopando ferroados em sua direção, com a Rainha levantando sua lança, o Oficial disparando contra ele e George inclinando seu corpo para fora da carruagem com um martelo pronto para o a ataque, acima das lâminas da roda.

O Caminhante gritou:

— Tolos!

Eles iriam atropelá-lo. Não havia como desviar. Então, em vez de ficar de pé, ele se agachou com o nariz na neve, fazendo com que as duas superfícies dos Espelhos escuros ficassem exatamente alinhadas, uma de frente para outra.

Ele sabia que estavam alinhados corretamente por causa do calor e do vapor que derretiam a neve sob a extremidade de cada Espelho.

Sem nenhum microssegundo a perder, ele murmurou algo e chegou bem perto do Espelho escuro.

Assim que as lâminas se aproximaram, o espelho puxou-o para dentro.

E o Caminhante desapareceu.

A Rainha inclinou o corpo para fora e arremessou a lança no gelo no lugar onde o Caminhante deveria estar. A carruagem atravessou o vazio e o pentagrama de proteção, apagando as marcações que o Caminhante tinha arranhado na neve.

Assim que a Rainha retornou à carruagem bruscamente, eles viram outra coisa.

As metades do Espelho Negro começaram a afundar no gelo derretido. E antes de desaparecerem por completo, algo escapou pela porta que o Caminhante tinha aberto.

E porque aquele algo era feito de nada, precisava de substância se quisesse existir nesse mundo, e a primeira coisa que encontrou no ar vazio foram os cristais de gelo levantados pelas lâminas giratórias da carruagem, ao passarem pelo pentagrama. A Rainha inclinou o corpo para fora e pegou a lança do gelo, e eles seguiram para junto das filhas da Rainha e para segurança dos espelhos de prata.

Ao olhar para trás, George viu os cristais de gelo no ar tomar a forma de um corpo e correr atrás deles.

Ele gritou:

— Mais rápido! Mais rápido!

O demônio de gelo foi crescendo e correndo cada vez mais rápido. A Rainha puxou as rédeas e o cavalo de chumbo atingiu o espelho. Logo depois se ouviu um estalo e todos caíram por camadas de preto.

Enquanto caíam, tiveram a sensação de que alguma coisa passou voando por eles, algo muito frio e estranho, como uma geada de outro mundo.

53

UMA PEQUENA FENDA

A Pedra de Londres estava em sua grade de proteção, em seu nicho costumeiro ao lado da rua Cannon. Ninguém notou, ninguém parou enquanto passava. Ninguém sentiu o zumbido negro do poder que ela emanava pela cidade, ligando as ruas, os edifícios e as criaturas de pedra que povoavam a paisagem.

Mas algo notou. Algo percebeu o momento em que a Pedra voltou e foi até ela, mais rápido do que o próprio pensamento.

Inicialmente não havia qualquer movimento na Pedra, mas subitamente ela ficou coberta com uma intensa geada branca. A geada foi tão fria, que causou uma pequena fenda.

Mas ela foi o suficiente.

54

A ÚLTIMA PARADA É LUGAR NENHUM

Quando a carruagem bateu na grama, a rainha puxou as rédeas dos cavalos até que parassem. Depois se virou para se certificar que suas filhas também haviam passado. Elas acenaram para mãe, e todas as três compartilharam o mesmo sorriso feroz.

O Oficial disse:

— Vocês sentiram?

— Sentiram o quê? — perguntou o Artilheiro, olhando de onde estava sentado, ao lado de Edie, cujo rosto estava vermelho e com boa aparência, coberta pelo manto da Rainha e pelo casaco do Oficial.

— Algo nos seguiu de volta — disse George, pulando para fora da carruagem e correndo até Edie. Ela sorriu, mas levantou a mão em advertência:

— Cuidado com as pedras!

Todas as pedras de aviso estavam espalhadas pelo chão, ao redor deles, e todas estavam sem vida. Exceto por uma pequena de cor azul que estava entrelaçada nas mãos de Edie, exatamente o mesmo azul do gorro que um pato tinha usado em uma história que ela havia lido quando criança.

Uma pequena pedra de aviso azul que havia sido transformada em brinco.

George se aproximou com cuidado, e sem saber o que fazer, deu-lhe um leve tapa no ombro. Ela sorriu e deu-lhe um soco na perna. E isso pareceu ser o suficiente para ambos.

Então, ouviu-se a ressonância estranhamente reconfortante do *Big Ben* soando a hora.

— Pegue aquele cobertor — disse a Rainha, apontando para o corpo do Soldado Desconhecido.

O Artilheiro disse:

— Mas...

A Rainha interrompeu:

— Sem "mas". O menino já está quase morto.

George colocou o martelo no chão e começou a desabotoar o casaco ensopado. Seus dedos pareciam salsichas congeladas.

— Belo martelo — disse Edie, com um tom de gozação na voz.

— Belo brinco — ele respondeu, com o mesmo tom.

Ela disse:

— Sim. É da minha mãe.

O Artilheiro disse:

— Então por que estava com o resto das... Oh!

Edie respondeu:

— Ela ficou louca. Pelo menos, foi isso o que eles disseram. É por isso que ela foi levada embora... — ela olhou para o brinco — ... não há como contestar por que ela ficou maluca, eu acho...

George disse:

— Ela também era uma fagulha.
Edie explicou:
— Sim. Só que ela não sabia.
A Rainha disse:
— A questão é saber por que todas as outras pedras perderam a vida e a sua continua reluzindo.
O artilheiro limpou a garganta.
— Essas pedras pertenciam às fagulhas que o Caminhante assassinou ou sentenciou a uma morte vazia e solitária... — ele olhou para Rainha. Ela assentiu com a cabeça. E ele continuou: — Talvez ainda esteja acesa porque Edie não morreu.
George perguntou:
— Acesa?
A Rainha respondeu:
— Viva.
Edie olhou para o chão, sem conseguir falar.
George olhou para o seu braço. A segunda garra que tinha começado a subir quando ele aceitou o desafio do Cavaleiro tinha desaparecido, como já era esperado.
Ele notou que o Oficial também olhava para seu braço. O Oficial sorriu. Levantou três dedos, e então dobrou dois.
— Falta só mais um, meu rapaz.
A distância, George viu uma motocicleta da polícia piscando suas luzes azuis enquanto descia a *Piccadilly* e virava a curva que levaria até o *Hyde Park Corner*.
George olhou para a última garra, que continuava circulando em seu braço, formando uma espiral apertada como se estivesse esperando o Cavaleiro reaparecer e terminar o duelo que tinha começado.

Ele se cobriu com o cobertor que o Oficial tinha lhe entregue.
— Minha mãe podia estar em qualquer lugar — disse Edie com um tom de voz sereno.
— Me deixe sentar ao seu lado — pediu George, e sentou-se ao lado de Edie. — O Artilheiro também. Assim como você. Mas nós voltamos juntos, não é verdade?
Ela concordou com a cabeça.
O Oficial disse:
— Temos um problema maior.
Todos olharam para ele.
— Vocês não estão ouvindo?
Eles ouviram.
Havia apenas silêncio. E silêncio, em Londres, não existe, nem mesmo à noite.
— A cidade ficou silenciosa, e o relógio acabou de marcar uma da tarde.
Todos se levantaram e olharam ao redor.
A cidade estava em silêncio. Um silêncio estranho, onde nada se movia.
Não havia brisa.
Nem ruídos.
Nem pessoas.
Os poucos carros na rua estavam sem vida.
George foi até a beira da rua.
A motocicleta da polícia estava imóvel e inclinada na curva. Não havia condutor.
Ele olhou para a massa vermelha e familiar de um ônibus. Não havia motorista nem passageiros.

Os outros caminharam lentamente para a rua, e olharam na mesma direção. Edie olhou para um táxi vazio e depois para George.

— Para onde foram todas as pessoas?

Ele deu de ombros e girou lentamente em círculo, procurando por sinais de vida.

— E por que tudo parou?

A única coisa que se movia em toda a cidade era a neve espessa que começava a cair em silêncio.

Os cinco cuspidos e as duas crianças ficaram parados na rua rapidamente branqueada pela neve, olhando em choque, enquanto o que estavam vendo amanhecia sobre eles.

O Oficial disse:

— Seja lá o que trouxemos de volta conosco, não deve ser boa coisa.

E, inconscientemente, ficaram todos bem próximos uns dos outros, cada um invadido por uma estranha sensação de solidão. E enquanto espiavam pelas ruas desertas, tentando entender o que estava acontecendo, notaram que algo já acontecia sobre eles.

O que foi um tremendo vacilo. Porque o que estava acima deles já tinha notado todos havia um bom tempo.

A gárgula de pedra estava sentada na ponta do gigante canhão de campanha no topo do Memorial da Artilharia.

O Artilheiro a viu primeiro.

Ele se colocou na frente de Edie e George, sacando sua arma.

— Cuidado, ela vai nos atacar!

Todo mundo se virou de repente.

Mas a mão de George lançou-se contra a do Artilheiro, baixando a arma com força.
O Artilheiro tentou dizer:
— O que...?
Mas George o interrompeu:
— Está tudo bem! Está tudo bem!
A gárgula disse:
— *Gack*?
George sorriu.
— Ela é uma de nós.
E todos olharam para a Bica. E então para George. E depois de volta para a gárgula.
O Artilheiro guardou o revólver. O Oficial deu-lhe um cigarro, que ele acendeu, e todos ficaram lá olhando para a gárgula sorridente, em meio à fumaça do cigarro e a neve que caía sem parar.
O Artilheiro disse:
— Bem-vinda ao inferno na neve, camarada!

FIM

AGRADECIMENTOS

É DIFÍCIL ESCREVER NO VAZIO. Conversar com outros escritores parece facilitar as coisas ao longo dos dias difíceis — especialmente quando se tem que escrever muito bem para poder se manter no nível deles. Quero agradecer a todos a ajuda e incentivo ao longo dos anos e durante os estudos — Alex "Nander" Cary, Fergus Fleming, Jonathan Darby, Al Whiting, Katie Pearson, Patrick Harbinson, Robert Harris, Amanda Silver, Rick Jaffa, Kate Bucknell, Rose Baring, Mary Miers, Barnaby Rogerson, e Mary e Philip Contini. Um agradecimento especial a minha família, aos que me aconselharam e aos leitores anônimos por toda a ajuda e apoio para que eu conseguisse conceber *Mão de Ferro* — Kate Jones, Ron Bernstein (ICM), Michael McCoy (ITG), Jack, Ariadne, Zillah More Gordon, Finn Younger, e Charlie Harris. Ainda que tardiamente, agradeço ao fotógrafo Andrew Errington pelo fantástico portfólio de imagens das estátuas de Londres, que muito contribuiu para o meu trabalho, e desculpas ao meu pai pelas passagens em que o Artilheiro ficou preso nas galerias subterrâneas — esqueci-me da claustrofobia.

Do fundo do coração...